항抗
일日

초판1쇄 발행 2025년 6월 30일	지은이 표윤명
펴낸이 김태영	펴낸곳 도서출판 큐 (씽크스마트)
주소 경기도 고양시 덕양구 청초로 66 덕은리버워크 B-1403호	전화 02-323-5609
출판사 등록번호 제395-2023-000160호	ISBN 979-11-984411-7-1 (03810)
정가 18,000원	ⓒ 표윤명
이 책을 만든 사람들	책임편집 김무영
편집 신재혁	홈페이지 www.tsbook.co.kr 인스타그램 @thinksmart.official 이메일 thinksmart@kakao.com

* **씽크스마트** 더 큰 생각으로 통하는 길
'더 큰 생각으로 통하는 길' 위에서 삶의 지혜를 모아 '인문교양, 자기계발, 자녀교육, 어린이 교양·학습, 정치사회, 취미생활' 등 다양한 분야의 도서를 출간합니다. 바람직한 교육관을 세우고 나다움의 힘을 기르며, 세상에서 소외된 부분을 바라봅니다. 첫 원고부터 책의 완성까지 늘 시대를 읽는 기획으로 책을 만들어, 넓고 깊은 생각으로 세상을 살아갈 수 있는 힘을 드리고자 합니다.

* **도서출판 큐** 더 쓸모 있는 책을 만나다
도서출판 큐는 울퉁불퉁한 현실에서 만나는 다양한 질문과 고민에 답하고자 만든 실용교양 임프린트입니다. 새로운 작가와 독자를 개척하며, 변화하는 세상 속에서 책의 쓸모를 키워갑니다. 흥겹게 춤추듯 시대의 변화에 맞는 '더 쓸모 있는 책'을 만들겠습니다.

자신만의 생각이나 이야기를 펼치고 싶은 당신. 책으로 사람들에게 전하고 싶은 아이디어나 원고를 메일(thinksmart@kakao.com)로 보내주세요. 씽크스마트는 당신의 소중한 원고를 기다리고 있습니다.

본 도서는 충청남도 충남문화관광재단의 후원으로 발간되었습니다.

항抗일日

표윤명

목차

1. 대세계오락장 …… 007
2. 일본 해군육전대 …… 035
3. 갈등 …… 056
4. 저항과 복수 …… 083
5. 혼돈(混沌) …… 118
6. 소문 …… 143

7. 배신(背信)	……	163
8. 가든브릿지	……	180
9. 차도살인	……	196
10. 지도(地圖)	……	215
11. 금괴의 행방	……	241
12. 보물	……	266
참고 문헌·참고 사이트	……	287

대세계 오락장 1

서사부는 상해에서 첫손에

꼽는 무술의 대가로 신창(神槍) 이서문의 후예다. 팔극권(八極拳)의 정수를 터득한 절대 고수다. 상해가 어지러워지고 열도의 제도회(帝刀會)니 흑목회(黑木會)니 하는 건달패들이 허리춤에 칼을 서너 자루씩이나 차고 설쳐대자 그는 눈살을 찌푸렸다. 그런 그에게 제도회의 시라이가 도전장을 던져왔다. 그는 전일본검도대회의 우승자로 일본도에 있어서 첫손에 꼽는 고수다. 그의 칼은 바람을 가르고 번개를 빗겨 내리쳤다. 칼 빛이 빛살을 닮았다고 했다.

대세계오락장. 말이 좋아 오락장이지 도박의 중심지다. 상해 자본주의의 상징적인 장소이기도 하다.

넓은 홀이 가득 찼다. 오늘은 돈이 아니다. 손에 땀을 쥐게 하는 볼거리다. 대륙의 무사와 열도의 칼잡이가 추는 죽음의 칼춤을 보기 위함이다. 오늘 같은 이런 볼거리는 다시 볼 수 없는 좋은 구경거리다. 상해의 고수인 서사부와 열도의 칼잡이인 시라이가 펼치는 세기의 대결이다.

진공의 공간처럼 홀 한가운데에 원이 그려졌다. 터질 듯 부풀어 오른 긴장으로 그 공간은 하얗게 비워졌다.

"나는 이것으로 하겠다."

메마른 소리가 허공을 울렸다. 시라이의 음산한 목소리다. 그는 허리춤의 칼을 만지작거렸다. 일본도다. 열도를 제압한 칼이다.

"난 배운 게 이거라서."

창끝이 파르르 떨었다. 붉은 수술이 진공의 공간을 헤집었다. 푸른 빛이 창을 휘감았다. 햇살이 번개처럼 창문을 때렸다. 사람들이 놀라 고개를 돌렸다. 하늘은 파랗게 눈이 부셨다. 사람들이 의아한 얼굴로 그 하늘을 쳐다봤다. 하늘은 새파랗게 푸르기만 했다.

상해의 고수, 서준이 창을 흔들었다. 마른침을 삼키는 소리가 뒤쪽에서 들려왔다. 긴장한 숨소리가 적막을 흩뜨렸다. 가까운 서장로에서 들려오는 경적이 귀 따갑게 울리기도 했다. 거리를 달리는 신형 포드와 카브리올레의 소리였다. 인력거꾼의 호객 소리와 낡은 오토바이 엔진소리도 간간이 날아들었다.

시라이가 긴 칼을 비켜 틀었다. 칼집이 비스듬히 돌았다. 그가 손잡이를 당기자 쇳소리가 울리며 찬란한 빛이 밖으로 뛰쳐나왔다. 푸른 기를 머금은 하얀 칼날이 허공에 뿌려지고, 장도(長刀)가 몸체를 드러냈다. 예리했고 날카로웠다. 베일 듯했다. 시라이가 입술을 바짝 깨물었다. 다른 손이 짧은 칼을 거머쥐었다. 순간, 번개가 치듯 칼날이 허공으로 뛰쳐나왔다. 긴 칼과 짧은 칼이 서로 교차 되었다. 한 손에는 긴 칼, 다른 손에는 짧은 칼, 전설의 이도류(二刀流)다.

이도류(二刀流), 미야모토 무사시가 창안한 도법(刀法)으로 장도와 소도를 동시에 사용한다. 도법은 현란하지 않았고 화려하지도 않았다. 평범했다. 짧은 칼로 걷어내고, 긴 칼로 몸통이나 하체를 베어내는 지극히 단순한 초식을 주로 사용한다. 그러나 그 단순함에 수많은 고수가 무릎을 꿇었다. 목이 베어졌다.

이도류를 통해 진정한 고수는 지극히 평범한 초식을 사용한다는 것이 입증되기도 했다. 이후로 일본 도법의 철칙과도 같은 금과옥조가 되었다.

허공에 빛살의 그림자를 드리운 일본도가 진공의 공간을 짓눌렀다. 짙은 신음이 사람들 사이에서 비어져 나왔다. 안개가 흩어지듯 앓는 소리가 옅게 흩어져 바닥으로 하얗게 가라앉았다. 페도라를 쓴 점잖은 신사도 감색 양복으로 한껏 멋을 부린 모던보이도 붉은 치파오가 매력 있는 아가씨도 하얀 투피스 차림의 모던 걸도 하나같이 열도의 도법에 찬사를 쏟아냈다. 빈틈이 없어 보였다. 평범한 자세 같았으나 결코, 평범하지 않은 자세였다. 빛을 뿌리는 두 개의 칼날이 시라이의 앞에 펼쳐진 천라지망이었다. 결코 뚫을 수 없는 빛살의 그물이었다.

"섬나라에도 저런 도법이 있었군!"
"그러게나 말일세."

혀끝에서 시샘의 비말들이 날아갔다. 한쪽에는 게다짝에 기모노 차림의 여인들도 있었다. 기모노는 화려했다. 흰색 바탕에 파도를 닮은 푸른빛과 붉은 모란이 조화를 이뤘다. 멀리서도 그녀들은 눈에 띄었다. 긴장한 듯 그녀들의 낯빛은 파리했고 창백했다. 금방이라도 쓰러질 듯했다.

그녀들 곁으로 일본의 건달들, 무뢰배들이 허리춤에 서너 자루씩 칼을 찬 채, 팔짱을 끼고 있었다. 표정은 여유로웠고 자신만만했다. 시라이가 대륙의 사부를 꺾어줄 것이라 확신을 하고 있었다.

"이도류의 명성을 대륙에 드날릴 수 있는 좋은 날이다."

"대사부의 도법이 상해를 평정하는 날입니다."

사내가 고개를 끄덕였다. 입가에는 베일 듯한 미소가 가늘게 얹혀 있었다.

"대사부의 단련을 증명하는 날이기도 하다."

천일의 연습을 단(鍛)이라 했고, 만일의 연습을 련(鍊)이라 했다. 미야모토 무사시의 말이다. 그는 이 단련(鍛鍊)이 있고 나서야 비로소 적을 무너뜨릴 수 있었다고 했다. 사내들은 그의 말을 입에 올리며 시라이의 발끝으로 시선을 돌렸다. 미세한 움직임이 일고 있었다. 발끝은 모든 움직임의 시작점이다. 시라이의 발끝이 맞은편 서사부에게로 향해졌다.

"그나저나 순포가 들이닥치지 말아야 할 텐데."

맞은편에 선 사내들은 순포를 걱정했다. 잔뜩 긴장한 얼굴로 그들은 진공의 공간과 사람들로 꽉 들어찬 문 쪽을 연신 두리번거렸다. 팔절패 조가혁과 위걸이었다. 이들도 세기의 대결을 놓치지 않기 위해 대세계오락장을 찾았다.

프랑스공동국은 조계 내에서의 폭력행위를 일절 금지하고 있었다.

질서를 위해서였다. 때문에, 많은 대결이 공동국 모르게 은밀히 이루어졌다. 오늘의 이 대결도 마찬가지다. 사람들은 오락을 위한, 아니 도박을 위한 것으로 포장을 했다. 다행히 아직까지는 아무런 조짐이 없었다.

"열도의 도법이란 게, 결국은 베고 찌르는 것인 모양인데, 육합대창을 당해 낼 수 있을지 모르겠네."

조가혁이 미소를 짓고는 고개를 갸웃했다. 미소 속에는 대륙에 대한 자부심으로, 고갯짓에는 열도쯤이야 하는 자신감으로 가득했다.

"허리춤의 저 요란한 칼 좀 보게나. 칼날이 얼마나 약하면 서너 자루씩이나 주렁주렁 달고 다니겠나?"

위걸은 비웃음까지 흘려냈다.

"섬나라의 부족함이자 열등감의 표출이지."

그때, 서준의 창이 움직였다. 붉은 수술이 한차례 흔들렸다. 바람의 흔들림이었다. 창끝이 발걸음을 따라 적을 겨눴다. 적은 움직이지 않았다. 미동도 하지 않았다. 그의 발걸음이 가볍게 휘돌았다. 용을 올라타듯 가벼운 몸짓이었다. 기룡권창(騎龍圈槍)이라는 초식이다. 용을 올라타 창을 겨눈다는 뜻이다. 시라이는 긴박하고도 짧은 순간에 미야모토 무사시를 떠올렸다.

'이기는 것에 우연이란 없다. 지금, 이 순간 최선을 다해 적을 잡아야 한다. 눈앞에 선 적이 마지막이다. 이번에 지면 다음이란 없다!'

그가 칼에 힘을 줬다. 칼날이 비스듬히 돌았다. 새파란 칼 빛이 교차하며 허공에서 하얗게 나뉘었다. 짧은 칼이 가슴으로 내려오고 긴 칼이 허공으로 떠올랐다. 자세는 마치 춤을 추는 듯했다. 소맷자락이 넓게 퍼지며 길게 늘어졌다. 숨이 멎을 듯 대세계오락장은 팽팽하게 달아올랐다.

서준이 다시 움직였다. 오리의 걸음처럼 낮게 신중하게 또 무겁게 움직였다. 이번에는 압답천창(鴨踏穿槍)이라는 초식이다. 창이 허공의 칼을 향해 혀를 날름거리며 붉은 수술을 뱉어냈다. 유려한 보법과 날랜 창법의 조화가 아름다웠다. 눈을 어지럽게 하는 아름다움이었다. 시라이는 신중했다. 창의 유혹에 넘어가지 않았다.

"누가 이길까요? 아무래도 긴 창이 낫겠죠?"

붉은 치파오를 입은 아가씨가 붉은 입술을 움직여 물었다. 붉디붉은 말이 요염하게 짙었다. 푸른 파오를 입은 사내가 파랗게 물든 말로 대답했다.

"길이가 중요한 건 아니지. 저들 세계에서는."

아가씨가 고개를 갸웃했다. 이해할 수 없다는 고갯짓이었다.

서준이 창을 당겼다. 당겨서는 육합(六合)을 이뤄냈다. 견관절과 고관절, 팔꿈치, 무릎, 손목과 발목까지 모두 다 창끝에 나란히 맞춰졌다. 창은 그의 손안에 고정되었고 또 다른 육신이 되었다. 자유자재로 그의 몸과 같이 움직였다.

시라이가 바짝 긴장했다. 창끝이 예사롭지 않았다. 지금까지 만난 그 어떤 적수보다도 눈앞의 적은 강했다. 바람이 담을 타듯 창날이 날아들었다. 쇠소가 밭을 간다는 철우경지(鐵牛耕地)였다. 거대한 암벽이 밀고 들어오는 듯했다. 시라이가 칼을 휘둘렀다. 빛이 튕겨 무지개가 피어올랐다. 소도가 창날을 피해 창대를 올려 쳤다. 둔탁한 소리가 허공에 흩어졌다. 이어 장도가 틈을 갈랐고 비스듬히 베어 들어갔다.

숨이 멎을 듯했다.

 서준은 창을 끌어당겨 들어오는 장도를 휘감았다. 백사흡광(白蛇吸光)이다. 흰 뱀이 빛을 빨아들이듯 장도를 끌어당겼다. 시라이의 발걸음이 제비가 물을 차 듯, 진공의 공간을 건너갔다. 그 뒤를 놓칠세라 육합대창이 따랐다. 사람들의 입에서 탄성이 쏟아져 나왔다.

 서준이 창끝으로 시라이의 허벅지를 노렸다. 그가 뛰어오르며 긴 칼과 짧은 칼을 허공에서 교차했다. 소도로는 창을 막고 장도로는 서준의 몸을 파고들었다. 미끄러지듯 다가서는 그의 보법이 말 그대로 자유자재했다. 화려한 신법이었다.

 사람들이 손에 땀을 쥐었다. 서준이 다급히 몸을 돌려서는 옆으로 물러섰다. 물러서서는 다시 창끝을 찔러 시라이의 목을 노렸다. 시라이가 튕기듯 뒤로 몸을 물렸다. 창끝이 허공을 깊게 찔렀다. 붉은 수술이 허공을 붉은 점으로 빨갛게 물들였다.

 하얗게 흩어지는 불빛 아래, 두 사람은 다시 미동도 하지 않은 채 마주 섰다. 서준의 새파란 창끝이 시라이를 하얗게 노려봤다. 시라이의 칼날이 육합대창을 깊이 경계했다. 수련의 깊이가 가늠되지 않는 창과 칼의 대결이다.

 대세계오락장은 일시 숨이 멎은 듯, 바늘 떨어지는 소리마저도 들릴 듯했다. 구름에 가려져 있던 창가에 다시 햇살이 돋았다. 햇살 사이로 피어난 희미한 형상이 미소를 지어냈다. 은은한 자색 구름으로 피어난 미소다. 푸른 하늘이 광배처럼 그 미소를 에워싸기도 했다. 신비로운 미소였다.

 오색찬란한 빛이 그 미소를 빗겨 햇살을 탔다. 치파오를 입은 여인이 놀라 비명을 질렀다. 그러나 사람들은 서사부와 시라이의 대결에 빠져 그녀의 비명을 듣지 못했다. 그녀는 입을 다물지 못한 채, 창밖을 쳐다봤다. 햇살은 다시 눈이 부시고 있었다.

시라이가 움직였다. 발걸음이 좌우로 교차하며 육합대창을 노리고 공간을 파고들었다. 칼끝의 움직임을 따라 육합대창이 함께 휘돌았다. 허공에 발이 뜬 듯 시라이의 몸이 바람처럼 떠올랐다. 그 바람을 따라 긴 뱀이 혀를 날름거리며 검은 독을 뿜어냈다. 칼 빛이 달무리처럼 허공에 원을 그려내고, 긴 창이 그 달무리를 후려쳐 흩뜨리려 했다. 칼과 창이 상대의 급소를 노리며 거듭 들고 나기를 반복했다.

보는 이의 손에 땀이 쥐어졌다. 탄식과 탄성도 동시에 터져 나왔다. 탄식은 상대를 제압하지 못한 것에 대한 아쉬움의 소리였고, 탄성은 절묘한 초식에 대한 깊은 감탄의 소리였다. 연이은 초식 교환에도 두 사람의 표정에는 변화가 없었다. 차가웠고 냉정했다. 고수의 절제와 인내가 경계에 다다라있음이 눈에 보였다.

대륙의 고수 서사부와 열도의 패자 시라이가 사선을 넘나드는 혈투를 벌이고 있을 때, 한쪽 구석에서 팔짱을 낀 채 느긋한 시선으로 그 진공의 공간을 지켜보고 있는 한 사내가 있었다. 상해 정무체육회 소속으로 서준과 함께 상해 무술계의 양대 산맥이라 일컬어지고 있는 곡운대다. 그는 서준이 시라이를 제압할 수 있으리라 생각했다. 그의 실력을 누구보다도 잘 알고 있기 때문이다.

하나의 산에 두 마리의 호랑이가 있을 수 없듯이 서준과 곡운대는 서로에 대해 강한 경쟁의식을 갖고 있었다. 그런 그들에게 일제 국수회가 끼어들었고 대결을 부추겨 마침내 서로를 오해하는 지경에 이르렀던 적이 있었다. 그는 잠시 그날을 떠올렸다.

 오송(吳淞)의 후미진 모래사장, 때는 갈대 서걱거리는 늦가을이었다. 기러기들이 퍼덕이며 날아오르고 모래는 은빛으로 빛났다.
 "곡사부의 연청권(燕靑拳)이 이름났다 들었소!"
 "서사부의 팔극권이야말로 대륙에서도 알아주는 무술 아니오?"
 말들은 어색했다. 서로에게 무슨 말을 건네야 할지 모를 때 쓰는, 그런 서툰 말투였다.
 잠시, 침묵이 이어졌다. 그 고요함 사이로 바람이 휘몰아쳤다. 갈대가 흔들렸다. 메마른 소리가 귓가를 스치고 지났다.
 "긴말이 필요하겠소?"
 서준이 간결하게 던지자 곡운대는 그보다도 더 짧게 받았다.
 "맞소!"
 말들은 무미건조했고 눈빛이 교차했다. 눈빛은 용과 호랑이의 그것을 닮아있었다. 모래 속으로 발끝이 스며들었다. 상대에게 자신을 감추기 위함이다.
 서준이 파오의 옷자락을 걷어붙였다. 바람 소리가 휘감아 돌았다. 그는 오른발을 뒤로 뺀 채, 양 무릎을 굽히고는 팔을 앞뒤로 벌렸다. 벌린 팔에서 하늘을 받아내는 무형의 힘이 느껴졌다.
 곡운대가 그를 노려봤다. 눈빛이 자글거렸다. 그도 발을 빼고는 두 손을 앞으로, 나란히 내밀었다. 적을 노리는 연청타도(燕靑打濤)다. 제비가 파도를 치고 날아오르는 듯 날렵한 자세. 궁극의 기예를 터득한 완벽한 자세였다. 그가 먼저 움직였다. 모래를 차고 달려들었다.

주먹이 바람을 갈랐다. 갈대가 흔들렸다. 강물이 출렁거렸다.

서준이 발을 옮겼다. 호랑이가 먹이를 채듯, 바람처럼 몸을 움직였다. 맹호경파산(猛虎硬爬山)이다. 신창 이서문을 신창(神槍)이게 한 바로 그 초식이다. 그는 이 기술 하나로 천하에 이름을 떨쳤다. 한방이면 끝난다는 전설의 그 기술이다.

적의 공격을 막아 낸 후, 손바닥으로 쳐내는 기술이다. 어찌 보면 기본 중의 기본인 기술이다. 그러나 발경(發勁)이 실린 이서문의 맹호경파산은 상상을 초월하는 파괴력을 지니고 있었다. 제대로 맞으면 누구든 그 자리에 쓰러졌다. 팔극권 극강의 기술이었다.

곡운대의 발이 어지럽게 휘돌았다. 모래가 튀어 오르고 먼지가 피어올랐다. 가벼운 몸짓으로 무형의 기운을 빗기며 그는 서사부의 벽괘장(劈掛掌)을 피했다. 피하고는 몸을 틀어 제비 꼬리 같은 손날로 서사부의 늑골을 노리며 파고들었다. 적의 급소를 노리는 장법이다. 서준이 기묘한 보법을 이용해 곡사부의 공격을 무위로 돌렸다. 신출귀몰한 신법이었다.

순식간에 한 초식씩 주고받은 두 사람은 서로의 자세를 살폈다. 굳건했다. 조금의 흔들림도 없었다. 과연 명불허전이었다. 대부분의 상대는 맹호경파산이나 연청심일(燕靑尋日) 한 초식에 흔들렸다. 이런 상대는 처음이다. 바람이 옷자락을 스쳤다. 갈대가 또다시 흔들렸다. 흔들리는 너머로 멀리 상해의 마천루가 우뚝했다.

곡운대가 다시 공격했다. 눈을 어지럽히는 절묘한 보법으로 서준에게 바짝 접근했다. 연청이 양산박으로 들어갈 때, 관군의 눈을 피하기 위해 눈 위에 발자국을 남기지 않았다는 그 전설의 보법이다. 답설무

혼(踏雪無痕)이었다. 두 손은 활짝 편 채 제비의 꼬리처럼 날렵하게 휘둘렀다. 나뭇가지 사이를 바람처럼 가르는 한 마리 제비와도 같았다.

서준은 바람처럼 치닫는 빠른 공격에 몸을 옆으로 잽싸게 비틀고는 손가락을 모아서 달려드는 장법에 맞섰다. 새의 부리처럼 모은 손가락 끝으로 그는 곡운대의 팔을 걸고는 빗겨 치며 다른 손으로 관자노리를 노렸다. 염왕삼점수(閻王三点手)다. 지옥의 염라가 세 번에 걸쳐 연이어 급소를 타격한다는 초식이다.

갈고리 같은 손끝이 곡운대의 급소를 노리던 순간, 그는 돌연 몸을 휘돌려서는 바짝 치켜든 손바닥으로 다시 가슴 안으로 파고들었다. 탐마장(探馬掌)이다. 금강팔식(金剛八式) 중 가장 강력한 장법이다. 곡운대의 몸이 뒤로 주르르 밀려났다. 아니, 물러선 것이다.

서준은 놓칠세라 신묘한 보법으로 또다시 바짝 따라붙었다. 갈지자로 다가서는 그의 몸이 마치 얼음 위를 미끄러지는 듯했다.

물러선 곡운대의 몸이 순간, 허공으로 떠올랐다. 떠오른 몸에서 두 발이 교차하며 휘돌았다. 뇌진왕모(雷震王母)다. 일명 선풍각(旋風脚)으로 허공에 떠오른 채, 몸을 돌려 상대를 가격하는 발차기다. 달아나는 듯 보이는 물러남은 상대를 유인하는 몸짓이었고, 허공에 떠올라 내리쬐는 발차기는 필살기 중의 필살기였다.

황포강이 저녁노을에 황금빛으로 빛났다. 바람이 거세게 몰아쳤다. 일렁이던 강물이 파도처럼 일어서자, 파도 끝으로 머리를 질끈 동여맨 무사의 형상이 나타났다. 신비로운 형상이었다. 무사의 형상은 두 사람을 노려보며 파도를 탔다. 마치, 달마가 갈댓잎으로 강을 건넜다는 그 모습만 같았다. 무사는 분노한 눈빛으로 두 사람의 궤적을 따라 움직였다. 쓸데없는 짓거리가 마음에 들지 않는다는 듯한 눈빛이었다. 기묘한 형상은 바람을 따라 오송의 강가를 배회했다. 갈대가 울었다. 강물이 울었다.

몰아친 바람에 강물이 비처럼 흩뿌려졌다. 마른 모래가 검게 젖어들고, 두 사람도 흩뿌려진 강물에 흠뻑 젖었다.

서준은 물러서지 않았다. 몸을 더욱 낮춰 탐마장 제2식을 쏟아냈다. 그는 머리 위로 떠 오른 곡운대의 발을 피해 하체를 노리고 장을 휘둘렀다. 곡운대의 발이 허공을 찼다. 서준의 장이 허공을 갈랐다.

반대쪽으로 훌쩍 뛰어내린 곡운대가 재빨리 몸을 돌려서는 또다시 원앙각(鴛鴦脚)을 시도했다. 상대를 향해 달려들 듯 다가서서는 뒤로 돌아 걷어차는 발차기다.

서준도 지지 않았다. 백사토신(白蛇吐信)으로 맞았다. 흰 뱀이 혀를 날름거리듯 두 손을 번갈아 내뻗었다. 발경이 실린 무서운 장법이다. 화려하지는 않지만 적을 쓰러뜨리기에 맞춤한 절정의 장법이다.

고수는 고수를 알아보는 법이다. 서로 치명적인 타격을 받을 것이 뻔했기에 곡운대는 발을 거둬들이고 말았다. 일단 물러서기로 한 것이다. 그러나 때는 이미 늦어있었다. 발경이 실린 손바닥이 거대한 암벽이 밀고 들어오듯, 그의 가슴으로 파고들었다.

화들짝 놀란 곡운대는 재빨리 몸을 굴렸다. 모래 위로 여의륜(如意輪)이 구르듯 그의 몸이 굴렀다. 입에서는 헛바람 켜는 소리도 새어 나왔다.

서준이 다급히 손을 거둬들였다. 그가 자신의 장법을 받지 않고 그대로 물러섰기 때문이다.

"봐주는 게요?"

자존심이 상한다는 낯빛이었다. 모래를 뒤집어쓴 곡운대가 옷자락을 털며 일어섰다.

"과연, 서사부의 팔극권은 천하제일이요!"

바람이 두 사람 사이로 모래를 흩뿌렸다. 시야가 흐려졌다. 파란 불꽃이 갈대 사이에서 명멸했다.

곡운대는 서준의 장이 가슴으로 파고드는 순간, 그 짧은 시간에 자신을 돌아봤다. 어리석은 짓이었다. 이 어린아이 같은 행동이 한심했다. 문득 자신이 초라해졌다. 무엇이 자신을 이렇게 볼품없게 만들었단 말인가? 음모다. 누군가의 음모다. 자신들의 다툼을 두고 이로움을 얻을 자들, 그들이었다. 일제였고, 건달패였다.

곡운대는 몸을 뒤로 물렸다. 강물이 또 한 차례 빗물처럼 흩뿌려졌다. 빗살 사이로 후광이 비쳤다. 보살의 몸처럼 곡운대의 몸에 후광이 서렸다. 장엄했다.

"곡사부의 연청권이야말로 대단한 것이오!"

곡운대가 손사래를 치며 고개를 흔들었다.

"신창 이사부가 되살아나신 듯하오. 흠잡을 데 없는 완벽한 보법에 신묘한 퇴법까지. 그야말로 최고라는 말이 부끄럽지 않소."

엄지를 치켜들고는 팔극권을 입에 올렸다. 기력합일의 팔극권은 강호 무술 중에 최고의 반열에 오를 수 있는 몇 안 되는 최고봉이라며 극찬해 마지않았다. 서준도 지지 않고 연청권에 대해 칭찬을 늘어놓았다.

"말로만 듣다 오늘 이렇게 몇 초식 겨뤄보니 과연 대단하오. 곽사부의 제자임에 부끄럽지 않소."

그의 입에서 짧은 한숨이 새어 나왔다.

곡운대는 정무체육회 곽원갑의 제자였다. 그는 곽원갑으로부터 연청권의 진수를 전해 받았다. 연청권은 뛰어난 보법과 기묘한 신법으로 이름난 무술이다. 푸른 제비가 물을 차고 날아오르듯 가볍고 민첩한 몸놀림이 특징이다. 공격을 주로 하며 정교한 수법은 부드러움과 강함을 함께 지니고 있었다. 연환각, 원앙각, 요음각 등 정밀한 발차기는 상대의 하반신 공격에 유용하며, 빠르게 상대를 쫓아간 뒤 갑자기 방향을 틀어 측면이나 뒤로 돌아가는 몸놀림은 다른 무술에서는 찾아볼 수 없는 특이하고도 신묘한 신법이다. 게다가 위를 치는 척 아래를 차고, 아래로 숙이는 듯 위로 뛰어오르는 급격한 변화는 상대를 혼란케 하여 타격의 성공률을 높인다. 허허실실을 완벽하게 구현해 낸 무술이 바로 연청권이었다.

"우리가 이러고 있는 이유가 대체 뭐요?"

곡운대의 물음에 서준은 말을 잊었다. 그도 그와 같은 생각을 하고 있었다.

침묵이 흘렀다. 그 사이로 바람이 훑고 지나갔다. 푸른 빛이 명멸했다. 옷자락이 흔들렸다. 머리칼이 휘날렸다.

건너편 부두에서 기선이 움직였다. 거대한 몸집의 기선은 검은 꼬리를 흔들며 부두를 빠져나오고 있었다. 곡운대가 뒷짐을 졌다. 입에서 한숨이 새어 나왔다.

"탈취요. 일제가 대륙의 자본을 무차별 실어내 가고 있소."

서준이 돌아서서는 주먹을 쥐었다. 돌아선 그의 뒤로도 후광이 서렸다. 푸른 빛이었다. 신비한 빛이었다.

"죽일 놈들이오!"

"지난 사변 때 있었던 일을 생각하면 찢어 죽일 놈들이오."

곡운대는 두 번에 걸쳐 있었던 상해 사변을 입에 올렸다. 일제의 잔인함을 떠올리고는 몸을 부르르 떨기까지 했다.

"청소반까지 조직해 운영한 것을 생각하면, 그야말로 살이 떨리오."

청소반, 상해 사변 시 일제의 수탈 정책을 위한 조직이었다. 공장의 생산 물품은 물론, 기계까지 뜯어 그들은 일본으로 반출시켰다. 반출된 강철만 10만 톤이 넘었으며 매일 두 세 차례씩 물건을 배에 실어 일본으로 빼돌렸다. 도적과 다름없는 짓이었다.

일제는 중국기업을 강제로 빼앗는가 하면, 일본 교포들에게는 약탈하는 것까지도 허용했다. 수많은 공장의 소유권이 일본인의 손으로 넘어갔다.

일제의 만행은 수탈로 그치지 않았다. 상해 시민들을 죽음으로 몰아넣었다. 그들은 청장년층을 집중, 살해했다. 황포강에서는 이들의 시신 백여 구가 떠오르기도 했다. 남자들은 손이 뒤로 묶여 있었으며 여자들은 사지가 찢겨 있었다. 어린아이들까지도 있었다. 상해 시민들이 시신을 건져 올리려 하자 일본군은 이마저도 제지했다.

서준이 입술을 질끈 깨물었다.

"놈들은 이제 건달패까지 상해에 들이고 있소."

건달패라는 말에 곡운대가 눈살을 찌푸리고는 뱉듯이 말을 쏟아냈다.

"게다짝에 나가기 차림만 봐도 치가 떨리오. 게다가 허리춤에 주렁

주렁 달고 다니는 칼이란."

툽상스런 말에는 비아냥거림이 가득했다.

"놈들이 검도관을 명분으로 하고 있지만, 실상은 상해를 건달패의 발아래 두려고 하는 짓이오."

서준이 허공으로 눈길을 돌렸다. 눈빛이 형형했다. 푸른 기가 날이 서 있었다. 기러기 떼가 열을 지어 하늘을 날고 있었다. 가지런해서 질서가 있어 보였다.

"그러고 보니, 우리 일도 놈들의 음모요!"

음모라는 말에 곡운대가 고개를 끄덕였다. 황포강의 하늘이 새파랬다.

"맞소. 나도 그리 생각하오. 부끄럽게도 놈들의 계략에 걸려들고 말았소."

곡운대의 얼굴이 붉어졌고 서준도 낯빛을 붉혔다.

"죽일 놈들!"

누런 황포강이 으르렁거리며 파도를 일으켰다. 물살이 거세게 강변을 후려쳤다. 바람에 강물이 또다시 흩어졌다. 비가 쏟아지듯 물살이 튀었다.

"하마터면 큰일 날 뻔했소."

곡운대는 한숨을 몰아쉬었다. 서준도 마찬가지였다. 그가 먼저 사과를 했다.

"나의 실수요."

곡운대가 손사래를 치며 자신의 잘못이라고 스스로 책망했다. 그러면서 제국의 문화재 약탈로 말을 이어갔다.

"우리의 정신을 빼앗아 가고 있소."

한숨이 깊었다. 서준이 그 한숨을 받았다.

제국의 야만적인 행위라며 대륙이 혼란한 틈을 타, 오 천년 역사의 고갱이를 훔쳐 가고 있다며 그는 주먹을 불끈 쥐었다. 수많은 문화재가 일본을 비롯해 서양 제국의 약탈 대상이 되었다고, 어떻게든 막아야 한다며 그는 열을 올렸다. 문화재는 자신들의 것만이 아니라 조상들의 것이자 후손들의 것이라고 안타까워하기도 했다.

바람과 강물을 타고 푸른 빛이 휘돌았다. 빛은 무사의 형상으로 화했다 소멸하기를 반복했다. 바람 속의 표정은 뭔가 간절했고, 강물 속의 모습은 뭔가 애절했다. 슬픈 듯 신비하게 무형의 형상으로 명멸을 거듭했다.

곡운대가 항일회를 입에 올렸다. 함께 해 보자는 것이다. 더는 두고 볼 수가 없다며 오늘의 치욕을 입에 담기도 했다.

기꺼이 그러겠노라고 서준이 입술을 질끈 깨물었다. 깨문 입술이 강단져 보였다.

일제에 대한 분노가 둘 사이에 들끓어 올랐고, 분노는 곧 적개심으로 불타올랐다.

이후로, 시라이가 도전을 해 왔고 곡운대는 만류했다.

서준은 대륙의 자존심을 지켜야 했다. 일제의 음모인 줄 뻔히 알았지만, 그냥 있기에는 자존심이 허락지를 않았다. 대결에 응했고 오늘 대세계오락장에서 만났던 것이다.

곡운대는 육합대창의 위력을 오늘에야 실감했다. 역시 서준이었다.

신창 이서문의 후예다웠다. 능수능란했다. 대창이 팔이 되어 서준과 한 몸으로 움직였다. 자유자재로 허공을 누볐고 진공을 제압했다.

이른 봄, 매화꽃이 바람에 휘날리듯 예리한 창끝이 대세계오락장을 꽃으로 수놓았다. 탄성이 쏟아졌다. 대창이 휘돌고 그 사이로 서준의 날렵한 몸이 물이 흐르듯 흘렀다.

열도의 도법 역시 만만치 않았다. 예리했다. 베고 찌르는 동작이 하나로 이루어졌다. 살상에 최적화되어 있는 도법이다. 간결했다. 전후좌우를 베고 찌르는 초식만이 있을 뿐, 무법(無法)의 도법(刀法)이었다.

부드럽게 미끄러져 들어가는 보법은 마치 허공을 밟고 흐르는 듯했다. 상대에게 거리가 좁혀진다는 사실조차도 인지하지 못 하게 할 신출귀몰한 보법이었다.

서준의 짧고 강렬한 기합이 울려 퍼졌다. 철우경지다. 육합대창이 바람개비처럼 휘돌아 시라이의 가슴을 노렸다. 창끝이 시라이를 감쌌다.

당황한 듯 시라이가 주춤 뒤로 물러섰다. 빈틈이 없었다. 파고들 여지가 없었다. 그는 짧은 칼을 들어 창끝을 막았다. 번개가 작렬하듯 칼과 창끝이 부딪혔다. 불꽃이 튀었다. 모두의 시선이 한곳으로 모아졌다.

시라이는 그제야 서준의 공력이 만만치 않음을 실감했다. 칼을 쥔 손아귀가 떨어져 나갈 듯했다. 대단했다. 연신 뒤로 발을 물리지 않을 수 없었다. 창끝은 번개였고 거대한 암벽이었다. 옆으로 돌았다. 순간, 틈이 보였다. 긴 창이 방향을 바꾸기 힘겨워했던 것이다.

시라이가 긴 칼을 들어 어깨에 얹었다. 창끝이 다리를 노리는 순간,

시라이의 몸이 허공으로 떠올랐다. 창끝이 그의 다리 아래로 스쳐 지났다. 시라이가 긴 칼을 크게 휘둘렀다. 서준의 목을 노리고 베어 들어갔다.

서준이 당황한 듯, 긴 창을 급히 거둬들여서는 창대로 들어 막았다. 시라이는 예상이라도 했다는 듯, 칼의 방향을 바꿨다. 반대쪽으로 내리그어 허리를 베었다.

탄성이 쏟아져 나왔다. 붉은 치파오 아가씨가 손을 들어 눈을 가렸다. 째진 비명을 쏟아내기도 했다.

고수의 대결은 한순간에 결정이 나는 법이다. 번개가 작렬하는 그 짧은 시간에 승패는 가려진다. 서준과 시라이의 대결도 그랬다.

서준은 시라이를 유혹했다. 그가 옆으로 도는 순간, 슬쩍 빈틈을 보였던 것이다. 시라이는 그것을 물었고, 제대로 걸려들었다.

적을 찌르기 전에 먼저 눈으로 찌르라는 말이 있다. 눈으로 찌르기 위해서는 눈으로 보지 말고, 마음으로 보아야 한다.

시라이는 철우경지에 당황하는 눈빛을 보였다. 그의 실수다. 서준은 그것을 이용했다. 당황한 마음에 불안과 공포를 불러일으키게 했던 것이다. 탐욕이라는 마음을 일게 해 그것들을 불러일으켰던 것이다.

빈틈은 탐욕이었다. 서준의 유혹이었다. 시라이의 긴 칼이 서준의 허리를 베어 들어가는 순간, 서준의 몸이 풍차처럼 돌았다. 창끝이 떨어지는 매화꽃을 베어내듯 연속해서 찔렀다.

시라이의 입에서 헛바람 켜는 소리가 새어 나왔다. 당황한 소리였다. 이어 짧은 칼이 빛을 뿌리며 허공으로 떠올랐고, 긴 칼은 두 동강이 난 채, 바닥으로 떨어져 내렸다. 맑고 투명한 쇳소리가 대세계오락장을 울렸다.

 탄성과 함께 탄식이 쏟아져 나왔다. 탄성은 곡운대를 비롯해 상해 시민들이 울려 낸 것이었고, 탄식은 시라이를 따르는 일본인들이 내뱉은 것이었다.

 서준의 육합대창이 시라이의 목을 겨눴다. 그가 거듭 뒤로 물러서며 또 다른 칼에 손을 얹었다. 허리춤의 짧은 칼이다.

 "끝내지 않겠소?"

 우뚝 선 서준의 뒤로 푸른 광배가 서기처럼 둘러쳐졌다. 머리 위로는 무형의 자색 기운이 서리기까지 했다. 자색 기운은 서서히 형상을 갖춰나갔고, 머리를 질끈 동여맨 무사의 모습을 형성해냈다. 신기한 현상이었다.

 물음에 시라이가 고개를 가로저었다.

 "내게는 아직 칼이 남아있다."

 짧은 칼이 예리하게 빛났다. 야유가 쏟아졌고, 비난의 말이 쏟아졌다.

 "열도의 도법(刀法)은 그러한가?"

 패배를 인정치 않는 시라이의 야만에 서준이 고개를 절레절레 흔들었다.

 "몸에 지닌 칼이 남았는데, 무슨 헛소리!"

 그가 칼을 휘둘렀다. 도법이 아닌 발악이었다. 서준이 몸을 돌려 피했다. 칼끝이 따라갔다. 창대를 들어 막았다.

 시라이의 눈빛은 이성을 잃어있었다. 뒷골목 건달의 태가 그대로 드러났다.

 서준은 여유 있게 움직였다. 이성을 잃은 건달을 상대하는 것은 무사에게 있어서는 수치다. 그렇다고 상대하지 않을 수도 없다. 정신 나간 칼끝에 자칫 상처를 입을 수도 있기 때문이다.

그는 군중들의 야유 속에 시라이의 칼끝을 피해 빙빙 돌았다. 격분한 그가 칼을 마구 휘둘렀다. 옷자락이 휘날렸다. 길 잃은 칼끝이 허공을 방황했다. 숨소리가 격했다.

"무법의 도법이로군!"

누군가가 비아냥거렸다. 열도의 도법이라며 곁에서 장단을 맞췄다. 낄낄거리는 웃음소리가 파도처럼 흔들려 나갔다. 소리는 전염이라도 된 듯 넓게 퍼져나갔다.

"치욕이로군!"

나가기 차림의 일본 국수회 패거리가 이를 갈았다. 곁에서 기모노를 입은 아가씨가 입을 틀어막았다. 표정은 안타까움에 어쩔 줄 몰라 했다. 패거리들은 부끄러움 속에 분노를 가득 실은 얼굴로 칼자루에 손을 얹었다. 진공의 공간으로 뛰어들 기세였다. 뛰어들어 치욕을 더 큰 치욕으로 모면하려는 순간, 요란한 호각 소리가 대세계오락장을 뒤흔들었다. 프랑스 순포였다. 진공의 공간이 순식간에 무너져 내렸다. 사람들이 흩어졌다. 저녁 하늘로 새 떼가 흩어지듯 흩어졌다.

"움직이지 마라!"

명령은 달아나라는 소리에 지나지 않았다. 사람들은 문을 찾아 아우성을 쳤고, 우르르 창문을 뛰어넘었다. 순포 몇 명으로 해결될 사안이 아니었다.

"빨리 가시오!"

누군가 서준을 향해 창문을 가리켰다. 그가 고개를 끄덕여 보이고는 바람같이 창문을 뛰어넘었다. 순포가 그를 향해 소리쳤다.

"서라!"

소리쳤으나 쫓지는 못했다. 그도 당황한 듯 얼굴이 푸르뎅뎅해졌다. 생각보다 사람이 많기 때문이었다. 단순한 싸움인 줄 알았는데 예사로운 싸움이 아니었다. 일종의 경기였다. 도박이었다. 불법행위였다.

흥분한 시라이가 칼을 든 채 식식거렸다. 순포가 다가가 총을 겨누자 그제야 칼을 내려뜨렸다. 얼굴은 분노로 일그러져 있었다.

"일본 영사관의 제도회 회장이시오."

긴 칼을 찬 요시다가 앞으로 나섰다. 게다짝에 나가기 차림이었다. 프랑스 순포 니콜라스가 불그레한 얼굴로 그를 노려봤다. 표정은 불법행위에 대한 책임을 묻는 것이었다.

"불법은 없었소!"

칼로 자르듯 단호한 말에 곁에 있던 순포 피에가 끼어들었다.

"불법이 없었는데, 저렇게들 달아나나?"

요시다가 그를 돌아봤다. 눈빛에 핏빛이 섞여 있었다. 잔인했다. 피에가 방아쇠에 손을 얹었다. 그제야 고분고분해졌다.

"우리 제도회는 상해에서 그 어떤 불법적인 일도 하지 않소. 그건 대일본제국의 체면이 달린 문제요. 천황폐하의 신민으로서 제국에 어떠한 누도 끼치지 않겠다는 것이 우리 제도회의 철칙이오."

제도회(帝刀會), 건달패거리로 해군육전대는 이들을 앞세워 상해의 뒷골목과 민단을 장악해 갔다. 이들이 주로 하는 일은 항일지사를 암살하는 것부터 시작해 일제의 걸림돌이 되는 일들을 제거하고, 나아가 일본인과 일본에 우호적인 사람들을 보호해 주는 일이었다.

"우리 조계에서 이런 큰 경기를 하면서 세금을 내지 않는 것은 불법이다."

피에가 다시 윽박지르듯 요시다를 향해 총부리를 겨누자 시라이가 나섰다.

"우리는 모르는 일이오. 나도 저들의 음모에 말려들었을 뿐이오!"

시라이는 중국인을 핑계 댔다. 저들이 도전을 해왔고, 어쩔 수 없이 응하게 되었다는 것이다. 니콜라스가 고개를 흔들었다.

"솔직히 말하지 않으면 당신들이 모든 세금을 내야 하오. 그렇지 않으면 폭력행위 및 질서 위반죄로 간주, 체포하겠소!"

요시다가 펄쩍 뛰었다. 손을 들어서는 달아나는 사람들을 가리켰다.

"보시오! 우리 일본인은 얼마 되지 않소. 죄다 중국인들이잖소."

썰물이 지듯 사람들이 대세계오락장을 빠져나가고 있었다. 프랑스 순포들이 이들을 제지하며 막아섰으나 감당이 되질 않았다. 순포 몇 명으로 막을 수 있는 것이 아니었다.

"저들이 일본인인지 중국인인지 우리는 모른다. 네가 봐라! 다 똑같이 생기지 않았나?"

요시다는 한심하다는 듯 허탈한 소리를 내뱉었다.

"저게 어째 같다는 말이오. 옷차림을 좀 보시오!"

피에가 고개를 가로저었다. 총구는 여전히 그를 겨눈 채로였다.

"중요한 건, 세금을 탈루했다는 것이다."

말하는 피에의 얼굴이 번들거렸다. 시라이는 순포의 압박에 곤혹스러웠다. 대동아공영을 실현한 대일본제국을 무능한 중국인과 함께 얼버무려 동양인으로 취급하고 있는 이 난감한 상황, 시라이는 분노했다.

제국의 힘이 약해졌다고는 하나, 이 정도는 아니었다. 항변하려 했다. 그러나 프랑스제국의 순포는 막무가내였다. 법을 악용해 세금이란 자본을 뜯어내려 했던 것이다. 승냥이와도 같은 서양 제국의 음흉함이었다.

그때, 밖에서 함성이 일었다. 제국주의 물러가라는 소리가 거세게 밀려들었다. 순포들의 무리한 제압에 중국인들이 시위로 맞섰던 것이다. 이제 당황한 것은 니콜라스와 피에였다. 그들은 텅 빈 대세계 오락장을 황급히 빠져나갔다. 그제야 시라이를 비롯해 제도회 패거리들도 자리를 뜰 수 있었다. 바닥을 쓰는 나가기 옷자락이 초라했고, 허리춤에서 덜렁거리는 칼들은 궁상스러웠다.

상해 시민들은 분노했다. 남의 땅에서 떵떵거리며 큰소리치고 있는 제국주의의 야만에 그들은 쌓인 울분을 토해냈다. 주변의 시민들까지 합세했다. 중국 땅에서 조계라는 이름으로 억압과 착취를 일삼고 있는 조계 당국에 시민들이 분노를 표출했던 것이다. 다스리는 자와 다스려지는 자의 갈등의 표출이었다.

"프랑스는 프랑스로 돌아가라!"

"여기는 중국 땅이다. 제국주의 물러가라!"

함성이 거리를 집어삼켰다. 순포는 당황했고 몇 발의 총탄을 발사했다. 총성이 거리를 집어삼키고, 총탄이 허공을 찢었다.

"해산하라! 모두 체포할 것이다."

니콜라스는 소리쳤지만, 함성에 묻혀 들리지도 않았다. 총성만이 귓전을 울렸으나 시위대를 멈추게 하지는 못했다.

거리의 가스등으로 푸른 빛이 감돌았다. 서준을 감쌌던 자색 기운도 어디선가 스며 나왔다. 스산한 바람에 신비로운 기운이 거리를 휘감았다. 하늘에는 푸른 빛의 섬광과 작렬하는 번개 사이로 무사의 형상이 피어났다. 신비로운 현상이 상해 거리를 수놓았다. 하지만 이를 눈치채는 사람은 아무도 없었다.

갈수록 규모가 커졌다. 순포들도 시위대를 겨냥하지는 못했다. 더 큰 사고로 이어질 수 있기 때문이었다. 허공을 향해 그저 위협 사격만을 해댔다.

시위대는 하비로로 향했다. 거리가 인파로 가득 찼다. 함성이 물결처럼 일어섰다. 사거리를 돌아 하비로로 들어서자 멀리 순포방 앞으로 순포대가 막아서고 있는 모습이 눈에 들어왔다. 총을 겨누고 있었다. 그들의 뒤로는 전차며 버스며 인력거며 사람들이 구름처럼 모여들어 있었다. 이미 거리는 통제되고 있었다.

시위대는 멈추지 않았다. 묘지를 지나 순포대 앞에 섰다. 순포대장 가브리엘이 소리쳤다.

"거기서 멈춰라! 더 진행하면 발포할 수밖에 없다."

경고 아닌 위협이었다.

시위대는 함성을 질렀다. 강력한 불만의 표출이자 저항의 표시였다. 다스려지는 자와 힘없는 자 그리고 약자의 성난 몸부림이었다.

거리의 푸른 기운과 자색 기운이 어지럽게 휘돌았고, 하늘의 무사 형상은 표정을 일그러뜨렸다. 분노한 기색이 역력했다.

가브리엘은 달랬다. 시민들의 심정을 이해한다는 말로 우선 다독였다. 목소리를 낮췄고, 말에 온기를 실었다.

"여러분의 마음을 잘 압니다. 프랑스 조계 당국은 여러분의 자유와 권리를 위해 노력하고 있습니다. 부족한 점이 있다 할지라도 너그럽게 이해해 주십시오!"

허리를 굽히자 함성이 잦아들었다. 하늘의 기운이 온화해졌다.

"지나친 단속은 자제토록 하겠습니다. 시민의 자유를 위해, 안전을 위해 노력하겠습니다."

웅성거리는 소리가 구름처럼 일었다. 약속을 해달라는 말도 튀어나왔다. 가브리엘이 큰소리로 외쳤다. 약속한다며 순포대의 해산을 먼저 명령했다. 순포대가 총을 거둬들이고는 뒤로 물러섰다. 시위대도 가라앉았다.

"우리 입장도 고려해 주십시오!"

가브리엘의 정중한 요구에 시위대는 한발 물러섰다. 일부 시민들은 발길을 돌리기도 했다. 시위대를 이끄는 사람이 없었다. 이끄는 사람이 없자 시위는 쉽게 사그라지고 말았다. 툴툴거리는 불만의 소리만이 여기저기 굴러다녔다. 그조차도 곧 잦아들고 말았다.

시위대는 흩어졌다. 안개가 흩어지듯 흩어지고 하비로에 다시 일상이 찾아들었다. 전차가 지나고 버스가 달리고 황포차가 거리를 가로질렀다.

가브리엘의 입꼬리가 비틀어지며 비아냥거림이 흘러나왔다.

"제대로 하지도 못할 놈들이."

니콜라스는 눈을 찢으며 비웃었다.

"총탄이 날아다니는 세상에 겨우 칼이나 창으로 맞대결을 하다니.

한심한 놈들!"

피에가 끼어들었다.

"그래도 낭만적이지 않습니까?"

가브리엘이 웃었다.

"낭만이란 이름으로 포장된 후진성이지! 그게 동양의 한계야. 놈들이 아무리 발버둥 쳐도 변방의 후발 제국에 불과해. 죽었다 깨어나도 우리 선진 제국을 따라잡을 수는 없지."

오만한 말이었다. 그 오만함이 세계를 혼란 속으로 빠뜨린 줄도 모르고 가브리엘은 아무렇게나 지껄여댔다. 자신들의 무도함을 망각한 채, 깊은 오만함 속으로 빠져들어 있었다. 그들의 오만함이란 결국 낭만이란 이름으로 포장된 후진성보다도 더 후진적인 것이었다.

동양인이 겨루는 칼과 창의 대결에는 예법이란 것이 내포되어 있었다. 규칙과 공정성이다. 저들이 존경하는 총이나 대포처럼 야비하고 무자비하지 않았다. 상대를 속이거나 비열한 행동을 하거나 잔인성을 드러내거나 비겁함을 내보이거나 하면 비난의 대상이었다. 정정당당한 대결이지 결코 야만적인 싸움이 아니었다. 시라이와 같이 예외적인 자도 가끔 있기는 했지만.

서양의 잔인한 결투와 무자비한 혈투와는 분명 달랐다. 그런 면에서 일제는 서양의 제국을 빼닮아 있었다. 못 된 것만 선진문물이란 이름으로 받아들인 까닭이다.

해가 지고 있었다. 하비로의 하늘이 검붉게 물들고 있었다. 가브리엘이 발길을 돌렸다. 프랑스 순포방이 핏빛으로 물들어가고 있었다. 상해의 하비로였다.

일본 해군 육전대 2

야나가와는 불안했다.

제국의 흔들림이 조마조마했다. 미국에 맞서는 것을 그는 극력 반대했었다. 그들까지 감당해내기에는 역부족이라는 것을 누구보다도 잘 알고 있기 때문이었다. 젊은 군인들은 달랐다. 천황을 감싸고돌며 천방지축 막무가내였다. 두려움이라는 것을 몰랐고 제국의 힘만을 믿었다. 과대 포장된 힘이자 기울어져 가는 군력(軍力)이었다. 그것도 수많은 희생을 강요해서 얻은 힘이다. 무모한 짓이었다. 제국의 앞날이 그는 불안했다.

불안은 꿈으로도 나타났다. 요즘 들어 꿈자리가 부쩍 사나워졌다. 꿈은 꿈같지 않게 너무나도 생생했다. 같은 꿈을 이틀 연속 이어 꾸기도 했다. 길몽인지 흉몽인지 알 수가 없었다.

"상해에서 버티는 것도 이제 버거울 것이다. 빨리 물건을 본국으로 옮겨야 한다."

말투가 조급했다. 부관 하야시가 나섰다.

"우편선 부두가 어떻습니까? 가장 빠르고 안전한 곳입니다."

그가 고개를 끄덕였다. 깊이 생각하지는 않은 그런 끄덕임이었다. 노무라가 반대하고 나섰다.

"우편선 부두는 자칫 의심의 대상이 될 수 있습니다. 거리에 한 번 나가보십시오! 심상치가 않습니다."

이번에도 그는 고개를 끄덕였다. 이래도 끄덕, 저래도 끄덕이었다. 판단이 서질 않는 모양이다. 조급중에 불안중이 겹쳐 그는 판단력이 흐려져 있었다. 눈동자가 크게 흔들렸다.

"그럼, 어디가 좋단 말인가?"

"민간인 상선 부두가 좋을 듯합니다. 허허실실이지요."

아래턱을 만지며 그는 허허실실을 뇌까렸다. 뭔가 골똘히 생각하는 듯했지만, 눈빛은 불안하게 흔들리고 있었다.

야나가와는 이 지긋지긋한 도시를 한시라도 빨리 벗어나고 싶었다. 엊그제도 인근 북사천로에서 총격전이 있었다. 육전대 소속 전투병 아홉 명이 전사했다. 부상자는 부지기수였다. 상해자유동맹과 불량한 조선인들이 한 짓거리였다. 저들은 저돌적으로 덤벼들었다. 벌써 두 달째 상해 곳곳에서 제국의 신민들이 테러를 당하고, 천황의 군대는 공격을 받고 있었다. 전에는 볼 수 없었던 일이다. 아니, 감히 생각지도 못했던 일들이다.

"오사카 상선 부두가 좋지 않을까 합니다."

말을 뱉고 노무라는 야나가와와 하야시를 한 차례 돌아봤다. 그들은 뜬금없이 오사카 상선 부두냐는 듯이 그를 쳐다봤고, 그가 다시 말을 이었다.

"오사카 상선 부두 인근에 잠시 보관해뒀다가 상선을 이용해 이송하는 게지요."

야나가와가 멀뚱히 그를 쳐다봤다. 하야시는 계속해보라는 듯, 눈짓으로 말을 재촉했다.

"그러기 위해서는 눈을 속이는 작전이 필요합니다."

야나가와가 자리를 가리켰다.

"앉아서 얘기해 보자!"

그가 탁자로 다가가 앉았고, 맞은편에는 하야시와 노무라가 자리했다. 창밖으로는 새털구름이 새파란 하늘을 수놓고 있었다. 바람을 부르는 구름이었다.

"인력거패를 이용하는 겁니다."

"위험하지 않을까? 저들은 중국인인데?"

하야시가 거듭 물었다. 물음에는 의심 반, 호기심 반이 묻어나 있었다. 노무라가 손사래를 쳤다. 표정은 자신만만했다.

"오히려 더 안전합니다. 우리끼리 하게 되면 저들은 더 많은 의심을 할 겁니다. 인력거패를 둘로 나눈 후, 한패는 물건을 실어 양수포로 보내고, 다른 한패는 소주로로 보내는 거지요."

야나가와가 고개를 끄덕였다. 하야시도 그제야 수긍의 빛을 보였다. 얼굴색이 밝아졌다. 멀리서 구호 소리가 들려왔다. 연병장에서 들려오는 육전대 병사들의 구호 소리였다. 예전 같지 않게 날이 빠져 있었다. 무딘 소리였다.

"성동격서!"

노무라의 말이 이어졌다.

"인력거패에겐 아편이라고 속이는 겁니다. 그러면 아편이라는 소문이 나돌 테고 물건은 자연스럽게 감춰질 수 있지요."

야나가와가 좋은 방법이라며 손뼉을 치자 하야시도 고개를 끄덕였다.

"아예 인력거패를 모두 없애버리는 건 어떻습니까?"

잔인한 말이었다. 그러나 눈썹 하나 까딱하지 않았다.

"하긴, 오사카 상선이 곧 들어올 테니 그때까지만 버티면 되지. 그것도 좋은 방법이로군!"

"한둘이 아닌데? 총을 쏠 수도 없고!"

노무라가 조심스레 묻자 하야시가 음흉한 웃음을 지어 보였다.

"1644가 있지 않나?"

1644, 남경에 있는 세균전 특수부대를 말한다. 흑룡강성 하얼빈의 관동군 산하 731부대와 같은 세균전 특수부대다.

"그까짓 일쯤이야 일도 아니지. 수고했다고 술에 슬쩍 타서 주면 벌컥벌컥 들이킬걸세!"

말끝에 그는 낄낄거리며 웃었다. 야나가와도 낄낄거렸고, 노무라도 히죽거리며 따라 웃었다.

상해를 동서로 가르는 남경로와 하비로가 있다면, 남북으로는 사천로가 있다. 상해의 또 다른 중심축이다. 위쪽으로는 홍구 육전대 사령부에 맞닿아 있었고, 아래쪽으로는 외탄과 현성으로 이어져 있었다. 남경로만큼은 아니지만, 상해의 가장 번잡한 곳 중의 하나였다. 각종 공사와 회사들, 은행과 보험, 유흥시설 등이 즐비하게 늘어서 있었다. 게다가 상해에서 가장 큰 주거지를 품고 있었다. 때문에, 거리는 늘 사람으로 붐볐고 전차나 버스, 택시가 바빴다. 황포차도 한몫을 했다.

1932년. 조선인 윤봉길에 의해 참사를 당한 후, 일제는 그 일을 핑계로 홍구를 손에 넣었다. 홍구를 점령하고는 조계지로 삼아 해군육전대 본부를 들이고 대륙침략의 교두보로 삼았다. 그 육전대 사령부가 이른 저녁부터 법석을 떨었다. 황포차가 대기하고 헌병대와 경찰들이 부산했다.

"조심히 다뤄라!"

하야시는 헌병대를 지휘해 나무 상자를 옮겼다. 황포차가 뒤꽁무니를 들이민 채, 나무상자를 받았다. 누런 두건을 두른 인력거패들은 호기심 어린 눈으로 나무 상자를 살폈다. 대못을 쳐 마무리를 한 상자는 비밀의 상자만 같았다. 꽤 규모가 있었다. 웬만한 장정이 들어가 앉아도 될 만한 크기였다. 헌병대 두세 명이 조심스레 나무상자를 들어 옮겼다.

"뭐가 들었기에 저리들 조심하는 게야?"

콧수염이 얍삽한 인력거패가 물었다. 작은 쥐 눈을 굴려 이리저리 살피기도 했다.

"아편이라는데, 아편을 저리 조심할 필요가 있나?"

다른 사내가 도리질을 하며 받은 말이었다. 살짝 얽은 얼굴에 마마 자국이 선명한 중년의 사내였다.

"아편은 무슨."

또 다른 사내가 말끝을 잘랐다. 확신이 실려 있는 꼬리 자름이었다.

"그럼, 뭘까?"

사내가 궁금하다는 듯 다시 물었다. 그때, 헌병대 오장 이케다가 다가왔다.

"상자에는 뭐가 들었습니까?"

이케다가 눈살을 찌푸리고는 둘러선 인력거패를 훑어봤다.

"자네들은 물건만 안전하게 운반하면 돼! 물을 필요도 없고. 삯을 두 배나 주면서 쓰는 데는 다 이유가 있지 않겠나?"

혀끝에서 찬바람이 일었다. 괜한 것을 물었나 싶을 정도였다. 사내가 어색하게 고개를 끄덕였다. 이케다가 눈가에 힘을 주고는 돌아섰다. 쓸데없는데, 신경 쓰지 말라는 표정이었다.

사내들은 각자 생각에 잠겼다. 도대체 뭐가 들었기에 저러는 걸까? 금괴라도 들었단 말인가? 그러기엔 너무 가벼워 보였다. 부두로 이송하는 것을 보면 일본으로 가져가는 물건임이 틀림없었다. 그러나 뭔지는 알 수가 없었다.

"양수포로 가는 물건은 다 실었다. 출발한다!"

하야시의 명령에 황포차 8대가 움직였다. 큰 바퀴를 굴리며 황포차가 육전대 본부를 빠져나갔다. 푸른 기운이 황포차의 뒤꽁무니에서 흘러나왔다. 자색 기운이 상자 위에서 맴돌았다. 흘러나온 푸른 기운과 맴도는 자색 기운이 어우러지며 거리를 아름답게 수놓았다. 하지만 사람들은 누구 하나 눈치 채지 못했다. 이어 다른 인력거패들이 다음 물건을 싣기 위해 황포차를 움직였다.

사천로의 저녁은 혼잡했다. 수많은 사람이 거리로 쏟아져 나와 있었다. 그들은 해방에 대한 기대감으로 한껏 들떠 있었다. 항일 단체들도 막바지 투쟁에 돌입했다. 곳곳에서 마찰이 일었고, 크고 작은 시가전이 빈발했다. 특히 초저녁이 위험했다. 어슴푸레한 빛이 적에게 노출될 위험성을 줄여주었기 때문이다. 이를 이용해 더 많은 적과 동지가 거리로 스며들었다.

먼저 출발한 인력거패는 북사천로를 따라 내려가 북소주로를 거쳐 양수포로 갈 계획이었다. 양수포의 오사카 상선 부두로 물건을 이송할 것이다.

가스등을 밝힌 북사천로는 사람의 물결로 가득했다. 복민의원과 일본소학교를 지나 대덕리에 이르자 인파는 절정에 달했다. 주택가에서 쏟아져 나온 주민들이 저녁 사천로의 낭만을 즐기고자 했기 때문이다.

덜컹거리는 전차와 경적을 울리는 택시, 인력거꾼의 호객 소리로 거리는 부산했다. 은은한 빛이 새어 나오는 카페와 주점, 화려한 네온사인이 곳곳에서 유혹했고 댄스홀과 오락장, 구락부는 경쟁이라도 하듯 현란한 손짓을 해대고 있었다. 자본의 달콤함에 빠진 부르주아는 그 달달함을 찾아 거리를 방황했고, 혁명에 목마른 마르크스 보이와 엥겔스 걸은 그 붉은 발걸음을 부지런히 또 움직였다.

때로 이들은 서로를 경계하기도 했고 때로는 이용하기도 했으며 또 때로는 협력하기도 했다. 자신들의 목적을 위해 동지가 되기도 했고 경쟁자가 되기도 했으며 적이 되기도 했다. 지금은 함께 해야 할 경쟁자였다. 일제가 그들을 그렇게 만들었다. 저들은 민중을 억압하고 핍

박했으며 제국의 신민으로 만들려 했다. 대륙의 부르주아와 마르크스 보이는 대륙을 지키기 위해 협력해야 했으며, 자신들의 목적을 위해 경쟁까지 해야 했다. 결국은 적이 될 운명이기는 했지만.

다행인지 불행인지 황포차를 가로막는 자들은 없었다. 모두가 자신들의 저녁 낭만을 즐기는 데만 빠져 있었다. 파오를 입은 중국인과 홑적삼을 걸친 조선인과 나가기 차림의 일본인까지 눈에 띄었다. 주눅이 들기는 했지만, 일본인들은 여전히 상해의 주인처럼 거리를 활보했다. 상해는 마치 일본인 것처럼 그들은 행동했다.

사천로교를 앞에 두고 황포차의 행렬이 방향을 틀었다. 북소주로 사거리였다. 사거리를 돌아선 행렬은 소주하를 따라 다시 동쪽으로 달렸다. 앞선 황포차에서 비키라는 소리가 연신 터져 나왔다.

"비키시오!"

앞선 소리를 받아 뒤쪽에서도 외쳤다.

"황포차요!"

요란한 외침이 북소주로를 길게 울렸다. 사람들은 황급히 피하기도 하고, 눈살을 찌푸리며 이들의 설레발을, 고깝다는 듯이 쳐다봤다. 불만의 소리도 질겅거리며 뱉어냈다.

"제기랄, 무슨 큰 벼슬이라고."

불빛을 받은 소주하의 물결이 황금 물비늘처럼 반짝였다. 화려했다. 자본의 음흉한 유혹이기도 했다. 완소산은 생각했다. 아편이라고 했는데, 아편이라기에는 의심쩍었다. 우선 상자의 규모가 아니다. 아편을 이렇게 큰 상자에 운반하다니? 게다가 조심히 다루라는 말은 더욱 이해가 되질 않았다. 뭔가 귀중한 물건을 옮기고 있는 것임이 틀림없었다. 그게 뭔지 완소산은 궁금했다. 일제의 음흉함에 치를 떨고 있는 그였다.

황포차 행렬이 백로회로를 지나 양수포로에 다다랐다. 멀리 양수포 선착장이 눈에 들어왔다. 기선들이 정박해 있었다. 선착장을 막 빠져나가고 있는 영국의 기선도 보였다. 자본의 착취였다. 대륙의 물산과 자원을 쓸어가고 있었다.

아편전쟁 이후로 서양 제국은 하나같이 대륙을 착취의 대상으로 삼았다. 민중을 노예처럼 부려 먹었다. 그들의 분노와 울분이 산처럼 쌓여갔다.

"이쪽이다. 이쪽으로 황포차를 대라!"

일제 헌병대였다. 오사카 상선 부두 앞에 그들이 먼저 와 있었다. 손짓과 외침으로 그들은 황포차를 인도했다.

완소산은 그들이 이끄는 대로 황포차를 움직였다. 오사카 상선 부두 맞은편의 선술집 오사카 이자카야였다. 술집 앞으로 불이 환하게 밝혀져 있었고, 문은 활짝 열려 있었다. 여덟 대의 황포차가 차례로 줄지어 서자 기다리고 있던 육전대 병사들이 달려들었다. 그들은 상자를 내려 안으로 옮겼다. 행동이 하나같이 조심스러웠다.

완소산은 그들의 행동에서 다시 한번 의심의 눈초리를 빛냈다. 예사롭지 않았다. 보통 물건이 아님이 틀림없었다. 황포강의 물비린내가 비릿하게 코를 찔렀다.

"목이나 축이고 가라!"

육전대 소좌 아소였다.

목덜미의 땀을 닦아낸 인력거꾼들이 오사카 이자카야로 들어갔다.

단출한 장식이 일본식 선술집 분위기가 물씬 풍겼다. 탁자에는 생선 요리가 정갈하게 마련되어져 있었다.

"늦은 밤까지 수고들 했다. 앉아라!"

아소의 말에 인력거꾼들은 감동했다. 자신들을 이처럼 대접해주는 이는 혼치 않았다. 상해의 하층민으로, 무시하고 멸시하는 경우가 다반사였다.

땟국에 절은 소매가 불빛에 측은했다. 인력거꾼들은 탁자에 놓인 술병과 술잔, 생선구이에서 눈길을 떼지 못했다. 갓 구워낸 꽁치는 기름기가 반들거렸다.

"들게!"

기다렸다는 듯이 인력거꾼들이 술잔을 들었다. 생선구이로 젓가락을 먼저 가져가는 이도 있었다. 왁자했다. 술이 따라지고 목울대를 넘기는 소리가 거칠게 들렸다. 바삭하게 구워진 꽁치의 기름진 냄새가 코를 자극했다.

아소는 빙긋이 웃었다. 주위를 둘러싼 헌병대도 소리 없이 웃었다. 술잔이 연신 돌았다. 꽁치가 바쁘게 뜯겼다.

"상자를 풀어라!"

아소의 명령에 육전대 병사들이 조심스레 열여섯 개의 상자를 차례로 열었다. 여는 순간, 푸른빛과 자색 기운이 번개가 치듯 허공으로 튀어 올랐다. 튀어 오른 빛과 기운은 오사카 이자카야를 휘감고는 맴돌았다. 휘감고 맴돌며 열여섯 개의 빛으로 나뉘고, 열여섯 개의 기운으로 화했다. 옅은 푸른빛에서부터 짙은 붉은 빛까지, 오색찬란한 빛의 경계를 이루어내며 황금빛으로 빛났다. 다만, 이 모든 빛과 기운은 사람들의 눈에는 보이지 않는 빛이자 기운이었다.

병사들은 알 수 없는 기운에 주춤 뒤로 물러섰다. 뭔가 강한 기운이 몸을 뒤흔드는 것을 느꼈을 뿐이다. 아소 역시 그런 것을 느꼈다. 하지만 곧 그러려니 하고 돌아서고 말았다. 그 순간, 탁자에서 신음이 쏟아져 나왔다. 인력거꾼들의 눈이 커졌다. 고통에 찬 눈빛이 허공을 움켜쥐었다. 분노와 두려움과 원망이 혼재하는 그런 눈빛이었다.

여기저기에서 목을 움켜쥔 채, 고통에 찬 신음을 흘려냈다. 피를 토하기도 했다. 붉은 피가 탁자 위로 쏟아졌다. 넘어지는 소리가 와장창했다.

"죽일 놈들!"

완소산도 허공을 움켜쥐고는 바닥으로 쓰러졌다. 동료들이 허우적거리며 연이어 쓰러졌다.

"빨리 마치고 처리해라!"

얼음물에 담갔다 꺼낸 말처럼 아소의 말은 차가웠다. 상자 안에는 커다란 인형이 하나씩 들어 있었다. 흙으로 빚은 도기 인형이었다. 의외였다. 그렇게 소중히 옮긴 것이 겨우 도기 인형이었다니?

병사들은 고개를 갸웃하고는 아소의 지시에 따라 인형을 창가에 진열했다. 서양식 카페에서 보았던 그런 모습이다. 다만, 다른 점이 있다면 동양인의 모습을 하고 있다는 것이었다. 그것도 스님의 모습이었다.

진열을 마치고 난 후, 병사들은 인력거꾼의 시체를 자루에 담았다. 담아서는 황포차에 싣고 부두로 나갔다. 만조인지 강물이 가득 불어 있었다. 물결이 일렁일 때마다 강물이 둑을 넘어왔다. 넘친 강물은 살아있는 생물처럼 거리를 검게 기어 다녔다.

병사들은 나룻배에 자루를 싣고 강물 한가운데로 나아갔다. 밤이 깊어 있었다. 휘황찬란한 외탄의 불빛이 물 위로 번들거렸다. 노를 저을 때마다 불빛은 튕겨 올랐다. 마치 화려한 불꽃놀이를 보는 듯했다. 강물에 내려선 은하수를 보는 듯도 했다.

노 젓는 소리가 삐걱거리며 음산하게 귀를 울렸다. 인력거꾼들을 저승으로 보내는 장송곡만 같았다. 구슬픈 소리였다. 기선이 빠른 속도로 황포강을 떠내려갔다. 물살이 파도처럼 밀려들었다.

"이쯤이 좋겠군!"

육전대 소좌 스즈키의 말에 병사들이 자루를 들어 강물에 처넣었다. 돌을 품은 자루는 거품을 일으키며 서서히 가라앉았다. 깊은 심연의 어둠이 자루를 집어삼켰다. 흔적조차 없이 집어삼켰다.

여덟 명의 인력거꾼은 그렇게 심연의 어둠 속으로 가라앉았다. 돌아올 수 없는 강을 건넜던 것이다.

나룻배는 다시 부두로 나갔다. 스즈키를 비롯한 육전대 병사들은 아무 일도 없었다는 듯이 태연했다.

소주하도 마찬가지였다. 물건을 운반한 인력거꾼들이 모두 살해되었다. 오사카 이자카야에서 살해된 인력거꾼들과 마찬가지였다. 술에 탄 독극물이었다. 이들은 삼판선에 실려 황포강 한가운데 버려졌다. 비밀을 유지하기 위해서였다. 천인공노할 만행이었다.

상해의 분위기가 달라졌다. 일제는 바짝 주눅이 들었고 눈에 띄게 힘을 잃어갔다. 화북지대의 해방군이 조선의용대와 함께 태항산 전투에서 연승하며 일제에 대한 반격을 개시했다. 오송에서의 승리와 상해에서의 항거도 한몫했다.

거리는 반일에 대한 분위기로 무르익어갔다. 남경로를 비롯해 하비로와 사천로 등지에서는 일제에 대한 분노와 증오로 연일 시위가 이어졌다.

"일제는 물러가라!"

"자유의 날이 밝아온다!"

해방의 날을 외치며 깃발을 휘두르는 민중들로 거리는 가득 찼다. 폭죽을 터뜨리며 항일에 대한 기쁨을 드러내기도 했다. 겁에 질린 일본인들이 차를 몰아 달아났고, 골목으로 뛰어들기도 했다.

신형 포드도 카브리올레도 경적을 죽인 채, 가속 페달을 밟았다. 엔진 소리가 깨질 듯이 거리에 흩어졌다. 민중들은 달아나는 차를 향해 먹다 남은 과일을 비롯해 온갖 오물들을 욕설에 실어 날려 보냈다.

"수두마자!"

"돼지대가리 같은 놈들!"

거리의 일본인들은 무차별 폭력의 대상이 되었다. 비명을 지르며 달아나기도 하고, 살려달라며 애원하기도 했다. 게다짝이 다급하게 거리를 울렸고, 화사한 기모노가 흉하게 찢겼다. 비명이 쏟아지고 신음이 거리를 수놓았다.

두 번에 걸친 사변의 분노는 상해 시민들을 더욱 거칠게 했다. 수많은 목숨을 빼앗고 시민들의 자유를 짓밟았으며 재산을 강탈한 일본인들을 그들은 용서할 수가 없었다. 그들에 대한 분노는 그렇게 활활 불타올랐다.

일본군 모자를 빼앗아 짓밟는가 하면 갈가리 찢어버리기도 했다. 마치 일본군을 짓밟고 찢는 듯한 행동이었다. 거리와 골목의 술집에도 일제를 성토하는 사람들로 가득했는데, 분위기는 마치 승리를 자축하는 듯한 모습이었다.

해군육전대 본부는 분위기가 뒤숭숭했다. 조짐이 심상치를 않았다. 수치스러운 패배가 연이어졌고, 제국의 체면을 구기는 소식들이 연일 날아들었다.

사령관 야나가와는 어젯밤 또다시 꿈을 꿨다. 기묘하게도 지난번에 꿨던 꿈을 다시 꿨다. 이번에는 시기까지 특정되었다. 꿈이라기에는 너무도 생생했다.

요나라 수도인 상경임황부에 야나가와는 사신으로 갔다. 사신단의 우두머리인 그는 태종 야율덕광을 알현하며 이와 같이 아뢰었다.

"유코텐노의 말씀입니다, 폐하! 해 뜨는 나라 왜(倭)는 별이 뜨는 요국을 흠모하고 있으며 특히 야율덕광 폐하의 치적을 하늘같이 높이 받드는 바입니다. 부디 폐하의 너그러움으로 본국과의 교역을 허락하시길 간절히 바라옵니다. 더불어 우리 왜와 요국의 경계에서 간사한 짓을 서슴지 않고 있는 저 고려국을 징벌하고 저들의 무도함을 폐하의 위엄으로 다스려 주시기를 간곡히 청하는 바이옵니다. 폐하께서 군마를 움직이신다면 저희도 군선을 띄워 마주하겠습니다. 위와 아래에서 저들을 압박한다면 송이 비록 저들을 옹호하고 있다 할지라도 감히 어찌하지 못할 것입니다. 왜는 요국과 손잡기를 간절히 바라옵니다."

계단 아래에 엎드린 그는 유코덴노의 말을 그대로 옮겼다.

태종 야율덕광의 거친 수염이 찬바람에 흔들렸다. 그가 바짝 엎드린 야나가와의 등짝을 무심한 얼굴로 내려다봤다. 표정에는 의심과 탐욕이 한데 어우러져 있었다.

동중서문하평장사 야율지란은 두 손을 마주한 채, 황제의 눈치를 살폈다. 맞은편에 서 있던 첨지정사 소치할도 마찬가지였다.

황제가 눈길을 돌려 야율지란을 쳐다봤다. 그가 공손히 아뢰었다.

"왜왕의 말이 간곡하니 폐하께서 용단을 내리시면 신들은 따를 것이옵니다."

이번에는 첨지정사 소치할에게로 눈길을 돌렸다. 그가 조아렸다.

"폐하의 백만 대군이 움직이신다면 천하가 무릎을 꿇을 것이옵니다. 폐하의 군마는 당당하고 군사는 용감하며 백성은 충성스럽사옵니다."

엎드린 야나가와의 입가로 엷은 미소가 감돌았다. 박석에 얹은 손이 살짝 떨리기까지 했다.

아홉 마리 용이 꿈틀거리는 용좌는 태종 야율덕광의 위엄이자 힘이었다. 용포는 세상의 중심을 뜻하는 황금색이었고, 면류관 역시 금빛으로 빛나고 있었다. 그는 형형한 눈빛으로 여의주를 희롱하고 있는 용들을 움켜쥐었다. 황제의 위엄이 지극했다.

"폐하의 아름다운 배려를 왜국에 베풀어 주소서. 베풀어서 무도한 송과 고려에 경종을 울려 주소서."

야율환선이 나서 한 말이었다. 그는 황제의 신임을 받고 있는 최측근이자 사촌 동생이기도 했다. 금군장관인 전전도점검 소달랍도 같은 말을 했다.

"폐하께옵서 천하통일의 위업을 달성하실 날이 그리 멀리 있지 않은 듯 하옵니다, 왜왕이 사신을 보내온 것이 그 아름다운 징조가 아닌가 하옵니다, 폐하."

야율덕광은 고개를 끄덕였다. 멀리 우뚝한 봉우리에서 눈을 거둬, 꿇어 엎드린 야나가와에게로 눈길을 돌렸다. 바짝 엎드린 모습이 보기에 좋았다.

고려는 눈 안에 든 티끌과도 같은 존재다. 송의 하수인 노릇을 하면서 늘 신경을 거슬리게 했다. 지난번 정벌에서 끝까지 싸우지 못하고 발을 돌린 이유 중의 하나이기도 했다. 송을 치자면 반드시 해결해야 할 문제다. 뒷마당부터 정리해야 했다. 그런데 생각지도 못한 왜왕이 먼저 제안을 해왔다. 어찌 보면 소달랍의 말대로 아름다운 징조가 아닌가 한다.

"왜국의 간청을 허하노라. 사신은 들어라!"

말이 떨어지기 무섭게 감읍한 야나가와의 몸이 위아래로 흔들렸다. 머리를 땅에 박으며 조아렸다.

"가서, 왜왕에게 전하라! 짐이 군마를 일으키고 군선을 움직여 고려를 벌할 것이다. 왜왕은 짐의 사신이 당도하는 날, 뜻을 받들어 군선을 움직여라!"

야나가와는 감읍한 목소리로 연신 폐하의 성은을 외쳤다.

동중서문하평장사 야율지란과 첨지정사 소치할의 입가로 흐뭇한 미소가 떠올랐다. 기러기들이 줄을 지어 북쪽으로 올라가고 있었다. 말을 달리기에 좋은 계절이 곧 다가올 것이다.

태종 야율덕광은 무심한 얼굴로 듣는 이 없이 혼잣말로 중얼거렸다.
"이제 군마를 다시 움직일 때다. 천하가 내 발아래에 꿇을 것이다."
눈빛이 활활 타올랐다. 입가로는 결연한 의지가 돋보였다.
태종 야율덕광은 금군장관인 전전도점검 소달랍과 어사대장인 야율환선으로 하여금 출정 준비를 하게 했다. 날랜 말에 안장을 얹고 용감한 군사들에게는 예리한 창과 칼을 쥐게 했다. 등에는 적의 심장을 꿰뚫을 활과 화살을 짊어지게 했다.
상경임황부가 들썩거렸다. 또다시 정벌이 준비되고 있었다. 거리는 어수선했고, 바람은 찼다. 봄이지만 아직은 바람이 차가웠다.

무슨 꿈인지 도대체 알 수가 없었다. 아니, 꿈인지 생시인지조차도 분별하기가 어려웠다. 불길할 뿐이었다. 야나가와는 초조했다.
"오사카 상선 들어오기로 한 날이 언제인가?"
흔들리는 목소리가 조급했다. 하야시의 그런 대답이 이어졌다.
"17일 밤입니다."
야나가와가 서성였다. 뭔가 고심하는 빛이 역력했다. 눈살을 찌푸린 채, 그는 창밖을 내다봤다. 멀리 북사천로 쪽에서 시위대의 함성이 밀려들었다. 며칠째 이어지고 있는 함성이었다. 고향 나고야가 떠올랐다. 떠날 때가 되었다고 그는 생각했다. 제국의 사령관으로서 역할은 여기까지라고 그는 생각했다. 자신은 애당초 천황이니 제국이니 그런 것에는 별 관심이 없었다. 그런 것은 군인들의 몫이다. 자신은 그저 그들이 가꿔놓은 달콤한 열매만 따 먹으면 그만이다. 수많은 조국의 젊은이들이 그 열매를 위해 전장에서 목숨을 잃었다. 이제 상해도 곧 전쟁터가 될 터였다. 이기는 전쟁이 아닌, 지는 전쟁의 전쟁터가 될 것이다. 떠나야 할 이유였다.

"염려 마십시오!"

무사히 본국으로 물건을 이송할 것이라며 노무라가 야가나와의 초조함을 달랬다. 하야시도 거들었다. 상해가 어지럽기는 하나 아직 육전대가 있다며 그는 무력으로 시위대를 진압할 뜻을 내비쳤다.

거리는 여전히 폭죽이 난무하며 횃불의 그림자가 일렁이고 있었다. 시위대가 홍구 안으로 밀려들 기세였다. 경계선 안쪽이었다. 헌병대와 육전대 병사들이 무라타 소총으로 경계를 서고 있는 곳이었다.

그때, 보이지 않는 하늘 위로 오색구름이 펼쳐졌다. 구름 사이로 번개가 작렬하고 구름은 빛을 연신 바꿔냈다. 백색과 청색, 자색과 황색 그리고 적색의 경계를 넘나들며 사천로 하늘을 뒤덮었다. 하늘 밖의 하늘이 그 모습을 드러냈다.

구름에는 도리천을 다스리는 제석천이 붉은 갑옷을 입고 보관을 쓴 채, 위엄 있게 앉아있었다. 보일 듯 말 듯 형상은 어렴풋했다. 손에는 사악한 기운을 물리친다는 금강저가 들려 있었다. 세상의 혼란을 잠재우고 인간의 탐욕과 죄악을 씻어준다는 신물이다. 지혜를 상징하는 물건이기도 하다.

제석천은 하늘 밖의 하늘 아래를 굽어봤다. 악이 세상을 거머쥐고 있었다. 선이 무릎을 꿇고 있었다. 제석천이 혀를 찼다. 금강저를 두들겼다. 번개가 작렬했다. 허공이 찢겼다.

야나가와는 물건이 걱정되었다. 어떻게든 본국으로 들여가야 했다. 수많은 물건이 대륙에서 열도로 넘어갔다. 모두 다 그가 모은 것들이다. 그는 전쟁보다도 물건에 더 관심이 많은 사람이다. 자원해서 상해로 온 것도 그 때문이었다.

"인력거패에 대한 대비책도 필요하지 않을까?"

"대비책이라니요?"

노무라가 되묻자 야나가와가 턱을 어루만지며 흘리듯 내뱉었다.

"혹시, 저들이 의심하고 따라붙기 시작하면."

말꼬리를 잘랐다.

"금괴라고 속였으니, 소문이 나더라도 금괴로 알 겁니다."

"뭐 하시면, 지도를 만드는 것도 한 방법이 될 것 같습니다만."

지도라는 말에 야나가와가 노무라를 쳐다봤다.

"가짜 지도를 만드는 겁니다. 혼란을 주자는 거지요."

그가 눈살을 찌푸리고는 곰곰이 생각에 잠겼다.

"지도를 슬쩍 흘려 놓으면 놈들은 엉뚱한 곳에서 찾아 헤매겠지요. 그 안에 물건은 본국으로 들어가고요."

좋은 생각이라며 야나가와가 고개를 끄덕였다. 하야시도 기발한 방법이라며 거들고 나섰다. 그때, 하얀 벽에서 푸른빛이 감돌았다. 신비로운 빛이었다. 빛 사이에서 찢어진 눈이 움찔움찔 살아났다. 흰 빛과 검은빛의 경계를 넘나드는 눈빛은 준제관음의 삼목(三目) 중의 하나를 닮아있었다. 중생의 죄업(罪業)을 바르게 보라는 의미를 갖는 눈이다. 눈은 자비를 품고 있었다. 그 자비 뒤에는 악을 제압하는 강력한 힘이 있었다.

또다시 폭죽이 터졌다. 소리는 총탄 소리와 구분이 되질 않았다. 야나가와는 그게 더 불안했다. 시가전은 늘 그렇게 시작되었다.

시가전의 중심에는 상해자유동맹이 있었다. 육전대는 날로 규모가 커지고 있는 상해자유동맹이 두려웠다. 이제 경계의 대상이 아니다. 위협의 대상이다. 왕위 정부는 겁박이나 돈이면 해결되었다. 상해자유동맹은 달랐다. 겁박도 돈도 총탄으로도 해결이 되지 않았다. 들불처럼 번지고 있는 상해자유동맹의 위세가 무서웠다. 불꽃이 밤하늘을 수놓았다.

갈
등

3

프랑스 조계 화룡로 인근의 어느 농당, 논의는 막바지로 치닫고 있었다.

"인민을 해방하기 위해서는 매국 세력을 몰아내야 합니다."

말은 불꽃처럼 강렬했다. 혁명에 가 닿아있었다.

동지들의 시선이 하나같이 그에게로 향해졌다. 낡은 헝겊신에 검은 장삼 차림의 사내는 상해 어디에서나 볼 수 있는 가난한 노동자의 모습이었다. 주먹을 말아 쥔 채 울분을 토해내는 몸짓에는 매국 세력에 대한 분노가 그대로 실려 있었다.

주화룡이 고개를 끄덕였다. 묵직한 고갯짓에는 그의 말에 깊이 공감한다는 뜻이 담겨 있었다. 혁명 동지 양지화의 말이었다.

"왕정위부터 없애도록 합시다!"

달아오른 목소리로 오세갑 역시 적개심을 드러냈다. 동지들의 시선이 그에게로 옮아갔다. 깊이 눌러쓴 페도라 아래 감춰진 눈빛이 이글이글 타오르고 있었다. 혁명에 대한 의지, 해방에 대한 투지였다.

원탁에 둘러앉은 사내들은 하나같이 형형한 눈빛으로 왕정위에 대한 분노를 토해냈다. 일제에 빌붙어 사리사욕을 채우는데, 여념이 없는 매국노 중의 매국노라며 그가 중국을 통째로 넘기려 하고 있다고 성토했다. 애국을 빙자한 매국이라며 자본을 핑계한 탐욕이라며 왕위 정부에 대한, 왕정위에 대한 비난을 멈추지 않았다.

담배를 꼬나든 손을 팔걸이에 얹은 채, 방법이 있느냐며 주화룡이 조용히 물었다. 목소리는 하얀 연기가 허공으로 흩어지듯, 가늘게 조용히 흩어졌다. 회색 캡 아래 빛나는 그의 눈이 오세갑을 쏘아봤다. 양지화의 시선도 그에게로 향해졌다.

"정보가 있습니다."

정보라는 말에 그가 자리를 고쳐 앉았다.

"황포로의 은행을 시찰한다는 정보가 들어왔습니다. 놈을 없앨 수 있는 절호의 기회입니다."

그가 백금룡을 깊게 빨았다. 진공의 공간으로 빨려 들어간 불꽃은 곧 허공으로 하얗게 흩어져 나왔다. 달착지근하고도 쌉싸래한 향이 원탁에서 맴돌았다.

"놈도 대비할 텐데? 워낙 여우같은 놈이라서."

양지화가 쉽지 않을 거라며 말꼬리를 흐렸다. 밖으로는 낙엽이 지고 있었다. 지난밤 내린 비로 거리는 더욱 을씨년스러웠다. 넓은 플라타너스 잎이 거리를 구르고 있었다.

"그렇다고 손을 놓고만 있을 수는 없지 않소?"

주화룡이 오세갑의 말에 힘을 실어주고는 다시 백금룡을 꺼내 불을 붙였다. 벌써 다섯 개비째였다. 중요한 일을 앞두고 그는 늘 담배를 피워 물었다. 빨갛게 타오르는 불꽃에서 위안을 찾는 듯했다. 하얗게 흩어지는 연기 속에서 안정을 구하는 듯했다.

양지화가 고개를 끄덕였다.

"왕정위만 잡을 수 있다면야."

"상해프리덤이 나서겠습니다."

뒤쪽에 앉아있던 사내가 나섰다. 각진 턱이 강인한 인상을 풍기는 사내다. 상해프리덤을 이끌고 있는 고량이었다. 그가 책임지고 왕정위를 잡겠다며 투지를 불살랐다. 시선이 그에게로 향해졌다. 대륙 곳곳에서 떨치고 있는 상해자유동맹의 위세를 왕정위 척살로 다시 한 번 이어가겠다며 그는 자신만만해했다.

양지화가 입가에 힘을 줬다.

"동지라면 믿을만하오. 좋소!"

그는 고량이 나서주기를 내심 바라고 있었다. 놈도 대비할 것이라는 둥, 여우같은 놈이라는 둥, 그만 잡을 수 있다면 그 어떤 희생도 감내할 만한 것이라는 둥, 그의 말은 모두 고량을 나서게 하려는 포석이었다. 그의 가슴에 불을 질렀던 것이다. 투지에 불을 사르게 했던 것이다.

"좋은 방법입니다. 상해프리덤이 나서는 것이."

오세갑도 고량을 적극, 지지했다. 그는 엄지손가락까지 치켜세웠다. 왕위 정부 특공총부가 있기는 하지만, 모두 다 오합지졸이라며 고량은 다시 한번 자신감을 드러냈다.

주화룡이 재떨이에 담배를 비벼 껐다. 논의의 종점을 알리는 신호다. 더 이상의 의견은 나오지 않았다.
"고동지를 믿소. 실행하시오!"
고량이 짧고 간결하게 대답했다. 강단진 의지의 표현이었다.
양지화는 곡운대와 이국청을 입에 올렸다. 상해프리덤과 함께 왕정위 척살을 도우라는 것이다. 또다시 비가 내리고 있었다. 바람까지 불어대고 있었다. 젖은 잎이 춤을 췄다. 겨울을 재촉하는 차가운 비였다.

황포로를 앞에 두고 외탄의 마천루는 경쟁이라도 하듯이 줄지어 서 있었다. 각종 은행이며 보험과 공사와 회사의 사옥들이 어깨를 견주며 우뚝하니 솟아 있었다. 거리는 늘 혼잡했다. 전차는 물론 버스와 자동차, 마차와 황포차, 게다가 오토바이와 자전거까지 뒤섞이며 어지러웠다. 붐비는 사람들도 한몫했다.
혼란스러운 거리였지만 즐겁고 흥에 겨운 곳이기도 했다. 모던보이와 모던 걸들이 모여드는 곳이었다. 낭만과 근대성을 만끽하기 위해서다. 그들은 황포로를 따라 거닐며 낭만이라는 이름의 사치를 즐겼고, 근대성을 핑계한 방탕을 누렸다. 황포로는 상해를 대표하는 중심가이자 번화가였다.
반짝이는 그릴의 검은 색 신형 포드가 북소주로를 가로질러 소주하를 건넜다. 앞뒤로 닷지 세 대가 둘러싸고 있었다. 안에는 왕위 정부 특공총부, 일명 76호 요원들이 중무장을 한 채, 거리를 한껏 노려보고 있었다. 여차하면 방아쇠를 당길 기세였다.

전차와 버스, 택시가 거리를 가로지르자 앞선 닷지에서 경적을 울렸다. 비키라며 기관총을 든 요원들이 손짓하며 소리치기도 했다. 자동차와 사람들이 물이 갈라지듯 갈라졌다.

"온다!"

영국 영사관 뒷골목에서 누군가 짧고 낮게 소리쳤다. 긴 바바리에 갈색 구두가 모던한 차림의 사내였다. 입으로는 뭔가 질겅질겅 씹어대고 있었다. 긴장한 눈빛으로 그는 바바리 안에서 뭔가를 거머쥐었다. 그의 뒤로는 또 다른 사내들이 비슷한 차림새로 줄을 지어 기다리고 있었다.

오토바이 한 대가 굉음을 울리며 소주하에서 사천로교를 건너왔다. 바람을 가르는 오토바이는 빠른 속도로 영국영사관 앞을 향해 치달렸다. 앞에는 신형 포드와 닷지가 정금은행을 향해 내달리고 있었다.

사내들이 재빨리 영국영사관 골목을 빠져나와 정금은행 쪽으로 달려갔다. 바람에 햇살이 튕기고, 사내들의 거친 숨소리가 골목을 울렸다.

정금은행 반대쪽, 중국은행 쪽에도 사내들은 있었다. 상해프리덤의 곡운대와 대원들이다. 그들은 헐렁한 옷소매 안에 콜트와 모제르를 숨기고 있었다. 허리춤에 폭발탄을 감춘 사내들도 있었다.

앞선 닷지가 서고 76호 요원들이 뛰어내렸다. 란체스터 기관단총과 브랜경기관총으로 무장을 한 요원들은 뒤쪽의 황포로와 앞쪽의 정금은행 정문을 향해 총구를 겨누고 섰다.

총구는 좌우로 움직이며 바짝 경계했다. 햇살은 맑았고 거리는 쨍하니 빛났다. 깊은 가을의 한복판이었다. 영국영사관의 대리석 벽과 정금은행의 화강석 벽이 하얗게 눈에 부셨다. 그 눈부신 벽에서 또다시 푸른 눈의 준제관음이 모습을 드러냈다. 하늘에서는 자색 기운이 오색 무지개와 함께 떴다. 사람들이 무지개를 향해 탄성을 질렀다.

신형 포드가 묵직하게 멈춰 섰다. 뒤쪽으로는 두 대의 닷지가 다급히 멈춰 섰다. 닷지 문이 열리기 무섭게 76호 요원들이 뛰쳐나왔다. 이들은 모제르와 콜트를 거머쥔 채, 신형 포드를 잽싸게 둘러쌌다. 시선은 먼저 내린 요원들과 마찬가지로 거리 이곳저곳에 두었다. 경계였다. 주인을 지키기 위한 날 선 경계였다.

거리의 전깃줄에서 불꽃이 튀었다. 푸른빛을 머금은 불꽃은 번개처럼 작렬하며 선을 타고 이동했다. 맞은편 전신주에서도 노란 불꽃이 튀었다. 작렬하는 불꽃들은 선을 따라 거리를 날아다녔다. 사람들이 놀라 비명을 지르고 골목으로 달아났다. 76호 요원들이 고개를 돌려 바짝 경계했다. 하지만 아무런 이상은 없었다. 불꽃이 사그라지며 다시 평온을 되찾았다.

신형 포드의 조수석 문이 열리고 바짝 마른 비서가 재빨리 내렸다. 그가 뒷문을 조심스레 열자 페도라를 쓴 사내가 천천히 발을 내딛었다. 청색 줄무늬 양복바지에 반짝거리는 구두가 햇살에 빛났다. 빛살이 미끄러질 듯했다.

사내는 차에서 내려 여유 있게 거리를 둘러봤다. 76호 요원들이 더욱 경계하며 그를 에워쌌다. 하늘은 파랗게 눈이 부셨다. 흘러가는 새털구름은 더욱 깨끗했다. 그의 눈빛이 그 하늘과 구름을 훑었다. 사내는 왕위 정부의 최고 권력자 왕정위였다.

왕정위를 둘러싼 일행이 정금은행을 향해 발걸음을 옮겨놓을 때,

뒤쪽 영국영사관 앞길에서 오토바이가 달려 나왔다. 신형 포드를 뒤쫓던 바로 그 오토바이다. 오토바이에는 각진 얼굴에 가늘게 찢어진 눈매의 사내가 옷자락을 휘날리며 올라타 있었다. 상해프리덤의 고량이다.

하늘의 새털구름이 형상을 움직여 모습을 바꿨다. 구름 주변으로는 또다시 자색 기운이 일고, 오색 무지개가 피어올랐다. 형상은 도리천을 다스리는 제석천의 모습으로 화했다. 손에는 금강저가 들려 있었다. 허리춤에는 천상의 비파가 비스듬히 매어져 있었다. 구름이 제석천을 따르며 그 모습을 감췄다.

오토바이는 굉음을 울리며 그대로 일행을 덮쳤고, 총성이 울려 퍼졌다. 브랜경기관총이 불을 뿜었다. 오토바이가 쓰러지며 고량이 바닥으로 몸을 굴렸다. 그는 거리의 석조 구조물에 몸을 의지한 채, 몸을 숨겼다. 손에는 콜트가 쥐어져 있었다.

뒤쪽에서도 총성이 울렸다. 곡운대다. 그가 상해프리덤을 이끌고는 정금은행 정문을 점거했다.

왕정위 일행은 놀라 발걸음을 돌렸다. 신형 포드를 타기 위해서다. 요원들은 닷지를 엄폐물 삼아 맞섰다.

맞은편 중국은행 쪽에서도 상해프리덤이 뛰쳐나왔다. 이국청이 이끄는 대원들이다.

왕정위는 포위되었다. 진퇴양난이었다. 당황한 76호 요원들이 경기관총을 난사했다.

거리는 순식간에 아수라장이 되었다. 또다시 불꽃이 튀었다. 적색과 녹색의 불꽃이 이번에는 거리 가장자리 하수구에서 튀어 올랐다.

마치 화약을 터뜨리며 불꽃놀이를 하는 듯했다. 불꽃은 거리를 어지럽게 휘돌며 허공으로 튀어 오르기도 하고, 땅바닥을 구르기도 했다. 거리의 놀란 사람들이 비명을 지르며 흩어졌다. 건물 안으로 뛰어 들어가기도 하고, 뛰쳐나오기도 했다.

시가전이 벌어졌다. 란체스터 기관단총이 울부짖으며 총구를 달궜다. 브랜경기관총이 연신 총탄을 뿜어댔다. 상해프리덤도 지지 않고 콜트와 모제르를 당겼다. 총성이 맑은 하늘을 울렸다. 귀를 찢는 금속성 울음이었다. 그 울음에 76호 요원들이 쓰러졌고, 상해프리덤 대원들이 고꾸라졌다.

하늘의 제석천이 금강저를 흔들었다. 천상을 울리는 아름다운 비파소리가 허공을 메웠다. 소리는 파동으로 지상에 울렸다. 전선이 불타고 총구가 난사되었다. 총탄이 사람을 꿰뚫었다.

수적 불리함에 76호 요원들은 속수무책이었다. 닷지가 벌집이 되고, 신형 포드는 주저앉았다. 왕정위는 포드에 올라타 몸을 숨겼다. 76호 요원들이 신음을 흘리며 연신 쓰러졌다.

화강석 벽 준제관음의 눈빛이 고량을 향해 움찔거렸다. 서기가 허공을 찔러 고량에게로 가 닿았다. 그의 가슴에 담대한 용기가 불타올랐다. 준제관음의 담력이 가슴속으로 깊이 전해졌다.

석조물에 의지하고 있던 고량이 몸을 일으켜 세웠다. 세워서는 허리춤으로 손을 가져갔다. 폭발탄이 손에 잡혔다. 76호 요원들은 영국영사관 쪽의 곡운대와 중국은행 쪽의 이국청이 지휘하는 상해프리덤을 상대하느라 미처 고량을 생각지 못했다. 뒤쪽에서 그가 달려들었다. 달려들어서는 힘껏 폭발탄을 던졌다. 폭발탄이 호를 그리며 신형 포드를 향해 날아갔다. 이어 천지를 진동케 하는 폭발음이 황포로를 집어삼켰다. 신형 포드가 뒤집혔다. 76호 요원들이 쓰러졌다. 닻지가 박살이 났다.

곡운대와 이국청이 달려 나왔다. 고량이 합세를 했다. 총성은 멎어 있었다. 화약 냄새가 매캐했다. 기름 냄새도 진동했다. 거리는 진공의 공간처럼 텅 비워졌다. 부서진 포드와 닻지, 쓰러진 76호 요원들과 상해프리덤 대원. 살아남은 상해프리덤 대원들, 그들만이 움직이고 있었다.

"왕정위는?"

곡운대가 먼저 물었다. 고량이 포드를 살폈다. 피투성이의 사내가 널브러져 있었다. 얼굴은 누군지 알아볼 수가 없었다.

"죽었소!"

곡운대와 이국청이 포드 안을 살폈다. 처참했다. 신형 포드에서는 연기가 치솟아 오르고 있었다. 폭발할 듯했다.

"갑시다! 순포 오기 전에."

고량의 말에 상해프리덤이 움직였다. 잽싸게 거리를 달려 나갔다. 그야말로 순식간에 일어난 일이다. 새파란 하늘이 오히려 두려운 날이다. 바람에 마로니에 잎이 흩날렸다.

뒤늦게 순포가 달려왔다. 놀란 얼굴로 그들은 우왕좌왕했다. 대낮에 테러라니? 그것도 번화가의 한복판에서 벌인 대담한 일이었다. 이제 일상이 되어가고 있는 시가전에 조계 당국도 당황해했다.

이튿날, 왕위 정부는 전쟁을 선포했다. 상해자유동맹에 대한 소탕

명령이었다. 왕정위 폭사 소식이 전해지기도 전이었다. 그는 살아 있었다. 신형 포드를 탔던 사내는 가짜 왕정위였다.

"놈들이 보기 좋게 물었습니다."

음흉한 웃음이 신아주점에 떠돌았다. 특공총부의 황극이다. 맞은편의 왕정위는 흡족한 얼굴로 주변을 돌아봤다.

"이제 명분을 얻었으니 시민들도 우리를 지지할 것이다. 상해자유동맹 궤멸을 위해 다 같이 들자!"

그가 잔을 치켜들자 특공총부의 황극을 비롯해 왕위 정부 실세들이 따라 들었다.

"주석님을 위하여, 왕위 정부를 위하여!"

황극의 외침에 이어 목울대로 술을 넘기는 소리가 여기저기에서 들려왔다. 왁자지껄한 소리도 이어졌다. 놈들은 이제 끝이라는 둥, 주화룡만 잡으면 된다는 둥, 특공총부를 우습게보았다는 둥, 철없는 놈들이 하룻강아지 범 무서운 줄도 모른다는 둥, 말들은 어지럽게 부딪히며 허공에 떠돌았다.

"이제 거리낄 것 없이 놈들을 소탕하면 된다. 수단과 방법을 가리지 마라. 전쟁이다!"

왕정위는 분노에 찬 목소리로 거칠게 내뱉었다. 내뱉은 말들이 하나같이 사납고도 그악스러웠다.

"놈들을 궤멸시키려면 먼저 주화룡을 잡는 것이 지름길입니다."

요건남의 제안이었다. 왕정위가 손뼉을 쳤다. 부딪히던 말들이 가라앉고 시선이 그에게로 향해졌다. 그가 방법을 물었다. 황극이 나섰다.

"특공총부가 있지 않습니까? 이번에도 저희 한간특무대에 맡겨 주십시오!"

한간특무대, 왕위 정부의 특무대다. 특공총부 산하 조직으로 친일 중국인으로 조직된 특수한 조직이었다. 말이 좋아 특무대지 폭력조직에 불과한 매국 세력의 호위대에 지나지 않았다. 왕위 정부의 근간이자 핵심을 이루고 있는 조직이기도 했다. 이들은 왕위 정부에서 필요로 하는 악행을 도맡아 처리했다. 암살부터 시작해 청부살인과 백색테러까지, 서슴지 않았다. 때로는 시가전의 주연 역할까지도 해냈다.

왕정위가 고개를 끄덕였다.

"놈들은 알다시피 점조직으로 운영되고 있다. 변장하고 다녀 그 실체를 알아보기도 어렵다. 어떻게 할 것인가?"

그가 묻자 황극이 다시 대답했다.

"특공총부에도 정보망이 있습니다. 행적을 곧 알아낼 수 있습니다."

말은 자신만만했다. 뭔가 믿는 구석이 있어 보였다. 왕정위도 고개를 끄덕였다. 믿어보겠다는 표정이다. 다시 술잔을 들었다.

"상해자유동맹을 위하여!"

왕정위의 건배에 모두가 잔을 비웠다. 주점이 떠나갈 듯했다.

신아주점. 주점이란 간판을 내걸었지만, 왕위 정부의 대본영이랄 수 있는 곳이다. 오늘같이 중요한 일을 논의한다거나 뜻깊은 일이 있을 때는 주로 이곳에서 모임을 했다. 프랑스 조계 김신부로에 위치한 주점은 한적한 농당으로 둘러싸여 있어 일반 주택과 구분이 되질 않았다. 비밀리에 운영되고 있는 고급 술집처럼 위장하고 있었다.

이런 모임이 있는 날은 주변 도로가 통제되었다. 하비로 사거리에서부터 김신부로로 이어지는 길과 주점으로 들어가는 입구가 철저히 봉쇄되었다. 경기관총으로 중무장한 특무대가 골목을 서성이고, 거리에는 76호 요원들을 태운 닷지와 번들거리는 세단이 북새통을 이뤘다.

플라타너스 가로수가 큰 잎을 떨었다. 바람이 찼다. 겨울을 부르는 상해의 바람이었다. 파란 하늘의 새털구름은 저 홀로 한가로웠고, 햇살은 시리게 서녘으로 내려앉고 있었다. 시민들은 종종걸음으로 바빴다. 인력거꾼의 호객 소리도 애잔하게 거리를 울렸다. 버스와 전차만이 제 갈 길을 무심하게 달렸다.

술 취한 왕위 정부 인사들의 노랫소리가 요란했다. 사랑이 어떠니 세월이 어떠니 노래는 흥에 겨웠다. 박수가 이어지고 자본주의의 오락이 김신부로 농당에서 흥청거렸다. 거리의 종종거리는 걸음과 애잔한 호객 소리와 버스 전차의 무심함과는 거리가 멀었다. 이들의 말초 신경을 자극하는 술과 노래와 여자만이 존재할 뿐이었다. 특별한 곳이었다. 사람들이 말하는 천국이나 극락이 있다면 아마도 이곳이 그러한 곳 중의 하나일 터였다.

왕정위는 마시면 마실수록 머리가 맑아졌다. 정신이 번쩍 들기도 했다. 세상모르게 즐기고 있는 이 철부지들이 한심스러웠다. 이런 것들을 측근으로 거느리고 있는 자신이 기가 막혔다. 딱하기까지 했다. 그렇다고 분위기를 깰 생각은 없었다. 어차피 견뎌야 할 상황이었다. 버티어야 할 형편이었다. 상황과 형편은 일제에 대한 불안과 민중에 대한 근심이 뿌리였다. 그 뿌리가 얽히고설키며 왕정위의 가슴을 짓눌렀다.

일제는 배신을 강요했다. 달콤한 권력과 달달한 자본으로 유혹하며 자신을 배신의 길로 이끌었다. 조국에 대한 반역이자 민중에 대한 배신이었다. 그 배신의 길은 이제 너무도 멀리 와 있었다. 돌아가기에는 버거운 길이다. 그 길을 상해자유동맹이 막아섰다. 그들은 시민과 혁명이란 말을 동원했다. 무서운 말이다. 두려운 말이다.

들불처럼 민중들은 시민이 되었고, 복종은 혁명이 되었다. 시민들의 손가락질이 자신에게로 향했고, 총구가 자신의 가슴을 겨눴다. 민중은 시민이라는 이름의 적이 되었다. 복종은 혁명이라는 이름의 원수가 되었다.

붉은 해가 아치형의 농당 입구에 걸리자 파티는 종료되었다. 왕정위가 자리를 일어섰고, 황극이 그를 부축했다. 술은 취하지 않았으나 몸이 말을 듣지 않았다. 왕정위는 비릿하게 웃었다. 현실과 비현실 사이에서 그는 휘청거렸다. 황극이 그 간극의 차로 끼어들어서는 아부라는 형식으로 메웠다.

"조심하십시오!"

왕정위의 어깨가 무겁게 황극을 눌렀다. 그가 허리에 바짝 힘을 줘 버텼다. 허탈한 웃음이 왕정위의 입에서 또다시 흘러나왔다. 아부의 소리가 또다시 뛰쳐나왔다.

"차를 대기시켜라!"

특공총부 뿐이라며 왕정위는 혀 꼬부라진 소리를 했다. 그가 감사하다는 말로 충성을 맹약했다. 몸은 가누지 못했지만, 정신만은 또렷했다.

요건남이 재빨리 달려 나갔고 황극은 자신을 부축했으며 송인달과 임강은 불그레한 얼굴로 뒤를 따랐다. 장천익과 팽풍은 시시덕거리며 여전히 즐거운 모습이다.

모두 다 충성스러운 사내들이다. 믿을 만한 사람들이다. 그러나 영원한 동지는 없듯이 영원한 충성도 없다. 믿을 것은 오직 자신뿐이다. 그게 현실이었다. 그게 그들이 살아가는 방식이기도 했다.

주점을 나서자 번들거리는 신형 포드가 서 있었다. 제국의 자본으로 만들어진 도도한 차다. 제국의 자본은 늘 편리하고 풍요롭다. 매력 있었다. 그 자본주의를 왕정위는 동경했다. 민중을 위해서가 아니었다. 자신의 탐욕을 위해서였다.

자본주의는 개인의 탐욕을 채우기에 적합한 구조로 이뤄져 있다. 마음만 먹으면 얼마든지 탐할 수가 있다. 번쩍거리는 신형 포드나 번들거리는 카브리올레, 중후한 트락숑 아방까지. 모두 다 권력의 소유물이었다.

골목에는 경기관총을 든 특무대가 주변을 바짝 경계하고 있었다. 황극이 왕정위를 부축해 차에 태웠다. 앞쪽의 카브리올레가 번들거렸다. 뒤쪽에는 닷지가 줄을 지어 서 있었다.

비틀거리며 송인달과 장천익이 카브리올레에 올라탔다. 뒤를 이어 팽풍이 그 앞자리에 탔다. 요건남이 신형 포드의 앞자리에 올라타 문을 닫자 앞쪽의 카브리올레가 먼저 출발했다. 신형 포드도 천천히 골목을 빠져나갔다. 뒤쪽의 닷지가 거친 엔진소리와 함께 뒤를 따랐다.

차량 행렬이 미끄러지듯 거리로 향했다. 창밖으로 통제되고 있는 김신부로가 모습을 드러냈다. 시민들이 거리 가장자리로 밀려나 있었고, 택시와 황포차는 멈춰 서 있었다. 그들의 앞에는 경기관총으로 무장한 특무대가 위압적인 모습으로 서 있었다.

시민들의 얼굴에는 불만의 표정이 가득했다. 황포차를 끄는 인력거꾼도 마찬가지였다. 택시도 창을 내린 채, 차량 행렬을 하얗게 노려봤다.

"불만이 가득하군!"

왕정위는 씁듯이 시민들의 불만을 불만스러워했다.

"바짝 조여야 합니다. 민중들은 조이지 않으면 언제 어떻게 배신을 할지 모릅니다."

요건남이 왕정위의 불만에 기름을 들이부었다. 황극도 거들었다.

"원래 민중이란 조여야 말을 듣는 존재입니다. 그래야 정부가 편해요."

왕정위가 고개를 끄덕였다. 끄덕였지만 고민이 아닐 수가 없었다. 민중 없는 정부란 있을 수가 없다. 그러나 왕위 정부는 늘 정부가 먼저였다. 정부가 먼저여야 했다. 게다가 민중을 위한이란 말보다, 정부를 위한이란 말보다, 왕정위를 위한다는 말이 늘 위에 있어야 했다.

지는 해에 검붉게 물들어가는 거리가 음울했다. 경직된 거리는 조울증 환자처럼 무기력했고, 회색빛으로 침울했다. 시민들은 불안했다.

푸르렀던 플라타너스도 빛이 퇴색되어 가고 있었다. 해가 지는 늦가을의 상해였다.

분패(糞覇), 해가 뜨기 전에 상해의 오물을 치워야 한다. 그게 그들의 일이다. 우아한 시민들이 거리로 나서기 전에 일을 마무리해야만 냄새를 피우지 않을 수 있다. 집 안에 화장실이 없어 볼일을 보고 새

벽에 거리에 내놓으면 이들이 돌아다니며 그 냄새 나는 오물을 치웠다. 전근대적이고 비위생적이며 불편한 근대 상해의 민낯이었다. 상해 어느 거리에서나 그 불편하고 민망한 장면을 대해야 하는 낯 뜨거움, 상해의 그늘이기도 했다.

분패는 상해에서 가장 낮은 계층 중의 하나였다. 인간적인 대접을 받지 못하는 경우가 허다했다. 더러운 옷과 냄새나는 몸, 누구에게나 회피의 대상이었고 찌푸림의 상대였으며 손가락질을 받는 아픔의 당사자이기도 했다. 그들에게 있어서는 고통이자 괴로움이었다.

닷지와 트럭이 달려왔다. 닷지에는 왕위 정부 76호 요원들을 이끄는 송인달과 임강이 타고 있었으며, 포드원 트럭에는 한간특무대 대원들이 무장을 한 채 앉아있었다.

닷지와 트럭은 한구로 공부국 골목에서 멈춰 섰다. 특무대는 트럭에 앉은 채, 대기했다. 이들은 주화룡이 삼정양행에 들른다는 정보를 입수한 터였다.

"오늘이 놈의 마지막 날이 되겠군!"

송인달이 비릿하게 웃음을 흘렸다. 임강이 비아냥거리는 말투로 그 웃음을 받았다.

"주제넘은 놈이지. 왕위 정부를 어떻게 보고."

송인달이 창밖으로 시선을 돌렸다. 시민들이 눈살을 찌푸리며 새 떼처럼 흩어지고 있었다. 임강의 시선도 그쯤으로 돌려졌다. 분패였다. 대낮에 분패가 거리를 활보하고 있다니? 시민들이 새 떼처럼 흩어진 이유였다. 시민들은 아우성을 치며 다급히 거리 가장자리로 물러났다.

"이봐! 똥치는 놈이 대낮에 거리에서 얼쩡거리고 난리야!"
"왜 냄새를 피우고 설쳐대. 죽고 싶어!"
트럭에서 쏟아져 나온, 거칠고 그악스러운 소리였다. 한간특무대원들의 외침이었다. 불쾌해하는 시민들의 반응과 거칠고 격한 특무대원들의 항의에도 사내는 아랑곳하지 않은 채, 거리를 활보했다. 그의 몸에서는 뇌수를 찌르는 악취가 났고, 오물이 묻은 옷은 토악질을 절로 유발케 했다.
특무대원들이 연이어 비난의 화살을 퍼붓자 사내가 시큰둥한 목소리로 맞섰다.
"똥 묻은 놈보다 더 더러운 놈들이 저기 있습죠."
임강이 창문을 열고는 삐뚜름히 그를 쳐다봤다. 벼려진 악취가 코를 찌르며 달려들었다. 골이 다 지끈거렸다.
"무슨 말이냐?"
숨을 끊으며 그가 다급히 묻자 사내가 손을 들어 가리켰다.
"상해자유동맹 놈들이 저기 있소!"
상해자유동맹이란 말에 임강이 그를 다시 쳐다봤다. 악취가 사라졌다. 정신이 번쩍 들었다. 송인달이 되물었다.
"상해자유동맹이라고?"
그렇다며 사내는 세관 쪽을 다시 가리켰다. 가자며 송인달이 운전원을 재촉했고, 닷지가 복주로를 향해 움직였다. 트럭이 바짝 뒤를 쫓았다.
사내는 돌아서서 소리 없이 웃음을 흘리고는 주머니에서 백금룡을 꺼내 물었다. 빨간 담뱃불이 새빨갛게 타들어 갔다. 하얀 연기가 구름처럼 허공으로 흩어졌다. 흩어지는 연기 사이로 사내는 며칠 전에 있었던 일을 떠올렸다.

"싸울 것인가? 아니면 잠시 피할 것인가?"

흘리듯 던진 물음이지만 물음은 컸다. 대답은 작았다.

"싸우자면 저들과 엇비슷해야 하는데 현실은 그리 녹록치가 않습니다. 피하자니 민망한 일이고요."

맞서자니 힘에 부치고, 피하자니 자존심이 상한다는 서준의 말이었다. 상해자유동맹에 대한 인식도 문제가 될 것이라는 이국청의 염려도 있었다. 겁쟁이라는 소문을 두려워했던 것이다.

"어차피 저들과 함께 할 수는 없으니, 이번 기회에 본때를 보여주는 게 좋을 듯합니다."

엽걸의 말이었다.

"신중해야 합니다. 함부로 움직였다가는 자칫 큰 타격을 입을 수도 있어요. 저들은 생각이 없는 자들입니다. 마치 불나비와도 같은 자들이지요."

섭정강의 염려였다. 그는 싸움과 은신의 경계에 서 있었다.

"저들은 부패한 무리요. 민심이 떠났소이다. 떠난 그 민심이 우리를 따르고자 하는데 가만히 있는 것도 그 민심에 대한 배신행위요."

허비는 울분에 찬 목소리로 민심을 얘기했다. 그의 말을 많은 말들이 옹호했다. 반대의 목소리도 없지는 않았으나 그리 크지는 않았다.

울분은 곧 부패하고 무능한 왕위 정부에 대한 성토로 이어졌다. 황백방(黃柏幇)과의 은밀한 마약 거래, 도박과 매춘에 관한 눈감아주기,

그를 통해 어둠의 세력과 손을 잡고 저들로부터 세금을 징수하고 있었다. 그야말로 돈이 되는 것은 무엇이든지 가리지 않는 저들이었다. 그게 그들의 일이었다.

"합시다!"

묵묵히 듣고만 있던 사내가 결론을 지었다. 싸울 것인지 피할 것인지를 물었던 그 사내였다. 동의한다는 말이 여기저기에서 쏟아져 나왔다. 그래야만 한다는 소리도 크고 높았다. 고량이 나섰다.

"먼저, 한간특무대를 궤멸시켜야 합니다. 저희 상해프리덤이 하겠습니다."

사내가 좋다며 손을 흔들었다. 흔들고는 자신도 직접 나서겠다고 했다.

"주동지께서 직접 하시겠다고요?"

위험하다는 말들이 일었다. 상해프리덤만으로도 충분하다는 말도 있었다. 그러나 사내는 개의치 않았다. 아무렇지 않다는 듯 담배만 빨아댔다. 불꽃이 빨갛게 타들어 갔다.

"내가 놈들을 유인하겠소. 동지들이 마무리를 지으시오!"

사내의 말에 고량과 엽걸이 깎듯이 대답했다. 그들은 존경 어린 눈빛으로 사내의 일거수일투족을 주시했다.

사내는 생각한 작전을 풀어놓았다. 한구로와 세관, 삼정양행과 복주로가 사내의 입에서 나왔다. 분패까지도 입에 올렸다. 사내들의 고개가 끄덕여졌다.

분패로 변장한 주화룡은 강서로를 따라 내려가고 있는 닷지와 트럭을 무연히 바라봤다. 거리가 바람에 흔들리고 있었다. 퇴색한 마로니에 잎이 나뒹굴었고, 오동잎은 바스락거리며 굴러가고 있었다. 빨갛게 타오르는 담뱃불이 그의 손가락 사이에서 꽃을 피웠다.

"온다!"

세관 맞은편 골목에 대기하고 있던 고량이 낮고 빠르게 외쳤다. 엽걸이 고개를 내밀어 강서로 쪽을 내다봤다. 멀리서 닷지와 포드원이 달려오고 있었다.

얽히고설킨 전깃줄 사이로 불꽃이 튀어 올랐다. 자색 불꽃과 푸른 불꽃이 강렬하게 작렬했다. 전선을 타고 불꽃은 닷지와 포드원의 뒤를 바짝 따랐다. 하늘에는 구름이 모여들었다. 구름 사이에서 아라한이 형상을 드러냈다. 어깨를 드러낸 아라한은 가사를 말아 쥔 채 주먹을 거머쥐었다. 거친 숨소리가 바람을 타고 날아들었다.

상해프리덤 대원들이 옷자락을 걷었다. 총구가 모습을 드러냈다. 매국노 한간특무대를 잡을 권총과 란체스터 기관단총이다.

삼정양행 위로는 흑색과 녹색의 기운이 감돌았다. 구름처럼 피어난 기운은 안개처럼 주변을 휘감았고, 입술 사이로 송곳니를 드러낸 천귀(天鬼)가 그 구름 속에서 아우성쳤다. 손에는 방패와 창, 철퇴가 들려져 있었다. 울부짖는 소리가 땅을 울리고, 검은 공포를 실어 왔다.

사내들이 일제히 총구를 들어 겨눴다. 지나던 사람들이 놀라 아우성을 치며 달아났다. 골목은 긴장으로 팽팽하게 부풀어 올랐다. 터질 듯했다.

닷지와 포드원이 삼정양행을 향해 방향을 트는 순간, 총탄 소리가 거리를 울렸다. 콩을 볶는 듯 소리는 삼정양행과 세관의 벽을 때렸다. 소리는 메아리가 되어 시민들의 귀를 찢었다.

자색 불꽃과 푸른 불꽃이 흑색과 녹색의 기운과 부딪혔다. 천귀와 아라한이 부딪쳤다. 방패와 창, 철퇴가 휘돌고 아라한의 주먹이 허공을 때렸다. 천지를 진동케 하는 소리가 땅을 울렸다. 울부짖는 천귀의 괴성과 아라한의 호통 소리가 하늘을 무너뜨릴 듯했다.

닷지가 방향을 잃고는 기우뚱했다. 트럭이 놀라 휘청거렸다. 거리의 시민들이 비명을 지르며 흩어졌다. 길 잃은 총탄에 쓰러지는 억울한 시민들도 있었다.

"습격이다!"

송인달이 외치며 닷지에서 뛰쳐나왔다. 임강도 놀라 총을 빼들었다. 얼굴은 새파랗게 질려 있었다. 당황함과 두려움이 혼재된 얼굴이다. 창문이 깨지고 운전대를 잡고 있던 76호 요원이 신음을 흘리며 피를 토했다.

천귀가 철퇴를 휘둘렀다. 아라한이 시무외인으로 천귀를 내리쳤다. 번쩍이며 번개가 작렬했다. 천귀가 울부짖으며 괴로워했다. 괴성이 하늘을 울렸다. 이어 아라한은 전법륜인으로 천귀의 몸을 휘감았다. 회오리가 일며 바람이 천귀를 가뒀다.

임강은 문을 열려다 주춤했다. 상황이, 상황이 아니기 때문이었다. 밖으로는 상해프리덤이 거리를 장악해 나오고 있었다. 총탄이 닷지를 두들겼다. 엔진룸에서 곧 연기가 치솟아 올랐다. 창밖으로 송인달이 쓰러지는 모습이 눈에 잡혔다. 머릿속이 하얗게 비워졌다.

임강은 바짝 몸을 움츠렸다. 리볼버를 손에 쥔 채, 머리를 감싸 쥐었다. 주화룡을 잡겠다던 그 자신감은 어디에서도 찾아볼 수가 없었다. 차가 곧 폭발할 듯했다. 뒤를 돌아봤다. 트럭은 만신창이가 되어 있었다. 특무대원들이 트럭 아래로 고꾸라져 내리고 있었다.

"막아라!"

누군가 트럭에서 소리쳤다. 총소리도 울렸다. 리앙필드의 울부짖음이었다. 경기관총의 요란한 총탄 소리도 들려왔다. 총탄은 거리를 향해, 세관 쪽 골목을 향해, 울부짖으며 날아갔다. 날아갔으나 역부족이었다. 상해프리덤이 이미 거리를 장악하고 있었다. 그들의 총탄이 삼정양행 벽면과 유리를 연신 두들겨댔다.

시민들은 총탄을 피해 숨었고 전차는 멈춰 섰으며 버스는 방향을 달리해 꼬리를 내뺐다. 택시도 달아났고, 황포차는 인력거꾼들의 엄폐물이 되어 있었다.

앉아서 죽음을 기다릴 수만은 없었다. 엔진룸에 불이 붙었다. 일촉즉발의 위기였다. 임강은 차 문을 걷어차 열었다. 더운 공기가 혹하고 밀려들었다. 잿빛 연기가 시야를 가리기도 했다. 총탄이 거리를 가로질러 사선을 긋고 있었다. 죽음의 사선이었다.

임강은 재빨리 몸을 굴렸다. 굴려서는 닷지를 엄폐물 삼았다. 경기관총 총탄이 연신 닷지를 두들겼다. 마른 땅에 비꽃을 피우듯 두들겨댔다.

천귀가 몸을 돌렸다. 아라한의 전법륜인이 뒤를 쫓았다. 흑색 기운이 허공으로 흩어졌다. 녹색 기운이 진공으로 물러났다. 푸른 불꽃이 하늘을 감쌌다. 자색 불꽃이 땅을 뒤덮었다.

임강이 트럭을 향해 몸을 날렸다. 그때, 폭발음이 울리며 그의 몸이 허공으로 떠올랐다. 아찔했다. 총성이 귓가에서 맴돌았다. 정신이 없었다. 살아야 한다는 생각에 그는 손을 짚고 몸을 일으켰다. 일으키는 순간, 온몸에서 힘이 빠져나갔다. 차가운 금속성의 저항할 수 없는 고통이 몸 깊숙한 곳으로 밀려들었다. 코끝으로 저미는 매캐한 화약 냄새가 잡혔다. 손끝으로 스미는 절망이 아련했다.

'이게 죽음인가?'

두려웠다. 총성과 폭발음이 삶의 언저리에서 맴돌았다. 임강은 필름이 돌아가듯 지난날들이 돌아갔다. 그 돌아가는 시간의 연속성에 후회가 겹쳐졌다. 권력과 부귀와 영화를 쫓아 매국과 부정과 폭력 사이에서 비인간적인 삶을 살아왔던 그의 생애가 후회라는 어휘로 머릿속을 휘저었다.

또 다른 총탄이 녹슨 금속성의 후회를 몸 안에 깊숙이 박아 넣었다. 몸이 흔들렸다. 크게 흔들렸다. 의식이 몽롱해지며 정신줄을 놓아갔다. 모든 게 끝이었다. 총탄 소리도 화약 냄새도 후회도 더는 그의 의식과 감각 속에 남아 있지 않았다. 끊어졌다. 임강이라는 존재의 사그라짐이었다.

비명과 신음이 트럭을 둘러싸고 연이어 쏟아졌다. 두려움에 사로잡힌 악에 비친 소리도 터져 나왔다.

"죽일 놈들!"

"수두마자 같은 새끼들!"

외침과 소리침이 교차하며 겹쳐지고 비벼졌지만, 열세에 놓인 한간 특무대의 발악은 허장성세에 불과했다. 이미 그들은 파멸에 봉착해 있었다. 겨우 트럭에 의지한 채, 죽음의 시간을 연장하고 있었다. 상해프리덤이 거리를 좁혀 왔고, 총탄은 사정을 두지 않았다.

"연료통을 터뜨려라!"

고량의 외침이었다. 트럭을 엄폐물 삼아 몸을 숨긴 한간특무대를 한 방에 날려버릴 생각이었다. 한간특무대는 달아날 곳도 몸을 숨길 곳도 없었다. 거리 한복판이었다. 삼정양행 입구는 멀었고 주변에 엄폐물 삼을 만한 것도 없었다. 총탄은 빗발처럼 날아들었다. 몸을 내밀 수조차 없었다. 반격은 언감생심이었다. 앉아서 고스란히 당해야만 하는 신세였다.

천귀가 달아났다. 아라한이 합장인을 한 채, 아래를 굽어봤다. 준엄했다.

총탄이 연료통을 집중 가격했다. 순간, 거대한 폭음이 울리며 화염이 솟구쳤다. 기름 냄새가 코를 찌르고 연기가 치솟았다. 뜨거운 열기가 거리를 휩쌌다.

트럭에 의지하고 있던 한간특무대 대원들은 폭발과 함께 쓰러졌고, 일부는 몸을 날려 달아났다. 달아나는 그들을 상해프리덤은 그냥 두지 않았다. 뒤꽁무니를 향해 총탄을 난사했다. 브랜경기관총이 울음을 울었고, 란체스터 기관단총이 울부짖었다. 한간특무대 대원들은 또다시 고꾸라지고 엎어졌다. 그들의 그림자가 모두 숨을 죽인 뒤에야 비로소 총성은 멎었다. 거리도 고요를 되찾았다.

"죄다 잡았습니다."

누군가 외치자 고량이 즉시 퇴각 명령을 내렸다. 상해프리덤은 바람같이 골목으로 뛰어 들어갔다. 처음 대기하고 있던 세관 골목 쪽이었다. 그림자가 길게 그들의 앞을 뛰어갔다.

천귀가 사라졌다. 아라한이 모습을 감췄다. 불꽃이 사그라졌다.

거리는 다시 평온을 되찾았다. 하지만 안정이 되지는 않았다. 불에 타고 총탄에 맞은 채 널브러져 있는 시신들 때문이다. 검게 거슬린 피부와 흘러내리는 붉은 핏물이 끔찍했다. 시민들의 가슴에 상처와 공포를 안겨주는 처참한 광경이었다. 그야말로 순식간에 일어난 칼바람 같은 일이었다.

상해프리덤은 번개가 작렬하듯이 나타났다가 안개가 흩어지듯이 사라졌다. 눈 깜짝할 사이였다.

"상해자유동맹! 내 저놈들과는 결코, 함께 하지 못한다."

왕정위의 분노가 극에 달했다. 얼굴빛이 마치 멍이 든 듯 푸르뎅뎅했다.

"전쟁은 이미 시작되었습니다. 놈들을 요절낼 방법을 찾아야 합니다."

황극이 요란을 떨었다. 먼저 선전포고를 해놓고 패하자 또다시 시작을 입에 올렸다. 구차한 변명이었다.

"수단과 방법을 가리지 마라! 일제는 열도로 물러가면 그만이지만 저놈들은 이 땅에 뿌리를 박고 있는 놈들이다. 불량한 뿌리는 뽑아내야 한다."

왕정위는 치를 떨었다. 그런 그를 요건남이 부추겼다. 상해의 시민들이 저들을 옹호하고 있다는 것이다. 장천익이 거들었다.

"우리가 일제와 손을 잡을 수밖에 없는 이유입니다. 저들은 대륙의 동반자입니다. 함께 사는 길이기도 하고요."

장석산도 나섰다. 왕위 정부가 나아갈 길은 대동아공영을 지지하면서 왕위 정부 운신의 폭을 넓혀 가는데 있다는 황당한 발언이었다. 왕정위는 좋은 의견이라며 이들의 말에 힘을 실어주었다.

"상해 시민들이 정부를 지지하지 않고 상해자유동맹에 빠져 있다. 저들은 상해자유동맹과 같은 자들이다."

왕정위는 시민들을 원망했다. 그러면서 타도의 대상으로 삼았다. 팽풍은 한술 더 떴다. 일제의 도움으로 정부를 비방하거나 상해자유동맹 편을 드는 자들을 색출해 제거해야 한다는 위험한 발언이었다. 필요하다면 육전대의 협조도 받아야 한다며 요건남은 더욱 부추겼다.

나라를 팔아먹는 발언과 시민을 배신하는 말들이 하릴없이 이어졌다. 밖으로는 겨울을 재촉하는 차가운 비가 내리고 있었다. 포도(鋪道)가 젖어 들고 거리의 플라타너스가 바람에 울며 상해의 겨울을 준비하고 있었다.

저
항
과

복
수

4

일제 패배에 대한 소식이

연일 날아들었다. 태항산전투 이후로 시민들에게 승전 소식이 끊이질 않았다. 이런 희망적인 상황은 일제 패망에 관한 이야기로까지 이어졌다. 머지않아 일제가 손을 들고 말 것이라는 말이었다.

상해 주둔 일본 해군육전대에도 소문은 큰 영향을 미쳤다. 더구나 많은 병력이 전장으로 차출되어 상해에는 소수만 남아 있는 상황이었다. 지난날의 육전대가 아니었다. 상황이, 그야말로 상황이 아니었다. 당황한 육전대는 더욱 발악했고, 상해 시민들은 저항으로서 맞섰다. 상해자유동맹과 함께 항일 운동에 나섰던 것이다.

상해 거리가 시민들로 가득 찼다. 마천루 즐비한 남경로를 비롯해 프랑스 조계의 상징인 하비로까지, 인산인해였다. 발 디딜 틈도 없었다. 이들은 하나같이 일본 타도를 외치는 구호와 함께 일제 물러가라는 글이 쓰인 현수막으로 무장을 하고 있었다. 일제를 비난하는 전단지도 때 이른 눈발처럼 하얗게 뿌려지고 있었다.

일본 육전대를 비롯해 공공조계 경찰과 프랑스 조계 경찰들은 당황한 모습으로 상황을 지켜봤다. 경찰이나 육전대 병력으로 시위를 가라앉히기에는 역부족인 상황이었다.

시민들은 환호하기도 하고 분노를 드러내기도 했으며 때로는 축제처럼 시위를 즐기기도 했다. 오랜 겨울 끝의 봄날을 즐기는 듯했다. 겨울은 길고도 혹독했다. 두 번에 걸친 일제의 한설은 상해 시민들에게 큰 상한의 아픔을 안겨다 주었다. 가슴 깊이 생채기를 냈다. 자존심을 상하게도 했다. 그 아픔과 생채기와 상한 자존심을 이제 치유하려 시민들이 거리로 나선 것이다. 복수였다.

당황한 일본인들이 거리에서 쫓겼다. 기모노 차림의 여인과 게다짝을 신은 사내들도 보였다. 이들은 머리를 감싸 쥔 채, 뒤뚱거리는 걸음으로 골목을 향해 달아났다. 시민들이 이들을 쫓았다. 쫓아가 소리를 질렀고 위협을 했으며 일부는 무차별 폭행을 가하기도 했다.

"죽어라!"

"돼지대가리 같은 것들!"

공포에 질린 채 쪼그리고 앉은 일본인을 발로 걷어차고 짓밟는 일단의 사내들이 있었다. 일본인은 기모노 차림의 가녀린 여인이었다. 사내들의 발끝에는 애국과 저항이 담겨 있는 냥 무자비했다. 여인은 비명과 신음으로 골목에서 애원했다. 살려달라는 애절한 일본말과 잘못했다는 어눌한 중국말이 그녀의 입에서 연신 쏟아져 나왔다.

"네 놈들이 우리 중국인들에게 한 짓을 생각해 봐라. 이건 아무것도 아니다."

"죽어도 싸다."

말은 거칠었고 입에 담을 수조차 없는 낯 뜨거운 욕설이 난무했다. 이들은 마치 항일의 선두에 선 것처럼 일본인에 대한 분노를 풀어냈다. 그러나 분노는 분노가 아니었다. 폭력이었다. 무차별적인 폭력이었다. 무차별은 무의미이자 폭행일 뿐이었다. 더구나 그녀는 민간인이었다.

"저건 말려야 하지 않겠나?"

조선인 망명객 최설이었다. 곁에 있던 진규혼이 고개를 끄덕였다.

"쓸데없는 폭력일세!"

두 사람은 바람같이 골목으로 달려 들어갔다. 남경로에서 복건로로 이어지는 중간지점에 위치한 골목이었다. 골목은 상해의 여느 골목이나 마찬가지였다. 비좁았고 어지러웠으며 날 선 악취가 코를 찌르고 발을 내딛기 어려울 지경의 불쾌한 것들로 가득 차 있었다. 비린내 나는 생선이 바람에 말라가고 있었으며 돼지인지 양인지를 모를 고깃덩어리가 골목 한편에 대롱대롱 매달려 있기도 했다.

창문에서 길게 뻗어 나와 골목을 가로막은 장대에 걸린 빨래가 시야를 가리기도 했다. 누군가의 더위나 추위를 막아주었을 장삼과 파오를 비롯해 누군가의 젖은 몸을 닦아 주었을 수건과 속살을 은밀히 가려주었을 속옷, 또 누군가의 몸을 아름답게 치장해 주었을 치파오와 스카프, 누군가의 긴 밤을 따습게 덮어주었을 이불과 누군가의 머리를 멋들어지게 장식해주었을 페도라, 또 누군가의 아리따운 몸을 감싸주었을 하얀 원피스와 블루톤의 투피스, 창문 너머 방바닥을 닦

앉을 걸레까지, 장대에는 온갖 종류의 빨래들이 바람에 너풀거리며 지나는 사람의 머리 위에서 아슬아슬하게 펄럭였고, 사람들은 갓 내다 건 빨래에서 떨어지는 물세례를 피해 때로는 욕지거리와 함께 몸을 움찔거렸고, 또 때로는 당황한 목소리로 겅중거렸으며 때로는 황당하다는 표정으로 올려다보며 투덜대기도 했다.

장삼과 파오, 수건과 속옷, 치파오와 스카프, 이불과 페도라, 원피스와 투피스 그리고 걸레까지, 상해의 서민을 상징하는 것들이다. 가난한 골목의 연민과 시리도록 아픈 민중의 지난함이 골목을 지나는 이의 가슴을 아련하게 울렸다. 화려한 거리의 뒤편에 감춰진 상해의 민낯, 상해의 뒷골목, 상해의 치부였다. 근대성과 도시적 화려함에 떠밀린 아픔이자 슬픔이요 그림자였다. 바람은 무심하게 골목을 휘저었고, 두 사내는 그 바람에 흔들리는 빨래와 물세례와 연민을 떠올리며 뛰었다.

여인의 비명이 비단 폭을 찢듯 째져 나왔다. 소리는 다급했다. 한 사내가 여인의 머리채를 쥐고는 주먹을 휘두르고 있었다. 다른 사내는 여인의 옆구리를 짓밟고 있었다.

"그만두시오!"

진규혼이 몸을 날렸다. 사내가 피 묻은 주먹을 다짜고짜 휘둘렀다.

"너도 일본 놈이냐?"

그가 몸을 피하며 사내를 밀쳐냈다. 다른 사내가 몸을 돌렸다. 얼굴에는 잔인한 미소가 소리 없이 얹혀 있었다.

"매운맛을 봐야 정신을 차리겠군!"

진규혼이 이러지 말라며 두 손을 내밀었다. 점잖게 타일렀다. 장대에 걸린 빨래가 바람에 하얗게 흔들렸다. 거친 광동사투리가 골목을 울렸다.

"민간인은 건드리지 마시오. 죄는 일본 군대에 물으시오!"

사내들이 동시에 비릿한 웃음을 흘리며 한 걸음 다가섰다. 최설이 나섰다.

"여자를 상대로 너무 심한 것 아니오?"

"이게 여자로 보이나? 이건 적이야. 우리의 원수라고!"

짧게 소리친 말은 분노와 울분을 담아 있었다. 애국자가 적에게 하는 말이었고, 동지가 원수에게 하는 말이었다. 그러나 그들의 표정과 주먹은 애국자가 아니었고 동지도 아니었다. 단지 폭력과 야만일 뿐이었다. 최설이 고개를 좌우로 흔들었다. 진규훈이 혀를 끌끌 찼다.

"원수 갚음을 이렇게 해서는 안 되오. 일본 제국주의가 밉기는 하지만 이들은 민간인이오."

진규훈이 다시 민간인을 입에 올렸다. 여인은 부들부들 떨고 있었다. 얼굴은 만신창이가 되어 있었다. 붉은 피가 하얀 모란꽃 무늬를 적셨고 얼굴은 퉁퉁 부어올라 있었다. 어서 가라며 최설이 여인에게 손짓했다. 사내들이 막아섰다.

"우리는 문화국의 인민이 아니오. 대범 합시다! 제국주의자들과 똑같이 야만적인 행동을 할 수는 없지 않소."

그제야 사내들의 표정에 얼마간의 변화가 일었다. 입술을 씰룩거렸다. 뭔가 내뱉고 싶은 말이 있는 듯했으나 꾹 눌러 참는 모양새다.

"지사들의 뜨거운 마음은 알겠지만, 참읍시다. 그게 이기는 길이오!"

진규흔이 지사라는 말까지 들먹였다. 사내들이 한숨을 몰아쉬었다. 최설이 다시 여인을 재촉했다. 그녀가 사내들의 눈치를 보며 몸을 내뺐다. 풀어진 오비가 너풀거리며 여인의 뒤를 쫓았다.

"오늘 운이 좋은 줄 알아라. 수두마자년!"

사내들은 아쉬운 얼굴로 다급히 골목을 빠져나가는 여인을 두고 투덜거렸다. 진규흔이 고개를 절레절레 흔들었다. 사내들이 손을 툴툴 털며 골목 안으로 들어갔다.

"아수라장이로군!"

최설이 하얗게 한숨을 내쉬었다. 골목 밖으로 폭죽이 터지며 환호성이 이어졌다. 시위대가 거리를 가득 메웠다. 해방을 외치는 현수막이 파란 하늘을 뒤덮었다. 공부국 경찰들이 우왕좌왕하며 어찌할 바를 모르고 있었다.

두 사람은 복건로에서 남경로 쪽으로 방향을 틀었다.

남경로의 상황은 더 장관이었다. 마치 해방이라도 맞은 듯했다. 시민들이 열광하고 있었다. 들뜬 만큼 어지럽고 혼란한 모습을 보이기도 했다. 그들은 공부국 경찰에 맞서는가 하면, 일본 영사관 경찰과 충돌하기까지 했다. 시민들은 조금도 물러서지 않았다.

"살려주시오!"

어눌한 중국말로 사내가 애원을 했다. 짙은 남색 진베이(甚平)를 입고 있는 일본인이었다. 발에는 대나무에 가죽을 덧댄 셋타(雪駄)를 신고 있었다. 남경로 한복판이었다.

그는 시민들의 위협에 잔뜩 울상을 짓고 있었다. 바닥에 꿇어앉은 채, 두 손을 모아 빌었다. 표정과 말과 행동이 하나같이 비굴했다. 흐

트러진 진베이가 비굴했고 벗겨진 셋타가 비굴했으며 어눌한 말은 더욱 비굴했다. 시민들은 손가락을 들어 그런 그를 비난했고, 지난날의 과오를 추궁했다. 사내는 아무런 조건 없이 손바닥을 비볐다. 살려만 달라는 것이다.

"네 삶이 그렇게 소중한 것이라면, 우리의 삶도 그렇게 소중한 것이다."

검은색 장삼 차림의 청년이 발을 들어 위협하며 소리쳤다. 누군가 옆에서 말렸다. 폭력은 쓰지 말라며 저들과 같아서는 안 된다며 교화로써 저들을 다스려야 한다는 점잖은 말이었다.

"왜 그렇게 무자비하게 사람을 죽였느냐? 그게 너희들의 본성이냐?"

거듭 묻는 말에 사내는 더듬거리며 입을 놀렸다. 그렇지 않다며 다만 상황이 그렇게 만들었을 뿐이라며 지금은 깊이 반성하고 있다고 했다. 비굴한 말속에 비벼진 비겁한 변명이었다. 시민들은 더욱 분노했다. 죽이라는 말과 그냥 둬서는 안 된다는 말이 부딪혔고, 지금 쓰는 폭력은 폭력이 아니라 복수라는 말과 원수에게 폭력은 폭력이 될 수 없다는 말이 또한 부딪혔다. 설왕설래하는 사이, 시민들은 더욱 몰려들었고 사내는 낯빛이 하얗게 질렸다.

폭죽이 터졌다. 화약 냄새가 코를 찔렀다. 환호성이 터졌다. 시민들이 사내를 둘러싸고 원을 그리며 군무를 췄다. 사내는 두려움에 울부짖었다. 황국의 신민이 당하는 모욕이었다. 제국의 사내가 당하는 능욕이었다.

"비극일세!"

최설이 혀를 찼다. 자업자득이라며 진규흔이 고개를 내둘렀다. 사내의 비굴함과 시민들의 절제된 행동에 두 사내는 진정한 용기와 인류애를 생각했다. 폭력에 비폭력으로 앙갚음하려는 상해 시민들의 진정한 용기와 살기 위해 비굴함을 앞세우는 제국주의자를 더 크고 넓은 아량으로 용서하는 시민들의 인류애를 떠올렸던 것이다.

남경로는 해방의 공간이었다. 그동안 억압과 압제에 시달리던 시민들이 자유와 평화를 외치며 거리를 활보했다. 시위는 평화적이었고 낭만적이었다.

"지난 3월의 경성이 떠오르는군!"

최설이 조국에서 있었던 3월의 하늘을 이야기했다. 진규흔이 맞받았다.

"조국의 3월 혁명은 위대한 혁명이었네. 오늘의 이 시위도 그 연장선에 있는 것일 테고."

그는 5.4운동을 입에 올렸다. 대륙에서 비폭력 혁명의 대명사가 된 항일투쟁이다. 운동은 항일투쟁으로 그치지 않았고 반제국주의 투쟁으로까지 이어졌다. 대륙의 신민주주의 혁명의 출발점이었다. 대륙의 위기를 호소했고 국산품 사용을 장려했으며 일제 상품의 불매운동으로까지 이어졌다.

발걸음이 구강로 쪽으로 옮겨졌다. 외탄이 바로 눈앞에 있었다. 시위는 이곳도 마찬가지였다. 아지랑이가 일 듯 거리는 사람의 물결로 아른거렸다. 현수막이 펄럭였고, 폭죽 연기가 희뿌연 했다.

"난리로군!"

최설의 말에 진규흔이 고무적인 일이라며 시민들의 자발적인 참여와 해방에 대한 의지, 혁명에 대한 의지를 말했다.

"상해는 가장 모범적인 도시가 될 것이네. 근대성을 갖췄고 시민의식이 살아있고 지사들이 몰려드는 곳이니 제국주의를 반드시 몰아내고 말 걸세."

"미스터 최, 자네와 같은 사람이 있으니 꼭 그렇게 될 거네!"

최설의 한숨이 깊었다. 조국의 앞날 때문이었다. 진규흔이 위로의 말을 건넸다.

"상해가 해방되는 날, 조국도 해방이 될 것이네!"

상해에서 일제가 물러나는 날은 곧 일제가 패망하는 날이 될 것이라며, 일제의 패망은 곧 조국의 해방이라는 말이었다.

최설이 빙긋이 웃었다. 포마드를 바른 머리가 햇살에 가지런히 빛났고 미소는 매력 있었다. 진규흔이 소리 없는 미소로 받았다. 두 사람의 발걸음이 가벼웠다. 명랑했다.

날카로운 비명이 전화회사 옆 모퉁이에서 터져 나왔다. 사내 둘이 한 사내를 폭행하고 있었다. 폭행은 무자비했다. 뭔가를 빼앗고 있는 듯했다. 당하고 있는 사내는 차림새로 보아 역시 일본인이었다. 안경을 썼고 히토에(一衣) 차림에 게다짝을 신고 있었다. 고급 옷감의 히토에가 부유한 사람임이 틀림없었다. 진규흔이 먼저 달려갔다. 최설이 그의 뒤를 따랐다.

"그만두시오!"

진규흔이 사내들을 말렸다.

"왜놈들은 때려죽여도 시원찮아."

"네가 웬 참견이야?"

사내들은 다짜고짜 진규혼에게 대들었다. 주먹까지 휘둘렀다. 보통 시민은 아닌 듯했다. 인상이 험악했고 행동이 거칠었다. 민간인은 죄가 없다며 진규혼이 이들을 설득하고 나섰다.

최설은 같은 장면의 반복에 일제의 패망이 멀리 있지 않음을 느꼈다. 일본인들의 거듭되는 수난과 치욕, 벌써 예닐곱 번의 같은 장면이 반복되고 있었다. 거리 어디에서나 볼 수 있는 낯설지 않은 장면이었다.

"돈은 드릴 테니 살려만 주시오!"

만신창이가 된 얼굴로 사내는 목숨을 구걸했다. 앞섶은 흉하게 찢겼고 게다짝은 바닥에 나뒹굴었다. 시퍼렇게 멍든 눈가가 처연했다. 입가의 붉은 피가 동정심을 불러일으켰다. 보기에 딱했다.

최설은 연민이 일었다. 조국의 원수이긴 하지만 인간적으론 그도 한 평범한 가정의 가장일 것이고, 누군가의 자식이자 부모일 것이다.

"제국의 신민이 어찌 이리도 비굴하단 말이오?"

사내는 이기죽거리는 말투로 진규혼을 쏘아봤다. 눈빛은 당신도 이 자와 같은 제국의 신민이냐고 묻는 듯했다.

"자본주의의 개지!"

또 다른 사내는 능멸의 빛으로 이까지 갈았다. 갈아 없애버릴 듯했다. 눈빛은 애국을 닮아 있었다.

"이들도 억울한 희생자요. 제국주의에 희생된."

이기죽거리는 얼굴과 능멸의 빛에 관한 변명을 하려 하자, 사내들이 동시에 주먹을 을러댔다. 그따위 말을 하려거든 썩 꺼지라는 것이다. 여차하면 주먹을 날릴 기세였다. 최설이 나섰다.

"이러지들 마시오! 민간인은 민간인일 뿐이오."

목소리는 분위기에 맞지 않게 깊이 가라앉아 있었다. 멀리서 외치는 해방의 소리가 무색할 지경이었다. 상대를 제압하는 위압감까지 갖추고 있었다.

바람에 너풀거리는 옷섶 사이로 언뜻 드러나는 허리춤의 콜트를 사내들은 보았다. 아무나 지니고 다니는 것이 아니다. 왕위 정부 특공 총부인 76호 요원들이나 상해자유동맹의 상해프리덤 대원, 아니면 조선의 지사들, 그도 아니면 일제 경찰이거나 헌병대, 그도 아닐 때는 공부국 경찰이나 특무대, 그마저도 아니면 황백방 간부쯤이나 지니고 다니는 물건이다.

그제야 사내들이 한발 물러섰다. 주먹을 풀고는 눈치로 상대했다. 상해 바닥에서 눈치로 살아 온 그들이다. 팔절패의 황소산과 조가혁이었다.

일본인 사내는 두 손을 들어 빌었다. 비굴함이 온몸에서 뚝뚝 떨어져 내렸다. 무릎을 꿇은 자세는 마치 상전을 대하는 종의 그것을 닮아 있었다. 살려달라는 말이 입에 발렸다. 그는 품 안에서 돈뭉치를 꺼내 들었다. 꽤 큰 액수였다.

"여기 있습니다."

황소산이 제 것을 받듯 넙죽 받아들었다. 눈길은 진규흔과 최설에게로 향한 채였다. 콜트가 두렵기는 했지만, 돈은 그보다도 더 달콤했다. 애국을 닮은 행동의 목적이기도 했다. 그가 받은 돈을 품 안에 찔러 넣었다.

진규흔이 고개를 절레절레 흔들었다. 최설이 한숨을 몰아쉬었다.

"이놈들은 이래도 싸요!"

조가혁의 말이었다. 최설이 옷섶을 헤치고는 콜트를 꺼내 들려 했다. 진규흔이 재빨리 막아섰다. 그럴 필요까지는 없다는 것이다. 그 사이, 황소산이 무릎 꿇은 사내를 걷어차고는 잽싸게 달아났다. 사내가 죽는다는 소리를 지르며 옆으로 쓰러졌다. 안도의 비명이었다.

"팔절패 일세!"

진규흔이 침을 뱉었다. 혼란을 틈타 강도짓을 일삼고 있는 좋지 못한 행동이었다. 아무리 소매치기 일당이라지만, 이건 아니다 싶었다. 그가 분노한 얼굴로 한구로 모퉁이를 노려봤다. 사내들이 옷깃을 펄럭이며 사라지고 있었다.

사내가 입가의 피를 닦아내며 몸을 일으켜 세웠다. 얼굴에는 분노한 빛이 가득했다.

"못된 놈의 수두마자!"

진규흔이 어이없다는 얼굴로 그를 쳐다봤다. 최설이 그와 같은 표정으로 사내를 쳐다봤다. 사내는 종주먹까지 을러댔다. 진규흔과 최설이 자신의 편이라는 확신에 기가 살아났던 모양이다. 언제 비굴했느냐는 듯이 그는 울분을 터뜨리기까지 했다. 투덜거리며 옷섶을 여미고는 엎어진 게다짝을 굴려 신었다.

"고맙소!"

짧은 말에는 고마움보다는 수치심을 감추고자 하는 내심이 더 깊이 담겨 있었다. 말도 선을 넘어섰다. 제국이라느니, 황국신민이라느니, 되는대로 씨불였다. 급기야는 되먹지 못한 대륙의 망나니라는 말까지 내뱉고 말았다.

진규혼이 고개를 갸웃했다.

"왕위 정부는 우리 일본 제국에 협조적이어서 매우 훌륭하오."

최설이 어이가 없다는 듯 피식 웃었다. 진규혼이 그제야 고개를 끄덕였다. 사내는 두 사람을 왕위 정부 인사로 본 듯했다. 그도 그럴 것이 상해에서 일본인을 두둔하고 있는 것은 왕위 정부 말고는 없기 때문이다.

최설이 사내를 빤히 쳐다봤다. 어떻게 하는지 두고 보자는 심산이었다. 사내가 말했다.

"홍구 육전대까지 가야 하오. 도와주시오!"

말은 도움의 형식을 빌린 명령조였다. 진규혼이 나서려 하자 최설이 말렸다.

사내가 소리 없이 웃었다. 득의양양했다.

"제국의 신민은 어떠한 상황에서도 적응을 잘하는 법이지. 그래야 황국신민으로서 자격이 있는 것 아니겠소?"

사내가 눈살을 찌푸렸다.

"무지몽매한 신민들이 간혹 있어 문제긴 하지만."

"착각은 자유라지만, 당신은 너무 나갔소!"

진규혼이 보다 못해 쏘아붙인 말이었다. 툽상스런 말투는 사내를 겁박하던 팔절패의 그것을 닮아 있었다. 그제야 사내는 자신의 판단이 잘 못 되었다는 것을 깨달은 모양이다. 손끝이 가늘게 떨렸다.

모두가 일본인을 미워하는 것은 아니라며, 왕위 정부 인사들만이 일본인을 두둔하는 것도 아니라며, 최설이 친절하게 설명을 이어 붙였다. 인간으로서 인류애로서 일본인을 보듬는 사람도 있다는 말을 덧붙이기까지 했다.

사내의 표정이 일그러졌다. 좀 전 폭행을 당하던 때보다도 더욱 비참하게 구겨졌다.

"가시오! 무사히 갈 수 있을는지는 모르겠지만."

진규혼의 말에 사내는 일그러진 표정에 구겨진 자존심을 가득 안은 채, 사천로를 따라 발걸음을 옮겨놓았다. 홍구 육전대를 향해 가기 위해서였다.

봄볕에 아른거리는 거리는 명랑했다. 그 명랑한 거리 위로 시위대가 가득했다. 마치 밀려드는 황포강의 부풀어 넘치는 물결만 같았다.

"저게 일본인의 습성일세. 야비한 족속들!"

사내는 쫓기듯 거리 가장자리를 따라 위태위태하게 걸음을 옮겨놓고 있었다. 최설이 다시 한번 침을 뱉었다. 불쾌한 마음이 여실히 드러나 보였다.

사내에게로 시위대가 또다시 몰려들었다. 그가 머리를 감싸 쥐며 주저앉았다. 진규혼이 고개를 흔들었다. 더 이상의 연민은 필요치 않다는 표정이었다. 최설이 발걸음을 돌렸다. 황포로 쪽이었다.

마천루 사이로, 햇살을 튕기며 흐르는 황포강이 빛났다. 도도하게 흐르는 물줄기가 거침이 없었다. 거대했다. 대륙의 기상이 느껴졌다.

사내들은 봄날의 햇살을 즐기며 한구로를 걸었다. 발걸음은 봄날의 발랄함을 닮아 있었다. 흔들리는 어깨도 그런 발랄함에 박자를 맞췄다.

"봄이 오고 있는 것인가?"

최설이 상해의 봄을 말했다. 말에는 의문과 간절함이 한데 뒤섞여 있었다. 오고 있는 것인지 묻는 말과 꼭 와야만 한다는 간절함이 함께 배어있는 말이었다. 상해의 자유를 부르짖는 봄이자 물음이었다.

"아직은 바람이 차네!"

진규흔이 그 봄을 맞받았다. 말투에 찬바람이 뒤섞여 있었다. 발랄하고 명랑한 발걸음에 어울리지 않는 찬바람이었다. 혀끝에서도 냉기가 돌았다. 억압과 압제에 시달린 냉기였다. 물리적인 봄과 심리적인 봄 사이의 간극을 두 사내는 힘겨워했다.

가로수가 햇살에 빛나고 있었다. 짙푸른 잎과 담황색 꽃이 향기로운 모감주였다. 회색빛 도시에 어울리지 않는 꽃이었다. 억압과 압제에 어울리지 않는 향기였다. 담황색 꽃은 고고했고 도도했으며 달콤한 향기는 우아했다. 바람에 살랑거리는 꽃무더기가 마음을 흔들었다. 봄을 뒤흔들었다. 최설이 그 흔들리는 꽃을 올려다보며 한숨을 내뱉었다.

"선비가 좋아하는 꽃이라더니 과연."

모감주나무는 선비의 기개를 뜻했다. 최설의 탄식을 받아 진규흔이 상해의 꽃을 입에 올렸다. 모감주와 오동나무 그리고 마로니에의 낭만을 연달아 입에 올렸던 것이다.

한구로 끝자락에는 황포로가 맞닿아 있었다. 그 앞으로는 황포강이다.

가슴이 탁 트였다. 시원했다. 바람도 시야도 막힘이 없었다. 답답함으로부터의 해방, 갑갑함으로부터의 벗어남, 절대 자유의 한 자락을 맛보는 듯했다. 상해 시민들, 위안의 장소이자 낭만의 거리이자 자유의 공간이었다.

마천루의 숲을 벗어나자 물살의 들판이 아스라이 펼쳐졌다. 물가의 푸른 버들과 거리의 오동이 의연했다. 겨울을 이겨낸 버들은 푸른 빛을 자랑했고, 오동은 자주색 꽃을 한창 피워내고 있었다. 고귀한 빛깔이자 고상한 색상이었다. 상해의 아름다움을 대표하는 꽃이었다. 상해 곳곳에 마로니에, 모감주와 함께 가로수로 식재되어있는 나무 중의 하나였다.

넓은 잎의 오동과 갈라진 이파리의 마로니에, 꽃이 향기로운 모감주까지, 상해의 거리는 싱그럽고 향기로웠으며 아름다웠다. 싱그럽고 향기로웠으며 아름다웠지만, 제국의 그늘이 아직은 시렸다. 차갑게 시렸다.

일제는 물론 영국과 프랑스, 독일, 러시아. 미국까지 그들은 조계라는 이름으로 점령 아닌 점령을 하고 있었다. 군대까지 들여와 대륙의 자존심을 짓밟았다. 짓밟힌 자존심은 시민들에게 굴욕과 치욕과 모욕으로 생채기를 냈고, 그 짓밟힌 자존심을 치유하고자 이제 시민들이 일어섰던 것이다. 항거를 시작했던 것이다.

일제는 무도했다. 잔인했다. 살육과 폭행과 압제와 폭력으로 도시를 점령했다. 이들의 만행에 시민들은 더 참을 수가 없었다. 자유와 평화와 상해의 번영을 위해 스스로 몸을 일으켜 세웠다. 항거는 평화적이었다. 맨손에 현수막과 전단지가 전부였고, 외침과 어깨동무로 거들었다. 폭죽은 시위가 아니라 축제였다. 상해의 자유와 평화를 부르는 신호탄이었다. 시민들은 자유를 외치며 현수막을 들었고, 평화를 소리치며 전단지를 뿌리고, 어깨동무를 한 채 거리를 누볐다.

뜻있는 지사들은 몸을 일으켜 총을 들었다. 리앙필드, 모신나강, 콜트와 모제르, 제국의 경기관총까지, 가리지 않고 방아쇠를 당겨 맞섰다. 폭발탄도 던졌다. 일제는 당황했고 일어선 자유를 억누르려 했다. 남경로, 하비로, 사천로, 황포로, 거리에서 맞선 지사들과 시민들은 상해의 자유를 위해, 시민의 자유로움을 위해, 목숨을 돌보지 않았다. 상해에 봄이 오는 듯싶었다.

"일제가 발악하겠군!"

발악이란 말에 최설이 이를 갈았다. 경성에서의 기억이 떠올랐기 때문이다. 맨손에 태극기를 든 동포들을 향해 그들은 무차별 사격을 가했다. 총탄도 모자라 칼과 창으로 베고 찔렀다. 참혹했다. 극악한 발악이었다. 상해에서 또 그런 일을 벌이지 말란 법이 없었다. 저들은 그러고도 남을 인간이다.

"이에는 이일세. 그냥 당해서는 안 되지."

단호한 항거의 말에 진규혼이 한목소리를 냈다. 당연한 말이라며 시민들은 평화적으로 일제에 맞서고 있으나 자신은 그렇게 하지 않을 것이라며 주먹을 불끈 쥐었다. 어떻게든 무력으로 맞서겠다는 것이다.

"들리는 말에 패주하는 화북지대의 일본군이 상해로 올 거라는 말이 있네."

육전대가 화북을 버리고 상해를 지키자는 전략을 냈다는 것이다. 상해를 지켜 대륙 진출의 교두보로 삼겠다는 되지 않을 음모였다. 말 끝에 그는 혀를 끌끌 찼다.

시위대 사이로 전차가 스며들었다. 현수막이 하얗게 너풀거렸다. 전단지가 꽃보라처럼 바람에 휘날렸다. 시민들이 끝없이 흘러갔다.

도도한 황포강이 흘러가는 듯했다.

"일제가 패망을 눈앞에 두고 있다는 증거일세."

최설은 패망을 이야기했다. 진규흔이 고개를 가로저었다. 아직은 아니라며 저들이 기진할 때까지는 좀 더 기다려야 한다는 것이다.

"그 시간이 그리 멀리 있지는 않을 것이네!"

이번에는 그도 고개를 끄덕였다. 동의였다.

물살이 솟구쳤다. 포도가 하얗게 젖어 들었다. 밀물이 드는 모양이었다. 거대한 강이 부풀어 올랐다. 최설은 그 부풀어 오른 강물을 바라보며 지난날을 떠올렸다. 긴박했던 순간이었다.

황포강은 강이라지만 바다나 다름이 없었다. 크고도 넓었다. 무엇보다도 상상 조차 할 수 없었던 풍경에 최설은 벌린 입을 다물지 못했다. 하늘을 찌를 듯 높이 솟은 마천루가 강변을 따라 빼곡히 들어서 있는 모습에 그는 상해가 왜 근대적 도시의 명성을 얻고 있는지를 알 수 있었다. 말로만 듣던 그 상해의 풍경이다. 제국주의의 위세와 자본주의의 화려함이 그제야 실감이 났다. 하늘은 새파랬다.

기선이 양수포에 도착하고 상해에 첫 발을 딛는 순간, 그는 또 다른 질투 같은 것을 느껴야했다. 짐작은 했지만 잘 정돈된 도시의 모습에서 위압감보다는 난감함 같은 것을 먼저 느껴야 했다. 잘 포장된 넓은 도로와 그 위의 수많은 자동차들, 사람들, 하나같이 생기발랄했고 명랑했다. 말로만 듣던 그 모던보이와 모던걸의 실체도 확인을 할 수가 있었다. 그들의 멋과 여유로움에 그는 다른 세상을 보는 듯했다. 부럽기 전에 먼저 질투가 나는 상해의 시샘이었다.

최설은 주린 배를 움켜쥐고 양수포에서 외탄을 향해 걸었다. 터덜터덜 걸음이 무거웠다. 손에 잡힐 듯이 건너편 외탄은 가까워보였다.

백이로를 지나 가든브릿지를 건너자 외탄이 바로 눈앞에 있었다. 현기증이 날 정도로 높은 마천루를 올려다보며 그는 자본주의의 화려함에 한숨을 내쉬었다. 하늘을 찌를 듯 서양의 자본은 탐욕스럽게 솟구쳐 있었다.

최설은 자신이 가야 할 길을 생각했다. 제국에 맞서 빼앗긴 조국을 되찾고 가난한 동포들을 일으켜 세워야 했다. 그 길은 길림에서 시작되어 상해로 이어지고 있었다.

끝없이 펼쳐진 황포강을 바라보며 최설은 황포로를 따라 거닐었다. 넘실대는 황금빛 물결이 끓어 넘칠 듯했다. 강둑 너머로는 기선이 육중한 몸을 움직이고 있었다. 검은 연기를 뿜어내며 상해의 물자를 실어 나르는 데 여념이 없었다. 영국의 기선도 프랑스의 기선도 독일의 기선도 미국의 기선도 그리고 일본의 기선도 경쟁이라도 하듯, 대륙의 자본을 실어내 나르고 있었다. 약탈이었다. 작은 조국 조선은 이미 일제의 먹이가 되어 있었다. 불쌍한 조국, 불행한 조국이었다.

"미스타 초이? 최설 동지요?"

프랑스 영사관을 앞두고 낯선 사내가 거듭 물어왔다. 그는 직감적으로 그가 만나야 할 사람이라는 것을 알아챘다. 새까맣게 그슬린 얼굴에 카이젤 수염, 포마드를 발라넘긴 머리, 각진 얼굴이 강인해 보이는 사내였다. 그는 청색 자켓에 감청색 바지를 입고 낡은 가죽구두를 신고 있었다. 꼭 다문 강단진 입술에 사내의 의기가 강렬하게 드러나 보였다. 오랜 단련과 훈련만이 만들어낼 수 있는 모습이었다.

최설이 그렇다고 하자 그가 은밀한 목소리로 함께 걷자며 앞서 걸었다. 그가 나란히 발을 맞췄다. 프랑스 영사관이 아름다운 자태로 황포로를 내려다보고 있었다. 비둘기 떼가 영사관 지붕에서 호를 그리며 날아 내렸다. 전차가 호들갑스럽게 거리를 가로질러 갔다. 황포차가 바쁘게 종종걸음을 쳤다.
　"해동청년단의 선우준이오."
　그가 낮고 빠르게 자신을 소개했다. 소개하고는 백양 여운길을 입에 올렸다.
　"선생의 밀명을 받았소."
　"반갑습니다. 길림에서 온 최설이라고 합니다."
　그가 말을 마치기 무섭게 선우준이 툽상스럽게 내질렀다.
　"제기랄, 밀정 놈이 붙었소."
　그가 돌아서서는 담뱃갑을 꺼내 들었다. 싸구려 럭키였다. 상해의 노동자들이 즐겨 찾는 담배다. 그가 한 개비 건네자 최설은 걸음을 멈추고는 입에 물었다. 선우준이 불을 붙였다.
　"침착하게 행동하시오. 별일 아니란 듯이."
　불꽃이 빨갛게 타들어 갔다. 그도 담배에 불을 붙이고는 길게 빨았다. 곧이어 하얀 연기가 흩어져 나왔다.
　"미스타 초이, 불란서 공원에는 가 봤는가?"
　선우준은 일부러 들으라는 듯이 큰 소리로 불란서 공원을 입에 올렸다. 최설이 가보고 싶었다며 호들갑을 떨었다. 함께 가서 상해의 봄을 즐겨보자며 선우준이 너스레를 떨었다. 최설이 좋다며 설레발을 쳤다.

선우준이 황포차를 향해 손을 흔들었다. 곁에서 최설이 어색하게 거들었다.

"상해의 봄은 환타스틱 하다네. 나른한 도시의 아지랑이에, 꽃 핀 가로수의 낭만까지. 그야말로 천국이 따로 없지."

선우준은 상해의 모던보이처럼 말투를 흉내 냈다. 최설도 그에 맞춰 몸짓에 모던함을 실었다. 건들거리며 한껏 멋을 부렸다.

프랑스 영사관 앞에 서있던 황포차가 큰 바퀴를 굴려 달려왔다. 누런 두건을 둘러쓴 인력거꾼과 같은 색으로 페인트칠이 되어 있는 황포차였다.

인력거꾼은 능숙하게 황포차를 두 사람 앞에 댔다. 택시가 경적을 울리며 지나갔다. 버스가 부지런히 그 뒤를 따랐다. 챙 넓은 하와이 모자를 쓴 서양 여인을 태운 황포차도 부지런히 황포로를 달렸다.

인력거꾼이 어디로 모시느냐며 정중히 허리를 굽혔다. 꾀죄죄한 몰골이 형편을 알만했다. 상해의 인력거꾼 대개가 그러하듯이 그는 상해의 하층민이다. 곤궁해 보였고 빈한해 보였으며 굽실거리는 태도는 구차해 보이기까지 했다. 세수도 안 한 듯 얼굴은 땟국물이 흐르고 있었다. 소맷자락은 땟국에 절어 번들거렸다.

"프랑스 공원으로 갑시다!"

선우준이 먼저 휘장을 걷고 황포차에 올랐다. 최설이 뒤따랐고 인력거꾼은 거듭 허리를 굽실거렸다.

뒤쫓던 사내가 당황한 몸짓으로 거리를 가로질렀다. 황포차가 공관마로 쪽으로 내달았다. 사내도 지나던 황포차를 다급히 불러 세웠다.

"저 황포차를 따라가게. 눈치 채지 않게."

인력거꾼은 고개를 끄덕이고는 앞선 황포차를 따랐다. 상해의 상황이 그러하듯이 인력거꾼은 사내의 의도를 단번에 알아차렸다. 이런 일이 비일비재했다. 각국 영사관 사이의 미묘한 관계와 밀정까지 활개 치고 있는 상해의 상황은 그야말로 스파이전의 최전선이었다.

사내는 초조한 눈빛으로 앞선 황포차를 살폈다. 거리의 이팝나무가 꽃을 흐드러지게 피우고 있었다.

"민국로로 가게!"

선우준이 조선말로 말했다. 인력거꾼은 머뭇거리다가는 무슨 말이냐며 되물었다. 그가 조선말을 모르느냐며 다시 묻자 인력거꾼이 고개를 갸웃했다. 그제야 선우준이 중국말로 전했다.

인력거꾼이 고개를 끄덕이고는 길상가로 방향을 틀었다. 길상가도 이팝나무 꽃은 만개해 있었다.

선우준이 고갯짓으로 인력거꾼을 가리켰다. 다행히 조선말을 알아듣지 못한다며 그는 임시정부의 일을 입에 올렸다.

"들어서 알겠지만, 진공작전을 준비하고 있소. 나라를 되찾는데 있어 새로운 전기가 될 것이오."

최설은 재만독립단(在滿獨立團)을 입에 올렸다. 만주의 동지들도 기대가 크다고 했다. 그러면서 가방을 힘껏 끌어안았다. 독립을 위한 자금이 든 가방이었다.

"더 많은 자금을 모아야."

그때, 선우준이 뒤를 돌아봤다. 밀정이 여전히 따라붙고 있었다. 그가 뒤돌아보지 말라며 눈짓을 했다. 흐드러진 꽃그늘 아래로 황포차가 쫓고 쫓겼다.

황포차는 길상가를 빠져나와 민국로로 접어들었다. 탁 트인 길이 시원했다. 아지랑이가 포도의 끝자락으로 아른거리며 피어올랐다. 발랄한 봄이 유쾌했다.

"동지도 알다시피 모든 것이 여의치를 못하오. 우리 해동청년단도 곤경에 처해 있고. 어떻게든 상황을 반전시킬 일이 필요한 상황이오."

그가 한숨을 몰아쉬고는 주변을 거듭 살폈다. 봄을 즐기려는 상해의 시민들이 거리로 쏟아져 나와 있었다. 슈트 차림에 페도라를 쓴 모던보이들과 날아갈 듯 가벼운 차림새를 한 모던걸들의 발걸음이 명랑했다.

마천루의 그림자가 길게 누워 있는 포도를 황포차는 거침없이 달렸다. 종종거리는 사람들과 바람같이 내달리는 오토바이가 때로 위태하기도 했지만, 노련한 인력거꾼은 복잡한 민국로를 잘도 빠져나갔다. 거리는 상해의 봄으로 야단이었다.

"미스타 초이, 이수포에서 봅시다. 백이로에서 놈을 따돌리겠소."

그가 슬쩍 뒤를 돌아봤다. 도리우찌를 쓴 사내가 황포차에 앉아서 독사의 눈빛으로 쏘아보고 있었다. 선우준은 미소를 피워 올렸다.

"놈이 날 따라오지 않더라도, 전차를 타고 가든브릿지로 가시오. 가서 이수포로 내빼시오! 거기서 봅시다."

최설이 알겠다며 고개를 끄덕였다. 그가 주머니에서 뭔가를 꺼내 건넸다. 이수포로 가는 뱃삯이었다. 최설이 고맙다며 받아 챙겼다.

선우준이 백이로로 가자고 인력거꾼에게 말했다. 그가 목덜미로 흐르는 땀을 훔치며 알겠다고 대답했다. 황포차는 민국로에서 백이로로 방향을 틀었다.

백이로는 더욱 복잡했다. 좁은 도로에 찻집과 카페, 댄스홀로 넘쳐났다. 대낮에도 네온사인이 화려했고 술 취한 사람들로 북적거렸다. 야계의 데데거리는 소리에 손님을 부르는 뽀이의 째진 목소리, 게다가 시끄러운 광동사투리와 그 사이로 간간이 날아드는 알아들을 수 없는 서양의 언어까지. 거리는 그야말로 인종의 전시장처럼 다양하고 많은 사람들로 북새통을 이루고 있었다.

"여기서 내릴까 하오."

눈짓을 던진 그가 달리는 황포차에서 훌쩍 뛰어내렸다. 인력거꾼이 당황했고 최설은 그냥 가라며 재촉했다. 황포차가 잠시 멈칫거리다가는 다시 달렸다.

선우준은 네온사인 화려한 댄스홀 옆 골목으로 뛰어 들어갔다. 뒤따르던 사내가 당황한 몸짓으로 황포차와 선우준이 사라진 골목 쪽을 번갈아 쳐다봤다. 몸을 움찔거리며 내릴 듯 말 듯, 행동을 취하기도 했다. 그러나 내리지는 않았다. 최설을 선택했다.

황포차는 백이로에서 화룡로로 접어들었다. 멀리 프랑스공원이 눈에 들어왔다. 우거진 숲과 잘 다듬어진 잔디가 상쾌했다. 청춘남녀들이 봄을 즐기고 있었다. 돗자리를 깔고, 양산을 쓰고, 공원을 거닐었다. 여유와 낭만이 함께 하는 프랑스 조계지의 중심이었다.

"어디서 세울까요?"

인력거꾼이 묻자 그가 전차 역을 입에 올렸다. 가까운 곳에 내려달라는 것이었다. 그가 고개를 끄덕이고는 방향을 틀었다. 뒤쪽의 황포차가 바짝 따라붙었다. 최설이 긴장했다.

"여기 삯을 두고 내리네."

말을 마치기 무섭게 그가 가방을 끌어안고는 황포차에서 뛰어내렸다. 택시가 경적을 울리며 방향을 급히 틀었다. 최설이 바람같이 달렸다. 황포차를 세운 인력거꾼은 어이없다는 듯 그를 쳐다봤다.

"세상 바쁜 사람들이로군."

그는 의자에 놓인 삯을 챙기며 혼잣말로 두런거렸다.

뒤따르던 사내가 서라며 뛰어내렸다. 인력거꾼이 소리쳤다. 돈을 내라며 그냥 가면 어떻게 하느냐며 고래고래 소리를 질렀다. 품위 넘치는 프랑스 공원에 난데없는 소란이 일었다.

양산을 쓰고 거닐던 서양 여인이 돌아봤다. 프록코트 차림에 실크 햇을 쓴 신사가 이들을 쳐다봤다. 아이들은 손가락질까지 하며 신이 났다. 마치 달리기 경주를 보는 듯했다. 인력거꾼은 거친 광동사투리를 섞어가며 육두문자를 날렸다.

"수두마자 같은 놈, 우라질."

최설은 프랑스공원을 가로질렀다. 잘 다듬어진 잔디를 밟고 피어오른 마로니에 잎사귀 아래를 달렸다. 귓가로 바람 소리가 스쳐 지났다.

"서라!"

사내는 최설을 쫓아 달렸다. 가슴에서 모제르를 꺼내 들었다. 사람들이 놀라 비명을 지르며 흩어졌다. 한가로이 먹이를 쪼던 비둘기들이 푸드득거리며 떼 지어 날아올랐다.

최설은 나무 둥치를 엄폐물 삼아 이리저리 내달렸다. 사내는 직선으로 그를 쫓았다. 공원 너머로 하비로가 눈에 들어왔다. 사람들로 북적거리는 거리는 상해의 중심 거리답게 복잡했다.

전차가 들어서고 있었다. 버스가 지나고 있었다. 공원 옆으로는 끝없이 펼쳐진 기와지붕이 이어져 있었고 멀리 순포방도 보였다. 봄날의 공원은 화창했다. 가는 곳마다 사람들로 가득했다. 표정은 하나같이 여유로웠고, 발걸음도 한가롭기만 했다. 바쁜 사람은 최설과 사내뿐이었다. 쫓고 쫓기느라 정신이 없었다. 목숨을 건 쫓고 쫓김이었다.

"쏜다!"

하비로가 점점 가까워지자 당황한 사내가 모제르를 겨눴다. 최설이 몸을 날렸다. 순간, 총소리가 공원을 헤집었다. 공원 벤치 아래쪽이었다. 푸른 하늘이 깨졌다. 산산이 깨졌다. 사람들이 놀라 아우성을 치고 이리 저리 뛰었다. 공원은 이내 아수라장이 되었다.

최설은 잽싸게 다시 몸을 일으켜 세웠다. 세워서는 바람같이 화단을 건너뛰었다. 사내는 사람들을 헤집고 그의 뒤를 쫓았다. 쫓는 발걸음이 바빴다. 꽃이 짓밟히기까지 했다. 붉은 시클라멘과 노란 베고니아가 무참히 고개를 꺾었다. 잔인한 발걸음이었다.

최설은 환룡로를 벗어나 하비로로 뛰어들었다. 종종거리는 사람들 사이로 그는 파고들었다. 황포차와 오토바이를 빗겨 전차를 향해 달렸다. 전차 문이 막 열리고 있었다. 사내는 서라며 고래고래 소리를 질렀고 최설은 뒤도 돌아보지 않은 채 전차를 향해 달렸다. 사내는 애가 탔다. 거리에 가득 찬 사람들 때문이었다.

순간, 최설이 사라졌다. 사내는 오른손에 모제르를 든 채 두리번거렸다. 전차가 문을 닫고 떠났다. 그는 '제기랄'이라며 침을 뱉었다. 순포가 다가왔다. 사내가 재빨리 모제르를 갈무리해 넣고는 걸음을 옮겼다. 제복을 입은 순포가 상기된 얼굴로 사내를 훑었다. 그가 싱긋 웃었다. 순포가 얼굴을 찌푸렸다.
"수상한 자 못 보았소?"
사내가 두 손을 슬쩍 들어 어깨를 들썩였다. 저쪽에서 총소리가 들렸다며 공원 안쪽을 가리켰다. 순포들이 바쁘게 그쪽으로 달려갔다.
"멍청한 놈들!"
사내는 환룡로를 뒤로 하고 다급히 하비로로 건너갔다.
최설은 전차를 놓쳤다. 다음 전차를 타기 위해 건너편 댄스홀 골목으로 숨어들었다. 골목 안쪽에서 그는 사내를 살폈다. 환룡로 쪽에서 사내가 다급히 달려 나왔다. 허탈한 표정으로 그가 거리를 두리번거렸다.
"댄스 하실래요?"
치파오를 입은 여인이 말을 걸어왔다. 붉은 치파오에 새빨간 입술이 어색했다. 상해의 거리에 널려 있다는 그 야계였다. 댄스를 핑계로 몸을 파는 매춘부였다. 최설이 고개를 흔들었다. 그녀는 싸게 해준다며 치근덕거렸다. 트인 치파오를 슬쩍 들춰 보이기도 했다. 최설은 난감했다. 골목을 나갈 수도 없는 상황이었다. 사내가 주변을 서성이고 있었다.
"괜찮소. 그냥 가시오."
여인을 떨어뜨리려 했으나 그녀는 더욱 달라붙었다. 잠깐이면 된다며 팔을 잡아끌기까지 했다. 그가 얼굴을 찌푸렸다. 그녀가 배시시 웃었다. 마음에 있다고 착각을 했던 모양이다. 눈웃음까지 치면서 꼬리를 쳤다.
"이렇게 멋진 분이 뭘 더 망설이세요."

그녀는 최설의 몸을 더듬으려 했다. 그때, 사내가 김신부로 쪽으로 걸음을 옮겨놓았다. 누군가를 최설로 잘 못 알아본 모양이다. 마침, 전차도 들어서고 있었다. 최설이 여인을 뿌리치고는 골목을 나섰다.

"다른 멋진 분을 찾아보시오."

"좀팽이, 여인의 호의를 이렇게 무시하다니."

화가 난 얼굴로 그녀는 골목을 뛰쳐나가는 최설을 향해 씨불여댔다. 욕설을 뒤에 딸리기도 했다.

종소리를 울리며 전차가 들어서고 문이 열렸다. 사람들이 쏟아져 내리자 최설이 재빨리 올라탔다. 사내는 등을 보인 채, 김신부로 쪽으로 걸어가고 있었다.

문이 닫히고 전차가 출발하자 사내가 그제야 뒤를 돌아봤다. 최설과 눈이 마주쳤다. 그가 전차를 향해 다시 뛰었다. 전차와의 거리는 점점 멀어져갔다. 사내가 당황해서는 주변을 두리번거렸다.

"헤이!"

택시를 불렀다. 급하게 손을 흔들기까지 했다. 지나던 택시가 바람같이 달려왔다. 문을 열기 무섭게 그는 전차를 가리켰다. 전차는 이미 순포방을 앞에 두고 패륵로로 돌아서고 있었다.

"저 전차를 잡으시오!"

다급한 소리에도 기사는 그저 느긋하기만 했다. 전차 정도야 식은 죽 먹기라는 듯 무슨 일이냐고 부터 물었다. 그가 중요한 일이라며 말을 얼버무리자 그가 물건을 두고 내렸느냐며 다시 물었다. 그가 그렇다고 대답하자 그제야 가속페달을 밟았다. 택시가 굉음을 울리며 하비로를 질주했다.

패륵로를 돌아서자 최설은 전차에서 내렸다. 사내가 택시 부르는 것을 보았기 때문이다. 내려서는 잽싸게 거리를 가로질렀다. 거리는 카페와 커피하우스, 주점으로 즐비했다. 때때로 양장점과 양과자점도 눈에 띄었다. 플라타너스 가로수가 싱그러웠다. 사람들은 거리의 탁자에 앉아 커피를 마시고 양과자를 먹으며 봄날의 환희를 즐기고 있었다.

최설은 재빨리 카페의 야외탁자에 앉았다. 등을 돌린 채 택시가 지나기를 기다렸다. 전차의 뒤꽁무니가 흔들리며 거리로 미끄러져 들어갔다. 줄지어 선 플라타너스의 싱그러움이 봄날의 사열을 받는 듯했다.

최설은 주린 배를 움켜쥐고는 거리를 주시했다. 황포차가 지나고 버스가 지났다. 택시도 연이어 줄달음질을 쳤다. 어느 것이 사내가 타고 있는 택시인지는 알 수가 없었다. 택시의 속도와 방향을 가늠했다.

"뭘 시키시겠습니까?"

여급이 다가와 물었다. 최설은 난감한 얼굴로 그녀를 올려다봤다. 하얀 앞치마를 두른 그녀가 빙그레 웃고 있었다.

"지나다 잠깐 앉았소."

미안한 얼굴로 그가 대답하자 표정이 바뀌었다. 싸늘한 얼굴로 그녀는 장사하는 테이블이라며 그만 가 줄 것을 요구했다. 그가 알겠다며 대답하고 일어서려 할 때, 택시가 요란한 경적과 함께 바람같이 달려왔다. 사내가 탄 택시였다. 최설은 일어서려다 말고 다시 주저앉았다.

"잠깐."

어지럼증을 핑계로 그는 시간을 끌었다. 택시가 전차를 향해 뒤꽁무니를 보이고 있었다. 그녀가 최설의 몰골을 입에 올리며 먹을 것부터 찾아보라고 했다. 주린 행색이 역력했던 모양이다. 택시는 순식간에 멀어져갔다. 전차는 남경로로 꽁무니를 감추고 있었다.

최설은 자리를 일어서 걸음을 옮겨놓았다. 가로수의 신록과 화려하게 핀 꽃들이 찬란했다. 좋은 계절이자 좋은 때였다. 하지만 최설에게는 주린 시절이었다. 그나마 다행인 것은 사내가 그를 지나쳤다는 것이다.

최설은 발걸음을 서둘렀다. 걸어서 남경로로 향했다. 힘겨운 발걸음이 터덜터덜했다. 주머니에 손을 넣었다. 선우준이 건넨 돈이 쥐어졌다. 쓸 수는 없었다. 이수포까지 가기에도 빠듯한 돈이었다.

남경로의 마천루가 다시 눈에 들어왔다. 거리는 사람들로 북적거렸고, 휘황찬란했다. 빛의 산란이 어지러웠다. 화려한 쇼윈도우에는 자본주의의 유혹으로 가득했다. 프록코트와 슈트, 회색빛 페도라, 고급담배 스트라이크와 우비강 향수, 모던걸의 필수품인 플로르샤임 신발과 레드벨벳 구두, 비로드 장갑에 각종 액세서리까지, 그야말로 눈을 유혹하는 자본의 물결이었다.

최설은 한숨을 몰아쉬며 영안공사를 지나쳤다. 북경로를 향해 그는 발걸음을 서둘렀다. 가든브릿지로 가기 위해서였다. 거기에서 배를 타고 이수포로 가야 한다.

근대성의 도시 상해는 어디를 가나 먹을 것과 즐길 것 천지였다. 주린 배를 움켜쥔 최설에게는 고통스러운 일이었다. 코를 자극하는 향기와 눈을 유혹하는 요리들, 투명한 유리창 밖으로 그것들은 끊임없이 손짓해댔다. 그는 외면하며 주린 배를 움켜쥐었다.

플라타너스 가로수들이 바람에 흔들렸다. 저 너머로 소주하가 있고 거기에서 배를 타면 이수포로 갈 것이다. 거기서 다시 선우준을 만나야 한다. 우뚝한 정금은행이 눈앞에 서 있었다. 북경로의 끝자락이었다. 이제 가든브릿지로 가서 배를 타면 된다. 최설은 주변을 둘러보며 경계했다. 다행히 사내는 보이지 않았다. 별다른 징후도 없었다.

최설은 서둘러 조계공원을 가로질렀다. 낙우송이며 흰 목련에 마로니에까지, 공원에는 각종 나무와 꽃들이 봄을 장식하고 있었다. 호수에는 작은 다리가 놓여 있었고 수련이 막 잎을 돋워내기도 했다. 새들이 호수 주변의 무화과나무 사이를 오르내리며 봄을 노래하기도 했다. 아름다운 서양식 공원이었다. 공원에서는 건너편 가든브릿지를 바라보기에도 좋았고, 소주하의 푸른 물결과 황포강의 위용을 감상하기에도 좋았다.

하지만 최설에게 그런 감상은 배부른 자의 여유일 뿐이었다. 쫓기는 자의 다급함과 불안함이 그의 발걸음을 재촉하게 했다. 가든브릿지가 손에 잡힐 듯이 다가섰다.

"어디까지 가십니까?"

손님을 기다리고 있던 인력거꾼이 말을 건네 왔다. 그의 곁에는 빈 황포차가 덩그러니 자리를 지키고 있었다. 최설은 손사래를 치며 지나쳤다. 웃음으로 사양을 하고는 가든브릿지로 향했다.

가든브릿지는 소주하를 가로지르는 아치형의 아름다운 교각으로 유명하다. 상해의 명물이자 만남의 장소였다. 푸른 소주하를 내려다보며, 남경로의 마천루를 또 바라보며 상해의 낭만을 즐길 수 있었다.

수많은 청춘 남녀들, 모던보이 모던걸들이 이곳에서 만나고자 했다.

선착장에 도착하자 다행히 이수포로 가는 기선이 막 출발하려 했다. 최설은 서둘러 기선에 올랐다.

잠시 후, 기선은 검은 연기를 내뿜으며 푸른 물을 갈랐다. 그제야 최설은 안도의 한숨을 내쉬었다. 지난 일들이 주마등처럼 스쳐 지났다. 고향을 떠나 길림으로 갔다. 그곳에서 재만독립단의 일원으로 일제에 맞서 싸웠다. 수많은 전투에서, 수많은 적을 죽였다. 그러나 적은 끊임없이 만주로 건너왔다. 열 명을 죽이면 열 명이 건너왔고, 백 명을 죽이면 백 명이 건너왔다. 천명을 죽이면 또 천명이 건너왔다.

일제는 질겼다. 패배를 결코 인정하려 하지 않았다. 분노를 민간인에게로 돌렸다. 수많은 동포가 잔인하게 죽임을 당했다. 형언할 수 없는, 천인공노할 짓도 서슴없이 저질렀다. 독립군은 수적 열세에 북만주로 물러났고 최설은 상해로 파견되었다.

최설이 뱃전에 기댄 채 가든브릿지를 바라보고 있을 때, 프록코트를 입은 서양인과 청색 파오를 입은 중국인이 다가왔다. 그들은 뭐라 이야기를 나누고 있었는데 프랑스말로 하는 대화라서 알아들을 수는 없었다. 그들은 황포강과 외탄을 번갈아 보며 때로 미소를 짓기도 하고, 진지한 표정을 지어 보이기도 했다. 손을 들어 외탄 쪽을 가리키기도 했다. 아마도 상해의 근대성을 이야기하고 있는 것이 아닌가 싶기도 했다.

여행객들은 뱃전에 모여 한담을 나누고 있었다. 감색 프록코트를 차려입은 영국인과 세련된 검은 슈트의 프랑스인, 회색 페도라를 쓴 미국인, 날아갈 듯 가벼운 차림의 여인들까지, 그녀들은 아이보리색

원피스나 짙은 남색 투피스 또는 흰색 블라우스에 주름치마를 입고 자주색 비로드 장갑에 붉은 벨벳 구두를 신고 있었다. 하나같이 서양의 자본으로 몸을 둘렀으며 치장을 했다. 빨간 입술과 틀어 올린 머리, 금색 팔뚝 시계에 은제 귀고리, 자본의 냄새가 풀풀 풍겼다. 최설은 멀찍이 서서 이들을 바라보았다.

어느새 노을이 지고 있었다. 상해의 하늘은 유난히도 곱고 아름다웠다. 붉은 빛깔에 주홍과 노란 빛이 어우러져 눈을 황홀하게 했다. 노을뿐만이 아니었다. 황포강은 금빛으로 찬란하게 눈부셨다. 흔들리는 물비늘을 똑바로 쳐다볼 수가 없을 지경이었다.

노을이 지자 외탄이 화려하게 변했다. 네온사인이 불을 밝히고 건물들이 빛으로 치장을 했다. 휘황찬란했다. 거리의 댄스홀과 커피하우스, 카페와 찻집 그리고 주점, 모던걸을 위한 양장점과 초코릿숍, 양과자점까지, 부나비처럼 몰려드는 상해의 멋쟁이들과 모던걸들, 최설은 다시 한번 충격을 받았다. 자본의 화려함과 근대의 눈부심에 눈을 어디에 둬야 할지 모를 그런 충격이었다.

하지만 그 충격이 그리 오래가지는 못했다. 이수포에 내려 근대성에 물든 도시의 이면과 그림자를 보았기 때문이다. 상해의 밤은 화려함의 이면으로 퇴폐의 검은 꽃이 얼룩져 있었다. 발랄함의 뒷면으로 짙고 음울한 그림자가 드리워져 있었다. 마약과 매춘, 폭력과 억압 그리고 제국의 굴레가 도시를 옥죄고 있다는 것을 곧 깨달았던 것이다. 자본의 음흉한 손길과 제국의 음험한 눈빛이 무자비하다는 것을 눈으로 확인했다. 겉으로 화려한 상해는 속으로 무너져 내리고 있다는 것을 깨달으며 그는 맹목적 질투와 시샘을 거둬들였다.

외탄을 바라보며 그는 경성의 앞날을 걱정했다. 제국의 무자비한 자본이 경성을 상해와 같은 못된 도시로 만들까 염려가 되었기 때문이다. 일제 역시 다른 서양 제국과 마찬가지로 근대성이라는 이름 아래 경성을 퇴폐의 도시로 만들 것이 분명했기 때문이다.

선우준을 다시 만난 최설은 상해의 자유와 평화를 위한 몸부림을 지켜보며 황포로를 따라 거닐었다.

혼돈(混沌)

5

"국민당으로 투항합시다!"

장석산이 내놓은 의견이었다. 분위기가 침울했다.

"투항은 불가하오. 왕위 정부의 자존심이 있지, 어떻게 투항이란 말을 그렇게 쉽게 내뱉을 수 있소?"

황극이 반대하고 나섰다. 그는 일그러진 표정으로 사내들을 둘러봤다. 하나같이 우울한 얼굴이었다.

"투항이란 말은 그러니, 합류의 형식을 취합시다! 투항의 형식에 합류라는 이름으로 건뎌내는 게지요."

뜰 앞의 목련꽃이 바람에 흩날리고 있었다. 화려했다. 지는 꽃잎이 더 아름다웠다. 시위대의 함성이 잔상처럼 멀리서 밀려들었다.

왕위 정부 인사들이 신이주점에 모여 있었다. 이들은 상해의 분위기가 바뀌고 자신들의 입지가 흔들리자 선택을 하지 않을 수 없었다.

살아남기 위한 최후의 선택이었다. 시민들은 왕위 정부의 부정과 부패, 매국 행위에 대한 분노로 들끓어 올랐다. 일제를 몰아내자는 말과 함께 왕위 정부 타도도 소리 높여 외쳤다. 왕위 정부는 곧 일제라는 말까지 나돌았다. 상해에서 설 자리를 잃어가고 있었다.

왕정위는 눈을 내리깔고 고민에 고민을 거듭했다. 흩날리는 꽃잎처럼 자신의 운명이 흩어지는 듯싶었다. 백척간두의 위기에 서 있었다. 지난날의 화려함이 주마등처럼 흘러갔다. 대륙의 실세로 일제와 어깨를 나란히 한 채, 천하를 호령했었다. 이제 그 화려함은 지고 암울함이 소리 없는 안개처럼 덮쳐오고 있었다. 믿었던 동지들은 자신들의 이익을 위해 왕위 정부를 헌신짝처럼 버리려 하고 있었다. 국민당을 핑계로 자신을 버리고 장개석을 따르려는 음모 아닌 음모를 꾸며대고 있었다. 공개적인 음모였다. 공개적인 배신이었다.

"항일의 길로 갑시다!"

황극이 다시 나섰다. 그는 왕위 정부의 노선을 입에 올렸다. 일제와의 협력을 버리고 일제를 타도하는 길로 가자는 것이다. 그게 시민들의 분노를 잠재우고 왕위 정부가 대륙에서 살아남을 수 있는 길이라는 것이다. 말은 어느새 애국의 길을 걷고 있었다.

"지금까지 우리가 한 일이 있는데, 시민들이 믿어주겠소? 되도 않을 말이오!"

장석산이 부정의 언사를 툽상스럽게 내뱉었다. 봄을 시샘하는 바람이 꽃잎을 휘몰아 갔다. 시선이 황극에게로 향해졌다. 왕정위도 삐뚜름한 눈으로 그를 쳐다봤다.

"상해에 들불처럼 번지고 있는 공산당을 핑계 댄다면, 국민당도 우리를 내치지는 않을게요. 저들도 공산당이라면 치를 떠는 자들이잖소."
 장석산이 다시 국민당을 들먹였다. 왕정위의 시선이 허공을 훑었다. 요건남이 좋은 생각이라며 그의 말을 거들었다.
 "저들도 공산당 타도를 외치고 있으니 우리와 같은 입장일 것이오. 그렇게 합시다!"
 같은 입장임을 내세워 그가 배신에 동의했다. 왕정위는 허공을 훑던 눈길을 내려 탁자 위로 던졌다. 식은 찻잔이 씁쓰레하게 올려다보고 있었다.
 "국민당도 일제와 협력하는 상황이오. 시민들이 더욱 용납하지 않을 텐데."
 왕천익이 말을 흘려 꼬리를 잘랐다.
 "저들과의 의리도 무시해서는 안 됩니다. 그동안 함께 한 인연이 있는데 어떻게 하루아침에 저버릴 수 있습니까? 일본이 어렵다고는 하나 아직은 아닙니다. 좀 더 지켜봐야지요."
 팽풍은 의리를 내세웠다. 이익이 담긴 의리였다. 아직은 저들에게서 얻어먹을 떡고물이 남아 있다는 말이었다. 요건남이 고개를 가로저었다.
 "어차피 저들은 쫓겨 갈 신세요. 분위기가 좋지 않소. 저들과 함께 하다 가는 우리가 죽소."
 "맞습니다. 이제 항일의 기치를 내세워야 합니다. 그게 우리가 사는 길입니다. 국민당에 합류하더라도 우리는 그 길을 가야 합니다."
 황극이 다시 나선 것이었다. 그는 현실 속에서 살아가야 할 길을 찾고 있었다. 작은 이익을 버리고 더 큰 이익을 찾고자 하는 길이었다.

국민당과 공산당, 일제와 시민 사이에서 왕위 정부는 오락가락했다. 어느 쪽에 손을 내밀어야 다시 살아날 수 있을지, 상황은 가늠하기가 쉽지 않았다.

왕정위는 고개를 흔들었다. 골치가 지끈거렸다. 떨어지는 꽃잎처럼 흩어지고 말 것인지, 아니면 푸른 잎을 돋우고 다시 살아날 것인지, 그는 선택의 기로에서 판단이 서질 않았다. 듣는 말들은 모두 옳았고 현명한 듯했고 그럴듯했다. 배신의 언사를 제외하고는.

"국민당도 공산당 제거 작업에 우리가 필요할 것이오. 일제와 손잡고 저들에 맞선다면 가능하지 않겠소?"

팽풍이 공산당을 핑계로 국민당과 일제를 동시에 입에 올렸다. 말은 절충이었다. 국민당에 붙어살고 일제도 버리지는 말자는 황당한 발언이었다.

황극의 눈길이 왕정위에게로 가 머물렀다. 그는 전혀 무관한 사람처럼 손톱을 다듬고 있었다. 여유인지 무관심인지 아니면 이미 결정을 내린 것인지 알 수가 없었다.

"팽동지의 말에 공감합니다. 아직은 쓸모가 있는 자들입니다. 열도로 물러갈 때는 가더라도 우리가 이용할 수 있을 때까지는 이용해야지요. 시민들은 그다음의 일입니다. 우리가 언제 시민들의 눈치를 봤습니까?"

말은 과감했다. 시민들은 안중에도 없는 과감함이었다. 무모함이기도 했다. 왕천익의 말이었다. 이들은 이익을 위해서라면 왕위 정부라도 괜찮고 국민당도 괜찮았으며 일제라도 괜찮았다. 공산당일지라도 괜찮을 수 있었다. 이익에 있어 주저함이라든지, 인색함이라든지,

머뭇거리는 것은 이들에게 있어 예의가 아니었다. 결코, 가까이하지 말아야 할 것들이었다.

괘종시계가 울렸다. 오후 세 시를 알리고 있었다. 요건남이 두 손으로 얼굴을 비볐다. 그도 같은 생각이었다. 자신의 이익이 우선이었다. 왕위 정부는 그다음이었다. 그런 생각은 장석산도 마찬가지였고 왕천익과 황극도 한가지였다. 왕정위만이 왕위 정부를 생각하고 있었다. 그만이 왕위 정부의 유일한 수호자였다.

"국민당으로 합류하자!"

결론이 지어졌다. 왕정위가 나선 것이다. 모두의 시선이 그에게로 향해졌다. 그가 말을 이었다.

"공산당을 때려잡는 조건으로 국민당에 합류한다. 일제는 아직 쓸모가 있는 물건이다. 쓸모가 있는 물건은 쓸모가 다 할 때까지는 써야 한다."

장석산을 비롯해 요건남과 왕천익이 좋은 결정이라며 환영했다. 황극도 마지못해 고개를 끄덕였지만, 친일에 대한 습성을 버리지 못하고 있는 왕위 정부의 한계에 그는 못마땅해 했다. 더 많은 이익이 항일에 있음을 그는 알고 있었다. 항일에 대한 이익은 크고도 오래갈 것이다. 친일에 대한 이익은 그 명이 다했다. 이제 항일이었다. 항일의 시대가 다가오고 있었다.

"중경으로 갈 것이다. 준비해라!"

연락을 넣겠다며 황극이 자리를 일어섰다. 스러지는 햇살에 하얀 목련은 더욱 눈이 부셨다. 봄날의 상해 거리는 꽃 천지였다. 가로수마다 꽃이 만발했다.

황백방도 부산했다. 상황이 급박하게 변하고 있기 때문이었다. 일제가 흔들리고 대륙의 힘이 재편되는 듯 보였다. 힘과 권력에 황백방은 예민했다. 어느 편에든 잘 붙어야 살아남을 수 있다. 어둠의 권력을 유지할 수가 있다.

"일본이 망해가고는 있지만 달달한 맛이 아주 시어터진 건 또 아닙니다."

왕요삼의 은밀한 목소리였다. 귀가 간질일 지경이었다. 적걸이 고개를 내빼고는 무슨 말이냐는 듯 그를 쳐다봤다. 늘어진 아래턱이 출렁거렸다. 탐욕이 쟁여진 턱살이었다.

"부자가 망해도 삼 년은 먹고, 살만하다 하지 않습니까?"

아직은 얻을 것이 많다는 얘기였다. 나머지도 황백방이 죄다 차지해야 한다는 말이기도 했다.

"열도로 저들이 쫓겨 가게 되면 그 많은 것들을 다 가져갈 수 있겠습니까?"

적걸의 귀가 솔깃했다. 얼굴 근육이 씰룩였다. 뭔가 호기심이 일었을 때의 반응이다. 탐욕에 대한 본능의 발현이었다. 곽용초도 나섰다.

"맞습니다. 저들의 것은 우리의 것으로 만들어야 합니다."

"들리는 말에, 지난번 인력거패가 운반한 것이 모두 금괴였답니다. 열도로 빼돌리기 위해 소주하 인근으로 옮겼다고 하더군요."

적걸이 자세를 고쳐 앉았다. 가늘게 눈이 찢어지며 빛이 쏟아졌다. 탐욕의 빛이었다. 상해를 사고도 남을 금괴라며 일제가 대륙에서 모은 황금의 전부라며 곽용초가 왕요삼의 말에 부연 설명을 붙였다. 상해 육전대에 보관하고 있다가 분위기가 어수선해지자 열도로 빼돌리려 한다는 말이었다.

"그게 사실이냐?"

물음은 다그침이었다. 왕요삼이 고개를 끄덕이며 그렇다고 대답을 했다. 확실하다는 또 다른 대답이 곽용초의 입에서 나왔다. 그쪽에 선을 넣어야 한다는 말도 이어졌다.

"저들에게 은밀히 거래를 제안하십시오! 열도로 무사히 빠져나갈 수 있게 도와줄 테니, 우리의 조건을 수락하라고요."

곽용초의 말에 적걸이 조용히 파이프를 들었다. 불꽃이 빨갛게 타들어 갔다. 탐욕의 불꽃처럼 불꽃은 길게 타들어 갔다. 아편이 든 담배였다.

"야나가와를 만나봐야겠군!"

씹는 언어의 조각을 따라 하얀 연기가 뭉게뭉게 뱉어졌다. 그가 내쉬는 한숨을 따라 길게 쏘아지기도 했다. 금괴와 아편을 모두 요구해야겠다며 적걸은 탐욕스러운 입을 놀렸다. 그런 탐욕을 왕요삼이 부추겼다. 위급한 상황은 자신들에게 유리하다며 더 많은 이익을 손에 거머쥘 수 있도록 해야 한다는 것이었다.

"저들이 요구를 수락하지 않을 수 없도록 상황을 만들어야 합니다."

왕요삼의 말에 적걸과 곽용초가 동시에 그를 쳐다봤다. 황백방을 동원해 시위를 더욱 격화시키고 저들로 하여금 불안에 휩싸이게 만들어야 한다는 것이다.

적걸이 무릎을 쳤다. 좋은 방법이 있느냐고 곽용초가 물었다. 그가 웃었다. 웃음은 자신만만했고 야비하기까지 했다.

"혼란한 시기입니다. 시대적 전환기지요."

그가 말을 뱉는 사이, 발이 흔들리며 누군가 내실로 들어섰다. 적걸이 눈살을 찌푸렸다. 무슨 일인지를 그가 물었다. 사내가 채장패 패주와 분패 패주가 함께 찾아왔노라고 했다. 곽용초가 뒤를 돌아봤다.

"채장패와 분패가 무슨 일로?"

사내가 대답을 주저했다. 적걸이 들이라며 손짓을 했다. 사내가 밖으로 나갔고 다른 사내들이 들어섰다. 채장패 패주 금문소와 분패의 손하방이었다. 왕요삼과 곽용초가 누가 먼저랄 것도 없이 눈살을 찌푸렸다. 코를 찌르는 악취 때문이었다. 고약한 냄새였다. 분패 손하방에게서 풍기는 날 선 냄새였다. 적걸의 미간이 좁혀지며 손이 들려졌다.

"거기 앉게!"

그 역시 골을 쑤시는 냄새에 참기 힘들었던 모양이다.

금문소와 손하방이 내실 입구 안쪽에 멀찍이 자리를 잡았다. 찾아온 손님에 대한 예의가 아닐 정도로 거리는 멀었다. 대접이 박했다. 금문소는 그나마 다행이라 여겼다. 문밖에 세워두지 않는 것만으로도 천만다행이라 생각했다. 그 역시 손하방과 함께 오면서 역한 냄새 때문에 곤욕이었었다. 빨리 용건을 마치고 그로부터 벗어나고 싶었다. 견디기 힘든 고역이었다.

적걸이 두 사람을 번갈아 보고는 물었다.

"무슨 일인가?"

묻는 말이 뜨악했다. 오지 못할 곳을 온 사람이라거나 와서는 안 될 사람이 왔다거나 올 수 없는 사람이 찾아왔을 때 건네는 그런 낯선 물음이었다. 그런 물음에 금문소가 먼저 대답했다.

"황백방에서 올린 자릿세에 대해 말씀을 드리고자 해서 왔습니다."

자릿세냐며 적걸은 짐짓 딴청을 부렸다.

"더 이상의 인상안은 받아들이기가 어렵습니다. 상해의 실정을 잘 아시잖습니까?"

강력한 항의였지만 상해의 실정을 들어 완곡하게 풀어낸 말이었다. 적걸의 입술이 한쪽으로 씹혔다. 눈꼬리도 한쪽으로 쏠렸다. 건방지다는 듯 그는 눈을 가늘게 찢었다. 손하방의 항의의 말이 이어졌다.

"우리 분패도 채장패와 같은 의견입니다. 온갖 더러운 일을 하며 손가락질을 받고 있는데, 우리가 가져가는 수입은 쥐꼬리만도 못해요."

말이 툽상스러웠다. 불만 가득한 소리였다. 날 선 악취처럼 말투에도 날이 서 있었고, 각이 져 있었다. 감히, 황백방 방주 앞에서 대담한 거절의 입놀림을 하다니. 손하방의 대담함에 힘을 얻었는지 금문소가 다시 나섰다.

"노점의 회비는 회비대로 내고, 자릿세까지 뜯기니 저희 노점상들은 한마디로 죽을 맛입니다. 일제까지 설쳐대는 통에 장사는 안 되고."

그가 말을 마치기도 전에 뭔가가 문 쪽을 향해 날아갔다. 벽에 부딪는 소리에 이어 와장창 깨지는 소리가 내실을 울렸다. 금문소의 어깨가 바짝 움츠러들었다. 손하방이 고개를 숙여 조아렸다. 재떨이가 산산조각이 난 채 바닥에 흩어졌다. 불빛에 반짝이는 유리 조각이 수정처럼 맑게 빛났다. 거친 욕설이 뒤따랐다.

"이런 죽일 놈들! 밥줄이나 처먹게 해 줬더니."

얼굴이 벌겋게 달아올랐다. 쟁여진 탐욕이 다시금 출렁거렸다. 턱살이 부르르 떨었다. 곽용초가 나섰다.

"오물을 황포강에 버릴 수 있게 해준 게 누군데, 이러면 안 되지!"

말은 비난이자 비아냥거림이었다. 일제를 설득해 도움을 주었더니만 이제 와서 배신을 때리느냐며 왕요삼도 거들었다. 분노에 찬 적걸의 음성이 다시 내실을 울렸다.

"회비는 조계에 내는 세금이고, 자릿세는 우리가 너희들을 보호해 주는데 대한 조그마한 대가다."

말꼬리를 끊었다가는 다시 이었다. 서슬이 퍼랬다.

"그것도 못 하겠다면 하는 수 없지. 그만두는 수밖에."

왕요삼이 달래고 나섰다. 잘 생각해 보라며 어차피 상해에서 먹고 살기 위해서는 그나마 하던 일이 나을 것이라는 말이었다. 말은 달래는 투였지만 협박에 가까운 말이었다. 다른 일을 찾을 수도 없거니와 찾더라도 그냥 두지는 않겠다는 말이었다. 곽용초가 거들었다.

"홍구지역은 일제 허락 없이는 아무것도 할 수가 없는 곳일세. 잘 알잖은가? 그걸 우리 방주께서 허락받느라 얼마나 고생했는지 아는가?"

찌푸린 미간으로 곽용초는 생색까지 냈다.

"황포강도 마찬가질세. 상해의 오물을 죄다 황포강에 쏟아 붓는데, 그게 가당키나 한 일인가? 우리 방주님이 아니었으면 그게 어떻게 가능했겠는가?"

왕요삼도 방주의 노고를 입에 올렸다. 연이은 부추김에 적걸의 미간이 풀어졌다. 그가 다시 입을 열었다.

"난 우리 식구들이 좀 더 나은 삶을 살았으면 해서, 내 나름, 최선을 다하고 있다. 그게 내게 주어진 책임이라고 생각하며 일제를 설득했고, 왕위 정부에 비위를 맞추며 내 자존심을 죽이기까지 했다."

그는 식구라는 말로 금문소와 손하방을 달랬다. 달래면서 자존심까지 들먹였다. 황백방 방주로서 그가 거느리고 있는 패들의 우두머리 노릇을 제대로 하고 있다는 것을 드러내려 했던 것이다.

금문소와 손하방은 난감했다. 패주로서 불합리한 실정을 개선하기 위해 찾아왔건만 황백방 방주 적결은 여전히 모르쇠다. 말로는 식구라느니 자존심을 죽였다느니 최선을 다했다느니 하지만 그가 지키려는 것은 역시 이익뿐이었다. 이익 앞에서는 조금도 물러서려 하지 않았다.

"방주님의 노고는 저희도 잘 알고 있습니다만 오물처리세 인상은 받아들이기가 어렵습니다. 남는 게 없어요. 저희의 어려움도 조금만 생각해주십시오!"

손하방이 불가함을 다시 입에 올렸다. 금문소도 곁에서 거들었다. 회비에 자릿세는 이중으로 겪는 고통이라며 하나도 어려운데 둘은 더욱 견디기가 힘들다는 것이다. 적결의 눈이 다시 찢어졌다. 눈에서는 불꽃이 일었다. 태워버릴 듯했다.

"그래? 그러면 그렇게 해라!"

말은 그렇게 하라는 것이었지만 말투는 그냥 두지 않겠다는 협박이었다. 화염에 휩싸인 분노의 말이었다. 왕요삼이 인상을 구겼다. 곽용초가 이를 갈았다.

"그렇게 달래도 듣지 않는다면 할 수 없는 일이지."

그가 칼을 만지작거렸다. 시퍼렇게 날이 선 비도였다. 왕요삼은 리볼버를 꺼내 들었다. 금문소의 목소리가 커졌다.

"그런 것으로 우리의 요구를 꺾을 수는 없소. 그런 것에 겁을 먹을 것 같았으면 애초에 오지도 않았소."

칼과 총은 협박을 위해 꺼내든 비장의 카드였다. 먹히지는 않았다. 금문소, 그도 한패의 우두머리였다. 손하방도 마찬가지다. 그런 것에 굽힐 사내들이 아니었다. 적걸이 손을 내저었다. 넣어두라는 것이다.

"너희들 뜻을 알았으니 그만 돌아가라! 돌아가서 다시 한번 차분히 생각해 봐라. 어떤 것이 진정으로 너희들에게 이로운 것인지를."

그 말을 끝으로 적걸은 입을 닫았다. 칼이나 총보다도 더 두려운 말이었다. 금문소는 망설였다. 손하방도 주춤했다. 그가 조용해지면 거래는 끝났다는 신호다. 잔인한 복수와 끔찍한 보복만이 남았다는 얘기다. 왕요삼과 곽용초도 더 이상의 말이 없었다. 적걸의 분노를 알아챘기 때문이다. 그는 무자비했다.

손하방이 금문소를 돌아봤다. 뜻을 전했으니 그만 일어서자는 것이다. 금문소가 고개를 끄덕였다. 두 사람이 자리를 일어섰다.

"다시 한번 생각해 주십시오!"

금문소가 간곡히 말을 건넸다. 적걸이 그런 간곡함으로 다시 전했다.

"너희들도 다시 한번 생각해 봐라!"

두 사람은 몸을 돌려 내실의 발을 걷었다. 그들이 내실을 나가자 벼린 악취가 따라 나갔다.

"더러운 놈들, 골이 다 시리군!"

적걸은 고개까지 절레절레 흔들었다. 고약하다며 왕요삼도 혀를 끌끌 찼다. 곽용초는 참기 힘든 고역이었다며 손하방을 향해 비난의 화살까지 퍼부었다. 말은 분노로 이어졌다. 죽일 놈들이라며 적걸이 먼저 배신에 대한 언설을 풀어냈다. 믿음을 저버리고 의리를 저버린 몰염치한 놈들이라며 말로서 비난을 쏘아붙였던 것이다.

언설을 풀어내고는 넋두리처럼 중얼거렸다. 그냥 두지 않겠다는 것이다. 왕요삼이 그 넋두리를 또 다른 말로서 불러냈다.

"놈들을 없앨까요?"

적걸이 고개를 가로저었다. 아직은 아니라는 것이다. 좀 더 쓸모가 있을 것이라는 말이었다. 곽용초가 육전대를 입에 올렸다. 저들의 배신에 대한 치죄가 필요하다는 말이다. 적걸이 그를 빤히 쳐다봤다. 왕요삼도 그에게로 눈길을 돌렸다.

"홍구에 비상령을 내리는 겁니다. 시위대도 그렇고, 차제에 잘 되었지요."

"일제가 협조할까?"

왕요삼이 의문의 눈빛을 던졌다. 비상령은 협조의 문제가 아니라 사활이 걸린 문제라며 곽용초가 열을 올렸다. 사활이 걸린 문제라는 말에 적걸도 동의했다.

"시위가 날로 격화되고 있으니 일제도 깊이 생각해 볼 수밖에 없기는 할 것이다."

긍정의 말에 곽용초의 입이 바빠졌다. 비상령이 내려지면 모든 시장이 철시를 해야 하고, 채장패는 아채를 팔 수 없어 생계마지 곤란해질 것이라는 말이었다. 그러면 저들은 스스로 굽히고 들어올 수밖에 없다는 것이다. 분패도 다르지 않다는 말로 적걸이 고개를 끄덕였다. 야간 통행금지가 실시되면 저들의 일은 저절로 해결된다는 것이다.

"좋은 생각이십니다. 당장 야나가와를 만나보시지요."

왕요삼이 무릎을 치며 설레발을 쳤다. 곽용초도 그래야 한다며 부추겼다. 그가 고개를 끄덕였다. 끄덕이고는 미제 체스터필드를 꺼내 들었다. 곽용초가 무릎걸음으로 다가가 불을 붙였다. 빨갛게 타들어 가는 불꽃이 시야를 깊이 끌어당겼다. 황백방 마굴의 저녁이 어스름해지고 있었다. 밖으로는 가스등이 불을 밝히고 노을이 검붉게 타들어 갔다. 하얀 목련이 어느새 빛을 잃어 있었다.

금문소와 손하방은 마굴을 벗어나 거리로 나섰다. 해가 지는 하비로의 낭만이 가슴을 태웠다. 아스라이 뻗은 길과 줄을 지어선 듯 나란히 걷는 지붕의 처마가 가지런했다. 노란 가스등 불빛에 오동꽃은 활활 타오르고 있었다.

전차가 덜컹거리며 서자 두 사람의 걸음이 바빠졌다. 사내들이 올라타고 전차는 다시 출발했다.

자리에 앉은 금문소는 창밖으로 스치는 거리를 내다봤다. 쓸쓸했다. 화려한 봄날의 쓸쓸함이었다. 삶의 자리에서 삶을 이어간다는 것이 그리 녹록하지만은 않았다. 언제나 적이었고 어딜 가나 적이었다. 혼란한 시절의 어지러운 세태가 가슴을 짓눌렀다. 한패의 우두머리로서 짊어져야 할 책임은 막중했다. 하지만 그 책임을 홀로 감당하기에는 너무 버거웠다. 적은 늘 강했고 자신은 늘 약했다.

"어찌할 셈이오?"

날 선 냄새를 따라 물음이 던져졌다. 해진 소매가 빈한했고 묻는 말은 힘에 겨웠다. 손등 위로 불거진 힘줄과 시퍼런 핏줄에서는 그의 삶에 대한 고난과 고통이 그대로 꿈틀거리며 비춰졌다.

사람들이 주변에서 멀어졌다. 손하방에게서 풍기는 역겨운 냄새 때문이다. 열린 공간은 진공처럼 비워졌다. 그가 한숨부터 쏟아냈다.

"견디기 벅찬 상대요. 우리 뜻을 전하기는 했지만, 패주도 들었다시피 받아들이지는 않을게요."

그래서 어떻게 할 것이냐며 그가 다시 물었지만, 대답은 역시 쉽지 않았다. 어떤 방도도 생각해 두거나 결정된 것이 없는 듯했다. 답답했는지 그가 대신 대답했다.

"우리는 싸울 거요. 이번이 아니면 기회가 없소. 시민들이 일어선 기회를 틈타 그동안 부조리했던 일들을 일소할 거요."

말은 두부모를 자르듯 분명했다. 조금의 망설임도 없었다. 그의 빈한한 옷과 풍기는 악취와는 전혀 다른 태도였다.

금문소는 부끄러웠다. 같은 패주 입장에서 그는 그런 용기가 없었다. 도시의 불빛이 어지러웠다. 머리가 어지러웠다.

"우리는 비록 상해의 오물을 치우고는 있지만 인간다운 삶을 위해 불합리와 부조리에 맞서 대항할 것이오. 자유에 대한 우리의 요구이자 인간에 대한 최소한의 예의요."

몸에서 풍기는 악취와는 다른 향기로운 말이었다. 문득 날 선 악취가 사라졌다. 정신이 번쩍 들었다. 어지럽고 혼란스러웠던 머리가 말끔해졌다. 도시의 불빛이 아름다웠다. 스치는 정경이 포근했다. 날씨 탓만이 아니었다. 마음의 여유였다.

금문소는 창밖에 시선을 둔 채, 넋두리처럼 중얼거렸다.
"그 자유와 인간을 위해 우리도 함께하겠소!"
함께 한다는 말에 손하방이 잘 생각했다며 손을 내밀었다. 금문소가 그 손을 맞잡았다.
"어디까지 가십니까?"
두 사람의 고개가 동시에 돌려졌다. 검은 장삼에 낡은 헝겊신을 신은 사내가 이들을 내려다보고 있었다. 머리는 짧았고 시선은 강렬했다. 태울 듯했다.
손하방이 누구냐고 묻자 그가 빙그레 웃음을 지어 보였다. 악의는 없어 보였다. 그러나 알 수 없는 일이다. 상해의 형편이 그랬다. 웃음 속에 살의를 품고, 울음 속에 적의로 채워진 것이 상해의 실정이다. 사내는 형편을 알고 있다는 듯 우의를 드러내 보이려 애썼다. 적의 없는 웃음이었다.
"적은 아니니 걱정하지 마시오!"
적이라는 말에 금문소와 손하방은 더욱 경계했다. 전차는 프랑스 조계 순포방을 지나 대세계오락장을 앞에 두고 왼쪽으로 꺾어 들었다. 절강로를 따라 남경로로 향한 것이다.
불빛의 향연이 거리를 따라 이어지고 있었다. 그야말로 불야성이다. 멀리 남경로의 마천루가 우뚝했다. 화려하게 우뚝했다. 상해를 상징하고 근대성을 표징 하는 우뚝함이었다.
"잠시 내려서 얘기 좀 할 수 있을까요?"
사내의 뜬금없는 말에 두 사람은 당황했다. 누군지 알 수 없음에 더욱 경계가 되었다. 이러지도 저러지도 못했다. 친절함 속에 비수가 숨어있고, 친근함 뒤에 총탄이 재어져 있는 것이 상해의 실정이었다. 누구도 믿을 수가 없고 누구도 믿어서는 안 되는 상해의 비극이었다. 상해의 어두운 그림자 중의 하나였다.

사내가 씽긋 웃음을 던지고는 다시 말을 이었다.

"좋은 일입니다. 이상하게 보지 마십시오! 패주들의 앞날을 위해서 몇 마디 드리려고 합니다."

패주라는 말에 두 사람은 더욱 놀라지 않을 수 없었다. 상대가 자신들의 실체를 알고 있기 때문이었다. 알고 있음에 우연이 아닌 의도된 접근이라는 것을 그제야 알아차렸다. 두 사람은 더욱 경계하지 않을 수 없었다.

"시민을 대변하는 패주들의 노고에 경의를 표합니다."

시민이라는 말에 금문소가 미간을 찌푸렸다. 그가 대략 어떤 사람인지 짐작이 되었기 때문이다. 시민이니 민중이니, 부르는 부류는 정해져 있었다. 자유주의자이거나 아나키스트, 아니면 그들을 흉내 내는 가짜 자유주의자였다. 사내는 가짜 같지는 않았다. 말투나 행동에서 본능적으로 그것을 알아차렸다.

사내가 대답을 재촉하고 금문소와 손하방이 망설이고 있을 때, 전차는 절강로를 벗어나 남경로로 들어섰다. 불빛이 휘황찬란했다. 밤의 유혹을 견디지 못하고 쏟아져 나온 모던걸들이 부나비처럼 떠도는 모던보이들을 따라 거리를 방황하고 있었다. 네온사인 화려한 거리의 댄스홀과 주점들은 도시의 청춘남녀들로 북새통이었다. 황포차가 연신 청춘들을 실어 나르고, 택시가 요란하게 경적을 울리며 거리를 달렸다. 전차가 섰다. 사내들이 내렸다.

사내가 영안공사 모퉁이의 주점으로 향했다. 검은 곰이 맥주병을 들고 있는 베어주점이다. 네온사인으로 장식된 검은 곰은 화려하고도 우스꽝스러웠다. 술 취한 곰만 같았다. 사내가 손을 들어 가리키며 그답지 않게 떠벌렸다.

"내가 사겠소!"

두 사람은 사내를 따라 주점으로 들었다. 잔잔한 음악이 귀를 적셨다. 드뷔시의 달빛이다. 달빛은 여울을 따라 흐르고 있었다. 오늘같이 달이 뜬 밤에 잘 어울리는 곡이다. 상해의 화려함에는 어울리지 않겠지만 오늘 같은 밤에는 여하튼 잘 어울리는 선율이다. 보이가 달려들어 수다스러운 입놀림으로 건방짐을 과시했다. 어서 오시라며 멋쟁이 신사 분들이라며 녀석은 너스레를 떨었다.

"맥주, 세잔!"

짧은 주문에 보이는 헤헤거리며 종종걸음을 쳤다. 앳된 얼굴이 닳고 닳아 있었다. 도시의 소년이다.

자리를 잡고 앉자, 그가 대뜸 말을 던졌다.

"역사에 죄를 짓고 살지는 맙시다!"

뜬금없는 말에 금문소가 이마를 찌푸렸다. 손하방은 발끈했다.

"역사에 죄를 짓다니?"

사내가 손을 내저었다. 손하방은 자리를 박차고 일어서려 했다. 그가 말렸다. 진정하라며 손까지 내뻗었다. 주변의 시선이 이들에게로 쏠렸다. 시선을 의식한 손하방이 자리를 꾹 눌러앉았다.

"도대체 누구요?"

금문소가 사내를 가리키며 묻자 그가 상해자유동맹의 등영초라며 자신을 소개했다. 당당했다. 상해자유동맹이 자신을 드러내놓고 말하기는 드문 일이었다. 그만큼 사내는 금문소와 손하방을 신뢰하고 있다는 얘기이기도 했다.

상해자유동맹이라는 말에 두 사람은 동시에 허리를 꼿꼿하게 폈다. 경계의 자세였다.

"의심하지 마시오! 우리는 자유와 정의의 편이오."

자유와 정의를 말하고는 황백방의 친일 행각과 민중 착취 그리고 반민족적 행위에 대해 비난을 했다. 말끝에는 강렬한 경고까지 날렸다. 상해자유동맹이 황백방을 처단의 대상으로 삼았다는 것이다. 그 대상은 황백방을 넘어서 그들을 따르고 외호하는 무리까지 포함한다고 했다.

"우리는 황백방과 함께 하지 않소."

금문소가 선을 긋자 등영초가 고개를 끄덕여 맞받았다.

"그래서 얘기 좀 하자고 한 것이오!"

입가에 미소가 얹혔다.

그는 황백방의 부조리한 행위에 대해 상해자유동맹에서 강력한 경고를 날렸다고 했다. 장사치들에 대한 무리한 회비 징수와 자릿세 징수, 거리에서의 무차별적인 폭력과 갈취, 더는 두고 볼 수 없는 짓거리라며 상해 인민의 안전과 자유를 위해 상해자유동맹은 행동을 취하지 않을 수 없다는 것이다.

"말 잘했소. 우리도 그 문제 때문에 적결을 만나고 오는 길이오."

손하방이 찌푸린 얼굴을 펴며 자리를 고쳐 앉았다. 여차하면 황백방과 맞설 준비도 되어있다고 했다. 등영초가 그런 표정으로 반갑게 맞았다. 상해자유동맹은 이미 전쟁을 선포했다며 분패와 함께 할 것이라고 했다. 두 사람은 같은 방향을 바라보고 있음을 확인하고는 이내 뜻을 함께했다. 동지가 되었다.

"채장패도 함께 합시다!"

보이가 맥주를 들고 왔다. 커다란 잔에 하얀 거품이 부드럽게 흔들렸다. 시원한 맥주가 찰랑찰랑했다.

"청도 호프로 주조한 맥줍니다. 목 넘김이 일품이지요."

앳된 보이는 주당처럼 너스레를 떨었다. 손하방이 녀석의 엉덩이를 두드렸다.

"어린놈이 맥주라니?"

건방지다는 듯 을러대자 등영초가 너털웃음을 흘렸다.

녀석도 지지 않고 능청스레 맞받았다.

"주점 생활은 웬만한 어른보다 낫습니다. 벌써 몇 년째인 걸요!"

말끝에 헤헤거리며 녀석은 웃었다. 천진했다. 역시 소년이었다. 손하방이 그런 웃음으로 마주 봤다.

좋은 시간되시라며 녀석이 정중히 고개를 숙였다. 앳된 보이지만 결코 앳된 소년은 아니었다.

"자, 우선 한 모금 합시다!"

등영초의 제안에 세 사람은 잔을 들었다.

보이의 말처럼 목 넘김이 좋은 맥주였다. 부드러웠다. 상쾌했다. 긴장의 연속으로 불타듯 타오르던 몸이 소나기를 맞은 듯 식혀졌다. 목울대를 타고 넘어간 맥주는 온몸으로 퍼져 촉촉이 적셨다. 메마른 풀이 물기를 머금은 듯 몸은 생기를 되찾았다. 목소리가 맑아졌다.

머리가 깨끗해졌다. 말이 싱그러워졌다. 생각도 또렷해졌다.

　잔을 내려놓기 무섭게 등영초가 다시 금문소에게로 눈길을 던졌다. 그는 망설였다. 등영초의 말을 모두 믿을 수 있는 것인지 의문이 들었기 때문이다. 그의 말처럼 상해자유동맹이 실제로 선전포고를 했는지, 저들이 끝까지 함께 싸워 줄 것인지, 싸워서 이길 수는 있는지, 어느 것 하나 확신이 드는 것은 없었다. 손하방과 함께 하기로 약속은 했지만, 막상 황백방에 맞서려고 하니 쉽지 않았다. 두려운 일이었다.

　"황백방은 대륙에서 없어져야 할 해악이오. 동흥사창의 일을 한번 생각해 보시오!"

　등영초는 동흥사창의 일을 상기시키며 황백방을 맹비난했다.

　동흥사창의 일이란, 일본인 공장주가 콜레라에 걸린 여공을 불태워 죽인 사건을 말한다. 일본인에게 전염이 된다며 여공의 몸에 휘발유를 뿌리고는 태워 죽인 사건이다. 천인공노할 짓이었다. 상해는 분노했고 대륙은 치를 떨었다. 그런 일본인 공장주를 황백방은 옹호했다. 상해 시민들의 분노가 극에 달했다.

　"천하의 쓰레기요. 매국노도 그런 매국노가 어디 있소?"

　등영초는 이를 갈았다. 금문소도 주먹을 말아 쥐었다. 갈등이 선택으로 기울어지는 순간이었다.

　동흥사창의 일은 상해 시민은 물론 대륙인 누구에게나 분노를 일으키게 한 사건이었다. 분연히 떨치고 일어서게 했다. 그 일로 인해 상해의 시위가 격발되었다. 시민들이 자발적으로 거리로 나섰다. 일제 타도까지 구호로 내걸었다. 많은 사람이 전향하기도 했디. 부두패가 대표적이었다. 등영초가 그 부두패를 입에 올렸다.

"황백방의 오른팔과도 같은 조직이었잖소. 그 부두패가 어찌 되었소?"

그들은 돌아섰다. 황백방을 버리고 시민들의 편이 되었다. 상해의 편이자 애국의 편이었다. 그들은 당당히 맞서 싸웠고 자신들의 길을 찾았다. 정의의 길이자 자유의 길이었다. 그들은 부두에서 일하는 특성을 살려 저항운동에 나섰다. 종화대(縱火隊)를 조직하기까지 했다. 종화대는 부두에 쌓아놓은 일제 군용물자를 훼손하기도 하고, 육전대 부두 창고에 불을 지르기도 했다.

부두패의 가장 큰 저항운동 중의 하나는 민생호를 침몰시킨 사건이었다. 일제는 장강(長江)에서 중국 군함인 민생호를 건져 올렸다. 건져 올린 민생호를 이들은 강남조선소로 옮겨 수리시켰다. 전투에 참가시키기 위해서였다. 부두패는 자신들의 손으로 수리한 전함이 동포들을 도살하는데 쓰일 것이라는 염려에 군함을 다시 침몰시켜 버리고 말았다. 시민들은 이 일을 두고 환호했다. 일제는 분노했고 부두패에 대한 보복에 들어갔다. 부두패도 지지 않았다. 파업과 시위로 맞섰다. 시위는 격렬했다. 부두가 불타고 아수라장이 되었다.

일제의 다급한 일들이 줄줄이 미뤄졌다. 상해의 뱃길이 멈춰 섰다. 하역작업이 이루어지지 않았기 때문이다. 육전대의 군수물자는 물론 모든 하역작업이 멈춰 서자 상해의 경제가 마비될 지경에 이르고 말았다. 오사카, 나가사키, 요코하마 등지에서 물건을 실어 나르는 민간인 회사까지 심각한 피해를 보게 되었다.

일제는 꼬리를 내리지 않을 수 없었다. 부두패를 달랬다. 상해의 경제를 생각하라며 상해 시민의 안정된 생활을 돌아보라며 부두패를 구슬렸다. 부두패도 상황의 심각함을 인지하고는 한발 물러섰다. 상해의 시민들을 생각했던 것이다. 시위를 해산하고 파업을 철회하며 하역작업에 복귀했다.

부두패의 승리에 상해 시민들은 자신들의 승리라며 환호했다. 일제는 자존심이 구겨졌고 언제고 그냥 두지 않을 거라며 이를 갈았다. 일제에 대한 상해 시민들의 통쾌한 승리였다.

금문소는 가슴이 불타올랐다. 지난날 부두패의 영광이 자신도 모르게 주먹을 불끈 쥐게 만들었다.

"맞소. 부두패와 같은 애국정신이 상해 시민들에게는 필요한 것이오. 우리에게 지금 필요한 것도 바로 그런 것이오!"

손하방은 등영초의 타오르는 눈빛을 마주 봤다. 금문소는 오가는 대화 속에 자신을 침전시켰다. 짧은 애국정신과 모자란 용기와 부족한 자신감에 힘을 불어넣기 위해서였다.

"금패주, 채장패를 이끄는 패주로서 인민을 위해 함께 합시다!"

등영초는 채장패를 이끄는 패주라는 말로서 책임감을 실어주었다. 금문소 또한 그 말에 어깨가 무거웠다. 가만있을 수만은 없었다. 가만있다가는 어떤 비난의 말을 들을지 모른다. 비난은 치욕과 수난으로 이어질 것이다. 치욕과 수난은 자신으로만 그치는 것이 아니다. 채장패 식구들 모두에게로 향해질 것이다. 결국, 모든 손가락질은 자신에게로 향할 것이고 그는 하늘을 우러러 떳떳이 올려다보지도 못할 것이다.

결정해야 했다. 등영초의 날카로운 눈빛이 그를 쏘아봤다. 손하방의 간절한 눈빛이 그를 불렀다. 금문소의 입꼬리에 힘이 들어갔다.

"오늘 당한 협박과 모욕이 아니더라도 마땅히 그리해야 되겠지요!"
 금문소는 적결을 핑계 삼아 문제를 풀어냈다. 그의 협박과 모욕이 자신을 분노로 일어서게 한 것만은 아니라며, 등영초의 제안 역시 마찬가지라는 말이었다. 적결의 협박과 등영초의 제안이 아니더라도 자신은 이미 그런 뜻을 품고 있었다는 것이다.
"역시 패주답소!"
 손하방이 엄지손가락을 치켜세웠다. 등영초도 흐뭇한 미소를 지어 올렸다.
"금패주와 손패주가 함께 해 준다니, 천군만마를 얻은 셈이오. 일을 훨씬 수월하게 진행할 수 있을 것 같소."
 금문소가 그 말을 받았다.
"상해에서, 아니 대륙에서 일제를 몰아내는 그 날까지 힘을 함께 합시다!"
 목소리는 자신감에 차 있었다. 방향을 결정하자 뜻은 확고해졌고 목소리도 활기에 넘쳤다.
 등영초가 다시 잔을 들었다. 잔이 부딪고 맥주가 출렁거렸다. 거품이 넘쳐흘렀다. 목이 탔던지 등영초는 맥주잔을 벌컥벌컥 들이켰다. 목울대가 울컥거리며 맥주를 넘겼다. 잔이 한없이 비워졌다. 바닥이 투명하게 드러났다.
"목이 탔던 모양이오?"
 손하방이 껄껄 웃음을 터뜨렸다. 금문소가 입가에 미소를 얹었다. 손등으로 입술을 훔치며 등영초가 호탕하게 웃었다.

소문

6

뒤숭숭했다. 소문의 시작은
인력거패였다. 황포차를 끌고 육전대에 들어간 후, 사십여 명의 인력거꾼이 감쪽같이 사라졌다. 열흘이 지나도록 누구도 본 사람이 없었다. 소문은 삽시간에 남시에서 갑북으로, 외탄에서 월계축로까지 상해 전역으로 퍼져나갔다. 소문은 흉흉했다. 일제가 그들을 실험대상으로 삼았다는 말부터 열도로 빼돌렸다는 말까지 설왕설래했다. 터무니없는 말부터 신빙성 있는 이야기까지, 소문은 발 빠르게 번져 나갔다.

가장 믿을만한 이야기는 금괴운송에 관한 얘기였다. 일제가 육전대 본부에서 열도로 가져가기 위해 대륙에서 모은 금괴를 인력거패에게 운송하게 했고, 소문을 염려해 모두 살해했다는 것이다. 시신은 돌을 매달아 황포강에 모두 수장시켰는데, 지난날 무고한 상해 시민들을 그렇게 한 것을 보면 그까짓 인력거패 사십 명쯤이야 일도 아니라는 말도 있었다.

말은 골목에서 장기 알을 던지던 노인들의 입에서 흘러나온 것인데 노인들은 거리에서 우연히 들은 말을 옮긴 것이었고, 거리의 말은 일제를 따르는 한간으로부터 흘러나온 것이었다. 육전대가 양수포쪽의 보물을 지키기 위해, 일부러 흘린 말이었다.

이밖에 외탄에서 흘러나온 말은 일제가 뭔가 숨기고 있는 것이 있는데, 그것이 열도의 운명을 좌우할 소중한 물건이라는 것이었다. 대륙의 보물이라는 말도 있었고 열도의 비밀병기라는 말도 있었고 조선으로 갈 육전대 사령관의 선물이라는 말, 사령관의 소중한 개인 물건이라는 말 등등, 말들은 난분분했다.

소문은 꼬리에 꼬리를 물고 일어났는데 이 소문과 저 소문이 겹쳐지고 비벼지면서 엉뚱한 말을 만들어내기도 했다. 육전대 사령관이 대륙의 보물을 조선의 총독에게 선물하려다 일이 틀어져 인력거꾼을 모두 살해했다는 말, 사령관 야나가와가 비밀병기를 이용해 열도를 치려 한다는 황당무계한 말도 있었다. 그가 평소 일본 정계에 불만을 품었고 쿠데타를 모의했다는 것이었는데, 비밀병기는 미국으로부터 비밀리에 전해 받은 것이라는 되도 않을 말이었다.

소문은 이것저것 만들어지고, 만들어진 소문들이 이렇게 저렇게 꾸며지고 가공되어지면서 걷잡을 수 없이 퍼져 나갔다. 퍼져나가서, 어떤 것이 사실이고 어떤 것이 거짓인지조차 구분할 수 없는 지경이 되어 버렸다.

이익에는 누구보다도 예민한 촉수를 갖고 있던 황백방이 가장 먼저 소문의 진상을 파악하고 나섰다. 아니 땐 굴뚝에 연기가 날 리 없다는 판단에서였다. 뭔가 먹을 것이 분명 있을 듯했고, 그 먹을 것을 차지하기 위해 적결이 나섰던 것이다.

"금괴가 가장 유력합니다. 저들이 대륙에서 거둔 금괴를 열도로 가져가려는 게지요. 나머지 소문들은 변죽에 불과합니다. 아마도 눈을 돌리기 위해 야나가와가 일부러 흘린 말일 겁니다."

곽용초가 소문의 진상을 분석하자 왕요삼이 거들고 나섰다. 금괴는 소문처럼 외탄에 있지 않을 것이라며 상해 어딘가에 숨겨져 있을 것인데 분명 포구 어디쯤일 것이라고 했다.

적결이 고개를 끄덕였다. 그는 곽용초와 왕요삼을 번갈아 봤다. 표정은 어떻게 해야 하느냐고 묻는 것이었다. 왕요삼이 대답했다.

"호랑이를 잡으려면 호랑이 굴로 들어가야지요. 금괴가 육전대에서 흘러나왔으니 육전대로 가십시오!"

육전대라는 말에 적결이 떨떠름한 표정을 지었다. 곽용초가 눈치를 채고는 재빨리 나섰다.

"금괴가 육전대에서 흘러나왔다고 해서 꼭 육전대로 갈 필요는 없습니다. 그랬다가는 오히려 저들의 의심을 살 수 있지요."

적결이 그를 빤히 쳐다봤다. 왕요삼도 그를 쳐다봤다.

"그렇지 않아도 소문까지 내면서 따돌리려고 하는데, 가서 물어본다 한들 답이 나오겠습니까? 그보다는 제도회를 통해 알아보시는 게 훨씬 수월할 겁니다. 방주께서 시라이를 잘 알고 계시니 더욱 좋지 않습니까?"

적결이 흡족한 웃음을 머금었다. 고개까지 끄덕였다.

시라이를 만나 담판을 해야겠다며 그는 큰소리까지 쳤다. 저들의 일을 도와주겠다는 제안을 하고 진실을 알아내야겠다는 것이다.

쇠뿔도 단김에 빼랬다고 적걸이 자리를 차고는 일어섰다. 왕요삼이 페도라를 들어 건넸고, 곽용초는 잽싸게 나가 차를 준비시켰다.

신형 포드가 중후한 엔진소리를 울리며 골목을 빠져나갔다. 타오르는 오동 꽃이 거리를 보랏빛으로 태우고 있었다. 화창한 봄날이었다. 흩날리는 꽃잎이 막바지 봄을 즐기고 있었다.

신형 포드는 복건로를 따라 올라가 노갑교를 건넌 후, 방향을 틀어 북소주로로 들어섰다. 북소주로는 소주하를 따라 외탄 쪽으로 이어져 있었다. 봄날의 소주하는 청명(清明), 그대로였다. 물비늘에 튕기는 햇살이 눈을 부셨다.

적걸은 새까만 라이방 안으로 표정을 감췄다. 인력거패 사십여 명, 그 정도 금괴면 어마어마한 양이다. 그 많은 금괴를 열도로 가져가게 할 수는 없다. 생각은 애국을 닮아 있었다. 그러나 그 애국은 조국을 위한 것이 아니었다. 적걸 자신만을 위한 것이었다.

그가 탐욕에 대한 은밀한 생각에 빠져 있을 때, 신형 포드는 북소주로를 벗어나 백노회로로 접어들었다. 거리는 복잡했다. 항구가 잇대어 있는 번화가다. 인근에 러시아 영사관을 비롯해 미국, 독일, 일본의 영사관이 있었고 일본 우편선 부두도 있었다. 공공조계의 실세가 모두 모여 있는 곳이다.

신형 포드는 백노회로의 위쪽, 백화가로 스며들었다. 일본 제도회의 본부가 있는 곳이다. 고급 주택들이 어깨를 나란히 한 채, 백화가를 가득 메우고 있었다. 넓은 정원과 구라파 풍의 건물들이 인상 깊었다. 프랑스의 어느 거리에 서 있는 듯한 착각이 일었다.

골목도 여느 상해의 골목과는 달랐다. 단정했고 깔끔했으며 무엇보다도 삼엄한 경비가 눈길을 끌었다. 순포들과 경찰들이 번갈아 눈에 띄었다. 비교되는 풍경이었다.

신형 포드는 낯설고 이질적인 건물 앞에 섰다. 일본풍의 정원을 앞에 두고 있는 적산가옥이었다. 가이즈카 향나무와 키 작은 관목, 괴석으로 장식된 일본식 정원과 나무판자로 짜인 이 층 건물, 제도회 본부였다. 골목 앞에는 칼을 찬 무사들이 서 있었고, 가옥 안에도 몇몇이 서성이고 있었다.

곽용초가 잽싸게 내려서는 차 문을 열었다. 적걸이 내렸고, 왕요삼이 칼을 찬 사내들에게로 다가갔다. 그들이 뭐라 지껄이며 마주 다가왔다.

"황백방에서 왔소! 시라이 회장을 만나러 왔는데."

그가 말을 마치기도 전에 허리춤에 긴 칼을 찬 사내가 굵은 눈썹을 씰룩이며 물었다.

"무슨 일이오?"

팔짱을 낀 채, 묻는 태도가 건방졌다. 다른 사내가 곁으로 다가섰다.

"방주께서 회장님을 좀 뵀으면 하시오! 긴히 드릴 말씀이 있으서서."

마주 선 사내가 고개를 뒤로 젖혔다. 곁에 서 있던 사내가 깍듯이 허리를 굽히고는 종종걸음으로 달려갔다.

"안에 계시오?"

시라이가 있는지를 묻자 그가 고개를 끄덕였다. 끄덕이고는 거만하게 말을 뱉었다.

"만나 주실지는 모르겠소?"

건방진 말투였다. 적걸이 다가서자 사내가 옆으로 비켜섰다. 짐짓 기가 눌린 모양이다. 눈빛이 잦아들었고, 태도가 수그러들었다.

종종걸음을 쳤던 사내가 다시 나왔다.

들어오시라며 그가 안내하자 적걸이 거침없이 대문 안으로 발걸음을 들여놓았다. 깔끔했다. 일본인 특유의 절제와 간결함이 눈에 띄었다. 가지런히 정돈된 향나무의 수형에서는 숨이 막힐 듯한 절제가 느껴졌다. 다듬어진 괴석의 자연스러움은 오히려 부자연스러움을 풍겨냈다. 생선 가시처럼 비질 된 모래에서도 마찬가지였다. 복종과 비굴함이 엿보이기까지 했다.

절제와 복종, 간결함과 비굴함의 간극에서는 열도에 갇힌 그들의 기질이 드러나 보였다. 대륙의 호연지기나 반도의 관용과는 분명 달랐다. 편협한 그들의 본성이 열등감으로, 열등감은 탐욕으로, 탐욕은 폭력으로 이어지게 했다. 반도를 침략하고 대륙을 침탈하는 만행으로 이어지게 했던 것이다.

허리춤에 주렁주렁 매달린 칼이 눈에 거슬렸다. 낯설기조차 했다. 리볼버나 콜트, 모제르 한 정이면 충분할 텐데, 굳이 전근대적 폭력의 상징인 무딘 칼을 허리춤에 차고 다니는 이유를 알 수가 없었다. 시대에 뒤떨어져 보였다. 이해되질 않는 민족이었다.

정원을 지나 문 앞에 다다르자 사내 둘이 허리춤에 칼을 찬 채, 적걸 일행을 맞았다.

"총이나 무기가 있으면 내놓으시오!"

뜻밖의 말에 곽용초가 당혹해했고, 왕요삼은 거부의 몸짓을 했다. 적걸이 껄껄거리며 두 사람을 타일렀다.

"내어주게, 그게 예의지 않나!"

왕요삼이 불만 가득한 표정으로 가슴 속에서 콜트를 꺼내 들었다. 곽용초도 품 안으로 손을 넣었다. 총탄이 쟁여진 리볼버 두 자루가 사내의 손으로 건네졌다.

"드시지요!"

그제야 사내가 손을 들어 안내했다. 손짓은 공손했다.

마루에 올라서자 무릎을 꿇은 채, 단정히 앉아있던 사내가 깍듯이 고개를 숙이고는 미닫이를 잡아당겼다. 문이 열리자 안으로 겹쳐져 있던 미닫이가 차례로 열렸다. 미닫이는 한 치의 오차도 없이 마치 기계적으로 열리는 듯했다.

바닥에는 짚으로 다져진 다다미가 정갈하게 깔려있었고, 끝에는 제도회 회장 시라이가 앉아있었다. 그의 전면 좌우로는 사내들이 칼을 찬 채, 꿇어 앉아있었다.

"어서 오시오!"

목소리는 시원했다. 그러나 표정에는 의심으로 가득했다.

적걸이 그의 앞에 자리를 잡고 앉자 곽용초와 왕요삼이 곁으로 앉았다. 시라이가 자신만만한 표정으로 입을 열었다.

"우리는 무기를 거두고 비겁한 짓은 하지 않네. 그게 우리 제도회의 예법일세."

걱정하지 말라는 말을 에둘러 표현한 것이다. 곽용초가 예를 갖춰 그 말을 받았다.

"우리 대륙인도 그렇게 겁쟁이는 아닙니다."

앞에 꿇어앉은 사내가 인상을 구겼다. 뺨에 칼자국이 선명한 사내였다. 그의 거친 인생이 얼굴에서 그대로 드러나 보였다.

시라이가 미소를 머금었다. 유쾌하지만은 않은 그런 미소였다.

"제도회를 찾아온 이유가 뭐요?"

적결은 단도직입으로 말을 질러야겠다고 생각을 했다. 말을 돌려 싱거운 사람이 되고 싶지는 않았기 때문이다.

"육전대의 일을 알고자 해서 왔소."

육전대라는 말에 시라이가 경계하는 빛을 보였다. 그는 육전대의 무슨 일이냐며 다시 물었다. 적결이 또다시 곧게 찔렀다.

"인력거패 말이오. 금괴를 운송했다는 말이 들리던데."

시라이가 고개를 갸웃했다. 얼굴은 금시초문이라는 표정이었다.

"솔직히 말하리다. 우리가 도움을 줄 수 있소. 금괴를 열도로 가져갈 수 있게 도와주겠단 말이오."

그는 상해의 어지러운 상황과 일제의 곤란한 입장을 거듭 입에 올렸다. 그 많은 금괴를 열도로 실어내기에는 상당한 어려움이 있을 것이라는 말이었다.

적결이 금괴의 일정량을 분할하는 조건을 제시하기도 전에 시라이가 시치미를 뗐다. 그런 일 없다며 육전대의 일을 제도회가 어떻게 알겠느냐며 손사래를 쳤던 것이다.

"정 알고 싶으면 육전대를 직접 찾아가 보시오!"

말꼬리를 잘랐다. 허탈했다. 처음부터 이렇게 완고히 나오리라고는 미처 생각지를 못했다. 그렇다고 이대로 물러나는 것은 자존심이 상했다. 자칫 우습게 보일 수도 있었다. 적당히 어르고 타협을 보아야 할 것이다.

"황백방이 얼마나 방대한 조직인지는 회장도 잘 알 것이오. 우리도 움직이면 그 정도 일쯤은 식은 죽 먹기요."

시라이가 너털웃음을 흘렸다.

"그럼, 나를 찾아온 이유는 뭐요? 황백방이 직접 하시지."

"제도회와의 의리를 생각해서요. 육전대의 일이라지만 제도회를 빼놓고 어떻게 우리만 할 수 있겠소."

되도 않을 억지 의리에 시라이는 그런 미소로 답했다. 고개까지 흔들었다. 고양이 쥐 생각하는 꼴이었지만, 말은 그래도 의리의 형식을 갖추고 있었다.

시라이가 입술을 깨물었다. 고맙다는 말을 꼬리처럼 따라 붙이기도 했다.

"하지만, 말했다시피 우리는 아는 바가 없소. 사령관 야나가와가 워낙 조심스러운 인물이라서."

말꼬리를 흐리는 것으로 보아 아주 헛된 말은 아닌 듯했다. 가끔 전해들은 말들이 시라이의 말을 흘려듣지 않게도 했다. 뭔가 숨기는 것이 많은 육전대 사령관 야나가와였다. 같은 일본인들도 그를 미심쩍어 하는 경우가 있었다. 그만큼 그는 숨기는 것이 많은 사람이었다.

"정보가 확실하다면 우리도 함께하겠소만. 지금은 솔직히 우리도 모르는 일이오."

적걸이 한숨을 내쉬었다. 시라이도 그런 한숨으로 마주했다. 제도회 체면이 말이 아니라는 표정이었다.

"알겠소. 유감이오! 제도회와 함께 할까 했더니만."

말을 끊음으로써 아쉬운 마음을 표현했다. 표정도 서운함으로 가득 채웠다.

시라이의 눈빛이 흔들렸다. 적결이 자리를 일어섰다. 곽용초와 왕요삼이 따라 일어섰다.

"우리도 알아보고 연락을 하리다."

미련이 남은 듯한 시라이의 말에 적결이 고개를 끄덕였다.

"우리 제도회는 황백방에 대해 우호적인 마음을 갖고 있소!"

적결이 미소를 지어 보였다. 시라이가 그런 미소로 고개를 끄덕였다. 요시다와 노무라가 자리를 일어섰다. 시라이의 오른팔과 왼팔 노릇을 하는 자들이다.

"좋소. 그럼 다음에 다시 봅시다!"

적결은 미련 없이 발길을 돌렸다. 요시다와 노무라가 종종걸음으로 그를 따랐다.

문이 다시 열리고 밖으로 나서자, 늦봄의 햇살이 눈에 부셨다. 적결이 중얼거렸다.

"쉽지 않군!"

그의 눈길이 깨지게 맑은 하늘로 향했다. 봄을 노래하는 새들이 호를 그리며 정원으로 내려섰다. 너무 어렵게 할 필요 없다며 쉽게 가자고 곽용초가 부추겼다. 요시다가 그를 쳐다봤다.

"왕위 정부와 얘기해 보시지요?"

노무라의 안색이 돌변했다. 요시다가 끼어들었다.

"회장님 말씀은 거절의 뜻이 아닙니다. 들었다시피 확실한 정보가 없어서."

　요시다의 끊은 말을 노무라가 이어받았다. 조금만 더 기다려 달라며 왕위 정부보다는 자신들이 훨씬 더 유리할 것이라며 육전대에 대한 정보를 얻기에는 제도회만한 곳이 없다고 그는 떠벌렸다.

　왕요삼이 핀잔을 하듯이 말을 던졌다.

　"우리가 뭐 시간이 남아 여기까지 온 줄 아시오? 그래도 제도회와의 인연을 생각해서 찾아온 건데."

　노무라의 태도가 일변했다. 칼을 찬 무사가 아니라 혀를 놀리는 간자의 말이었다. 허리까지 굽실거렸다.

　"육전대는 사실 우리도 못마땅하게 생각하고 있습니다. 아니, 육전대가 못마땅한 게 아니라 사령관 야나가와가 못마땅한 게지요. 사령관이 바뀐 뒤로 우리 제도회와의 관계도 소원해졌습니다. 회장님도 탐탁지 않게 생각하고 계시지요. 그래서 그런 겁니다. 양해해 주십시오!"

　적걸이 뒷짐을 진 채, 정원을 가로질렀다. 가지런히 비질 된 모래 위로 발자국이 선명하게 찍혔다. 곽용초와 왕요삼이 그의 뒤를 따르자 요시다와 노무라도 다급히 이들을 따랐다.

　모래 위로 발자국이 어지럽게 찍혔다. 적걸은 일부러 그 위로 걸었다. 숨 막힐 듯 절제된 공간, 복잡한 내면의 의식에 대한 거부의 몸짓이었다. 일제에 대한 불만의 표시이자 항의의 표현이었다.

　대문을 나서 신형 포드에 올라타기까지 요시다와 노무라는 깍듯이 예의를 갖췄다. 제도회와의 의리를 끝까지 지켜주기를 당부하는 몸짓이자 마음의 표현이었다.

　"신아주점으로 가자!"

적걸이 불쾌하다는 표정으로 말을 내뱉었다. 곽용초가 잘 생각했다며 말을 보탰고, 왕요삼이 한 박자 늦게 너스레를 떨었다.

"방주께서 왕위 정부를 입에 올렸을 때, 시라이의 당황해하는 모습이 참으로 보기 좋았습니다. 놈들은 분명 후회할 겁니다."

적걸의 입이 씰룩였다. 배려를 모욕으로 대한 시라이가 괘씸했던 것이다.

신형 포드가 왔던 길을 거슬렀다. 소주하를 따라 북소주로를 달렸다. 멀리 남경로의 마천루가 봄볕에 나른해 보였다. 도시의 아지랑이가 노곤하게 거리를 흔들었다. 생기발랄한 계절의 피로감이 도시를 집어삼키고 있었다.

시민들은 제국의 압제에 시달려 발걸음이 무거웠고, 도시는 자본주의의 탐욕에 힘겨워했다. 적걸은 그 탐욕에 지친 도시의 거리를 동경했다. 지친 도시에는 그가 욕망하는 것들로 가득했다. 돈과 권력과 여자와 술과 아편, 모두 즐거움이었다. 그가 향유하고자 하는 것들이었다.

거리의 플라타너스 이파리가 봄볕에 살랑였다. 막 피어난 이파리는 햇살에 빛을 튕겼다. 싱그러웠다. 봄바람도 시원했다.

신형 포드가 골목으로 들어섰다. 진청색 줄무늬 정장 차림의 사내들이 경계를 서고 있었다. 앞섶을 풀어 헤친 채, 그들은 란체스터 기관단총을 들고 있었다. 왕위 정부 특공총부, 76호 요원들이다.

한 사내가 손을 들어 차를 막아섰다. 다른 사내들이 좌우로 다가왔다. 앞자리의 곽용초가 창문을 열고는 공손히 말했다.

"황백방 방주십니다. 왕위 정부와 긴히 상의할 일이 있어 오셨습니다."

사내가 가까이 다가와 안을 살폈다. 적걸이 손을 들었다.

"나, 적걸이오!"

사내가 고개를 끄덕이고는 무채색의 중저음으로 내리라는 말을 무겁게 내뱉었다. 듣는 이의 가슴을 짓누르는 중압감이 실린 목소리였다.

일행이 내리자 다른 사내가 달려들어 몸을 수색했다. 리볼버 두 자루가 사내들의 손에 건네졌다.

사내가 돌아갈 때 드리겠다며 갈무리해 넣었다. 적걸이 그러라며 사내들을 따랐다.

육중한 석고문이 골목으로 즐비했다. 주택가였다. 그 끝자락으로 붉은 등이 흔들리고 있었다.

붉은 등을 따라 안으로 들자 잔잔한 연주가 귀를 울렸다. 선율이 아름다운 고쟁이다. 은은한 선율 사이로 사람들의 왁자한 소리도 섞여 들었다. 걸걸한 사내들의 농담 소리에 여인들의 간드러진 추임새가 짝을 맞췄다. 넘치는 자본의 여유가 그려내는 상해의 낭만이라는 이름의 타락이자 퇴폐였다.

사내는 몇 개의 문을 지나 후원 쪽으로 향했다. 방마다 사람들로 가득했다. 대낮부터 술에 절어 비틀거리는 모습과 혀 꼬부라진 농소리가 귀에 거슬렸다. 그러나 적걸은 그것을 결코 타락이라거나 퇴폐라거나 저속한 일로 보지 않았다. 유흥이자 오락이고 문화였다. 존재감을 심어 주고 자본을 얻게 해 주며 인생의 목적이게 해 주는 소중한 자산이었다.

후원으로 들자 시야가 트이며 정원이 나타났다. 조금 전 보았던 일본식 정원과는 사뭇 분위기가 달랐다. 신선이 산다는 선계(仙界)가 표현되어 있었다. 기암괴석과 기화요초가 후원을 장식했다. 작은 연못에, 가산(假山)까지 갖춰져 있어 웅장하고 화려했다.

일본의 정원은 관념적이며 추상적이어서 모호했었다. 모래와 이끼, 돌로 표현된 물과 바다, 섬, 그리고 산의 모습이 사색을 위한 공간인 듯싶었다. 고요함과 사색을 즐기기에는 적합할지 모르겠으나 지극히 작위적이었다. 적걸에게는 어울리지 않는 정원이었다. 역시 대륙의 정원이 익숙했고 가슴에 와 닿았다.

정원의 뒤로 별채가 한 채 자리 잡고 있었다. 왕위 정부 인사들이 주로 모임을 하는 곳이다.

"주석님 계시오?"

적걸이 묻자 사내가 대답했다.

"중경에 가셨소."

목소리는 생긴 모습만큼이나 차갑고 건조했다. 게다가 간결하기까지 했다. 필요 이상의 말은 하지 않겠다는 뜻이다.

적걸이 다시 물었다.

"중경에는 어쩐 일로?"

사내는 귀찮다는 듯이 고개를 가로저었다. 의도된 몸짓이었다. 적걸도 더 묻지 않았다.

별채로 들어서자 화려한 내실이 눈에 들어왔다. 넓은 홀에는 샹들리에가 눈부시게 밝혀져 있었고, 그 아래로 고급 탁자와 의자가 가지런히 정돈되어 있었다. 왕위 정부 인사들이 회의하는 곳이다.

다시 좁은 통로를 지나자 작은 규모의 방들이 잇닿아 있었고, 좀 더 들어가자 큰 내실이 자리하고 있었다.

"손님이 오셨습니다."

사내가 안으로 말을 넣자 굵직한 음성이 밀려 나왔다.

"누구냐?"

적걸이 나섰다. 황백방의 적걸이라며 왕위 정부에 긴히 드릴 말씀이 있다고 그가 직접 고했다.

다른 사내의 음성이 이어졌다. 황백방에서 어쩐 일이냐며 일단 들어오라는 것이다.

안으로 들자 발이 처져 있었고, 그 발 너머로 파오를 입은 두 사내가 원탁에 마주 앉아있었다. 짙은 남색과 황색의 고급스러운 파오였다. 한눈에도 그들의 지위를 알 만 했다.

적걸이 공손히 허리를 굽혔다. 사내들이 손을 들어 인사를 대신했다. 손짓은 거만했다.

사내가 두 사람을 소개했다.

"특공총부의 황극 부장이십니다."

황극이 다시 손을 들었다. 가늘게 내리깐 눈이 잔인해 보였다. 이리의 눈빛이었다. 영광이라며 적걸이 굽실거렸다. 비굴해 보였다. 힘의 우위에 대한 반사적 작용이었다. 황극의 입가로 미소가 번졌다.

"왕위 정부 선전부장이신 요건남 부장이십니다."

그가 손을 들어 인사했다. 적걸 일행이 또다시 허리를 굽혔다. 음지의 실세가 양지의 실세에게 굽히는 모습이었다. 굽혀서 따르겠다는 뜻이다.

"곽용초와 왕요삼입니다. 저를 돕고 있지요."

적결의 소개에 황극과 요건남은 귓등으로도 듣는 척하지 않았다. 철저히 무시했다. 황백방 조무래기 따위를 알아서 무엇 하겠냐는 것이다.

자존심이 상했으나 곽용초와 왕요삼은 그래도 굽혀야 했다. 바짝 굽혀야 했다. 사내가 조심스레 돌아서서는 밖으로 나갔다.

"그래, 어쩐 일로 왔는가?"

요건남이 묻자 적결이 눈치를 보며 조아렸다.

"좀, 오래 말씀을 드려야 해서."

눈길이 의자와 요건남 사이를 오락가락했다. 마주 앉음은 마지막 자존심이다. 그제야 황극이 자리를 가리켰다.

"앉게!"

적결이 의자를 당겨 앉아서는 장황하게 용건을 늘어놓았다.

황극과 요건남은 건성건성 들었다. 그다지 흥미롭지 않다는 표정이었다.

"해서 저희가 왕위 정부를 위해 금괴를 찾고자 합니다. 조금만 도와주신다면."

요건남이 입술을 지그시 깨물자 황극이 턱을 괸 채, 대답했다.

"그런 일은 우리 특공총부면 충분하네. 자네가 아니어도 충분히 찾아낼 수가 있어!"

말은 핀잔같이 들렸다. 쓸데없이 나서지 말라는 뜻이다. 적결에게는 치욕의 말이 아닐 수 없었다. 그의 안색이 일변했다.

"그래도 이렇게 찾아왔는데, 웬만하면 그렇게 해줍시다!"

요건남이 어르고 나섰다. 뺨 때리고 달래고, 갖고 노는 듯했다.

적걸은 더욱 비참해졌다. 요건남의 말에 그나마 한 줄기 희망을 걸었다. 치욕과 비참함은 그다음의 일이다. 우선은 금괴였다.

"성의를 봐서라도 그렇게 해 주십시오!"

요건남이 고개를 끄덕였다.

"금괴를 찾으면 5할을 주겠네. 정보는 함께 공유하는 것으로 하고."

기대 밖의 말이었다. 뜻밖의 수확에 적걸은 흡족해했다. 역시 참는 것이 최선이다.

"육전대에 사람을 넣어보겠네. 우리도 찾는 중이었으니."

황극이 비릿한 웃음으로 적걸을 노려봤다. 그의 속셈을 읽었다는 표정이다.

적걸이 조아려 그 웃음에 다시 한번 더 복종의 뜻을 표했다. 무조건 따르겠다는 표현이었다. 음지의 실세는 양지의 실세 앞에서 그야말로 그림자에 불과했다. 그렇게 당당하고도 기세등등하던 적걸의 모습은 어디에서도 찾아볼 수가 없었다.

"금괴에 대한 정보만 주시면 허드렛일은 저희 황백방이 알아서 모두 감당하겠습니다."

나랏일로 바쁜 특공총부는 다른 큰일에 더 힘을 쓰라는 말에는 황극마저도 미소를 지어냈다. 그의 바짝 굽힌 태도에 흡족해 했던 것이다.

"일이 바쁠 때 자네가 힘이 되어 준다니 고맙네. 역시 방주는 듣기보다 현명한 사람이로군!"

황극이 껄껄 웃었다. 적걸이 어울리지 않게 헤헤거리며 손을 마주 비볐다. 평소에는 볼 수 없는 비굴하고도 줏대 없는 행동이었다.

"아무튼, 가서 기다리게. 우리가 연락하겠네."

요건남의 말에 적걸이 황망히 자리를 일어섰다. 곽용초와 왕요삼이 다급히 뒤로 물러섰다.

적걸은 정중히 인사를 올리고는 돌아서 내실을 나섰다.

주점은 여전히 왁자지껄했다. 급한 일이라도 있는 듯, 적걸은 바쁜 걸음으로 신아주점을 나섰다. 나서서는 침을 한움큼이나 뱉어냈다.

"더러운 놈들!"

말은 견디기 힘든 것을 겨우 참아냈을 때의 그런 거친 호흡 속에 들어 있었다. 상한 자존심에 대한 분풀이었다. 뒤돌아서서 욕을 해대는 비겁함이기도 했다.

곽용초가 그런 적걸을 위로했다.

"정치하는 놈들은 역시 상종할 것이 못 됩니다. 금괴만 아니면."

왕요삼이 그 말을 받았다.

"오늘의 치욕을 되갚아 줄 날이 있을 것이네."

말은 이를 갈았지만, 현실을 멀리 떠나있었다.

골목으로 들이치는 바람에 찬 기운이 실려 있었다. 꽃샘추위였다. 살갗이 오그라들었다. 그래도 견딜 만했다. 치욕으로 가슴 떨리던 추위에 비하면 아무것도 아니었다.

적걸 일행이 나가기 무섭게 황극이 툽상스럽게 말을 뱉었다.

"저놈이 어떻게 냄새를 맡고 설쳐댈까?"

승냥이의 물음처럼 목소리는 거칠고도 사나웠다.

"저게, 놈의 일 아닌가!"

당연한 일을 묻는다는 듯, 그가 황극을 쳐다봤다.

"우리가 몽땅 차지해야겠지?"

"그걸 말이라고 하나? 당연한 일이지!"

탐욕을 위한 일에는 언제든 마음이 일치하는 두 사람이었다. 일치해서 함께 생각했고 함께 행동했다. 대륙을 팔아먹는 일과 조국을 팔아먹는 일에도 그랬다. 일제의 앞잡이가 되고 제국의 노예가 되고 자본의 승냥이가 되기를 주저하지 않았다. 왕위 정부에 이런 인물들이 차고 넘치는 것이 왕위 정부의 가장 큰 문제였다. 대륙의 비극이었다.

배신(背信)

7

금괴에 대한 논의는 제도회도

마찬가지였다. 적결이 돌아가고 난 뒤, 시라이는 제도회 패거리를 모두 불러들였다. 패거리들이 줄을 지어 꿇어앉았다.

"말이 퍼져 상황이 어렵게 돌아가고 있다. 차라리 우리가 차지하는 게 어떤가?"

시라이의 말이 천근의 무게로 내려앉았다. 배신의 무게였다.

누구 하나 먼저 입을 열어 대답하는 사람은 없었다. 그만큼 위험한 말이다. 제국에 대한 배신, 천황에 대한 배신이었다. 시라이가 한숨을 몰아쉬었다.

"허깨비가 한 말이란 말이냐? 왜 대답이 없는가?"

그제야 요시다가 입을 열었다. 그는 맨 앞 오른쪽 줄에 앉아있었다.

"회장님의 말씀이 옳습니다. 상황이 어떻게 변할지 모르는 상황에서 제도회의 이익이 우선이지요. 제도회 없이는 제국도 천황도 없습니다."

말이 격했다. 게다가 노골적이었다. 그를 따라 오른쪽 줄의 패거리들이 일제히 허리를 굽혔다. 요시다와 뜻을 함께한다는 몸짓이었다.

노무라가 조심스레 나섰다. 그는 왼쪽 줄의 맨 앞에 앉아있었다.

"아직은 좀 이르지 않나 합니다. 상황이 급변하고는 있지만, 제국의 육전대는 아직 멀쩡합니다. 상황이 막다른 골목에 처한 것도 아니고요."

시라이가 그를 뚫어지게 쳐다봤다. 요시다도 그에게로 눈길을 돌렸다.

"그건 앞날을 내다보지 못하는 처사입니다."

스가가 나섰다. 그는 시라이의 그림자였다.

"화북에서 연전연패하고 물러났습니다. 남경이나 소주도 곧 위험합니다. 상해가 마지막 보루고요."

괜히 멈칫거리다가는 꿩도 매도 다 놓친다며 그는 열을 올렸다. 황백방이 나선 것을 보란 말도 이어 붙였다. 저들은 여우 같은 놈들이라며 반드시 일을 어렵게 만들 것이라고 했다. 시라이의 아픈 곳을 찌르는 말이었다.

"너무 약한 모습을 보이면 큰일을 하지 못하는 법이오!"

요시다가 노골적으로 노무라를 질책하고 나섰다. 시라이도 마뜩잖은 얼굴로 고개를 흔들었다.

"제가 드린 말씀은 조심, 또 조심하자는 말입니다."

노무라가 한발 물러섰다. 물러섬에는 제도회를 염려하는 마음이 실려 있었다.

"괜히 실수라도 하는 날에는 씻지 못할 후회를 할 수 있습니다. 나아가 제도회 존립의 기로에 서는 지경에 이를 수도 있고요."

존립의 기로라는 말은 무거웠다. 꿇어앉은 긴 줄의 여기저기에서 웅성거리는 소리가 들려왔다. 석상같이 앉아있던 사내들의 어깨가 흔들렸다. 시라이가 혼란을 수습했다.

"더 왈가왈부하지 마라!"

짧고 강단진 말에 흔들리던 어깨와 돌려졌던 고개들이 제자리를 찾았다. 웅성거리던 소리도 잦아들었다.

시라이가 그런 패거리들을 훑어보고는 말을 뱉었다.

"방법을 말하라! 금괴를 손에 넣을."

노무라가 나섰다.

"그보다 먼저 금괴의 실체를 확인해야 합니다. 확실하지도 않은 정보로 괜히 잘못 움직였다가 낭패를 볼 수도 있습니다."

그는 언제 그랬느냐는 듯 방향을 틀었다. 절대복종이었다.

"구체적으로 말해 봐라!"

요시다와 미라이가 질투 섞인 표정으로 그를 쳐다봤다.

그는 육전대에 사람을 넣자고 했다. 시라이가 고개를 끄덕였다.

"스가!"

시라이가 부르자 그가 절제된 음성으로 대답했다.

"미야자키를 잘 알고 있지?"

그가 그렇다고 대답을 하고는 만나보겠다며 먼저 자청을 했다. 주인의 뜻을 알아 모셨던 것이다.

"만나서 금괴의 실체를 확인해라!"

그가 납작 엎드려 명령을 받들었다.

시라이의 말이 이어졌다.

"일단 미야자키를 만나보고 그다음 일을 논의한다. 앞으로 말과 행동에 조심해라! 우리는 다른 길을 간다."

배신의 길이었다. 제도회의 이익을 위한 배신의 길이다. 조국을 배신하는 일이자 천황을 배신하는 일이기도 했다.

외탄의 밤은 황홀했다. 전쟁 중이란 사실이 믿기지 않을 정도로 화려했고 붐볐으며 낭만으로 가득했다. 마천루의 불빛과 네온사인, 거리의 가로등과 자동차 불빛까지, 어둠 속의 빛이란 빛은 모두 다 모여 있는 듯했다. 그 불빛들의 반영(反影)이 황포강에 어리며 화려함은 극치를 이뤘다. 화려함 밖의 화려함을 보고 있는 듯했다. 아름다운 야경의 외탄이었다.

황포차가 숨을 헐떡거리고 택시가 바쁜, 늦은 밤의 외탄은 호객 소리로 어수선했다. 인력거꾼이 손님을 부르고 택시가 객(客)을 불렀다. 경적을 요란스레 울려대기도 했다.

자유를 상징한다는 서양의 어느 여신상이 날아갈 듯 날개를 펼친 동상 아래로 스가가 발걸음을 옮겼다. 곁에는 일제 헌병대 소속 미야자키가 나란히 걷고 있었다.

"그래, 상해 생활은 어떤가?"

스가가 물은 말이었다. 말은 그런대로 발랄하게 들렸다.

"시절이 어수선하니, 좋을 리가 있겠나?"

대답 속에는 한숨이 깊었다. 미야자키가 돌아보며 자네는 어떠냐고 되물었다.

"나야 뭐 늘 어둠 속에 익숙한 존재니, 별다른 일이야 있겠는가? 제국이야 어떻게 되든, 제도회만 살아남는다면야 그게 상해가 됐든 동경이 됐든 괘념치 않을 일이지."

태평스러웠다. 미야자키의 한숨 섞인 근심과는 결이 달랐다.

"세상 편한 말일세."

신분과 직위에 의한 굴레가 그를 옥죄게 하는 한숨이었다.

스가가 슬쩍 그를 돌아봤다. 언제쯤 말을 꺼낼까 고민하는 중이었다.

"환국은 언제쯤이나 가능하겠는가?"

언제쯤 상해에서 물러나느냐는 말이다. 말은 일제의 패망을 묻는 것이기도 했다. 그가 고개를 절레절레 흔들었다. 입가에는 씁쓸한 미소를 얹어 보이기도 했다.

"그날이 빨리 오기를 고대하는가?"

스가가 펄쩍 뛰었다. 도둑질하다 들킨 아이처럼 놀란 표정을 짓기도 했다.

"예끼, 이 사람아! 무슨 농담을 그렇게 하나?"

그가 껄껄 웃었다. 스가가 따라 웃었다. 유쾌하지 않은 상황에 유쾌함을 흉내 낸 웃음이 외탄의 밤하늘을 씁쓸하게 장식했다.

"그나저나 금괴에 대한 소문이 나돌던데. 자네도 들었는가?"

은근히 묻는 말에 그가 너털웃음을 흘렸다. 그렇지 않아도 그것 때문에 육전대가 온통 신경이 곤두서 있다며, 야나가와 사령관이 예민하게 구는 바람에 죽을 지경이라고 그는 불만을 토해냈다. 생각지 않게, 쉽게 털어놓자 스가가 오히려 놀랐다. 그는 짐짓 모르는 척, 놀란 얼굴로 그를 쳐다봤다. 말이 이어졌다.

"누구에게도 얘기해서는 안 되네. 제국에 관한 일일세."

그가 주변을 한차례 둘러봤다. 밤을 잊은 청춘남녀들이 짝을 이룬 채, 황포로를 거닐고 있었다. 강변의 낭만을 즐기려는 모던보이와 모던걸들이다. 하나같이 페도라에 말쑥한 슈트 차림이거나 하얀 투피스나 붉은 치파오를 입고 있었다.

그들은 상해의 근대성과 모던함에 젊음을 불태우고 있었다. 네온사인 화려한 댄스홀과 클럽, 가스등 은은한 카페와 커피하우스 그리고 오락장, 상해의 젊음이 넘쳐나는 곳이었다. 자본이 넘치고 낭만이 넘치는 그런 곳이었다. 청춘남녀들은 물이 흐르듯 황포로를 따라 흘러갔고, 황포차는 끊임없이 그들을 실어 날랐다.

"사령관이 지도를 작성했다는 얘기가 들리네."

지도라는 말에 스가의 눈동자가 커졌다.

"지도라니?"

미야자키가 보물이라며 목소리를 낮췄다. 금괴가 보관된 곳을 표시한 지도라며 그가 귓가에 속삭였다. 만일의 사태를 대비해 사령관이 직접 만들었다는 말까지 덧붙였다. 금괴의 실체가 확인되는 순간이었다.

유쾌한 소리가 곁을 스쳐 지났다. 청춘남녀들이 밤을 즐기는 소리였다. 소리에는 상해의 모던함이 가득했다. 밤의 화려함이 넘쳐났다.

"금괴를 본국으로 이송하려는데 이 사태가 터졌지 뭔가. 시위가 격해지면서 잠시 숨겨두었다네. 배가 도착하면 곧 이송할 것이네."

미야자키의 말은 첩보가 아닌 정보였다. 확실한 정보였다. 육전대 사령관 지휘부로부터 직접 듣는 고급정보였다.

"그럼, 지도는 누가 갖고 있는가?"

은근히 물었는데 덜컥 대답이 나왔다.

"그야 당연히 사령관이지. 늘, 지니고 다닌다네. 안주머니에."

기선이 움직였다. 검은 배가 시커먼 물 위로 음침하게 움직였다. 제국의 자본을 움직이는 기선이었다. 아니, 대륙의 자본을 약탈하는 제국의 기선이었다.

두 사람은 오랜만에 회포를 풀었다. 청춘남녀 사이에서 맥주를 마시고 춤을 췄다. 유성기에서 흘러나오는 빠른 템포의 음악은 신경을 흥분시켰다. 모세혈관을 확장 시켰다. 숨을 가쁘게 했다. 촉수가 예민해지고 몸이 달궈졌다. 늦은 밤까지도 댄스홀은 만원이었다. 술에 취해 들어 온 사람, 술에 취하기 위해 들어 온 사람, 모두 다 술에 빠져들었다. 깊은 어둠과 함께 깊이 빠져들었다.

스가의 보고에 시라이가 입을 굳게 다물었다. 뭔가 결정을 한 듯 심각한 표정이다.

"모두 나가라!"

꿇어앉은 패거리들을 모두 내보냈다. 요시다와 노무라만 남겨 놓았다.

그가 가까이 오라며 두 사람을 손짓으로 불렀다. 요시다와 노무라가 무릎걸음으로 다가가 바짝 조아렸다.

"야나가와를 없앤다."

벼락을 맞은 듯, 두 사람이 동시에 놀란 표정을 지었다.

"그를 제거하지 않으면 금괴는 우리 차지가 못 된다."

요시다가 입술을 질끈 깨물었다. 각오를 단단히 하는 모양새다. 노무라도 운명으로 받아들이는 듯한 모습이었다.

"암살입니까?"

요시다가 묻자 그가 도리질했다.

"손을 대고 코를 풀면 손이 어떻게 되겠느냐?"

노무라가 눈살을 찌푸렸다.

"차도살인입니까?"

그가 음흉하게 웃었다. 입을 열어 대답하지는 않았다. 대신 상해자유동맹과 대한구국대를 입에 올렸다. 여우 같은 노무라가 빙그레 웃었다. 요시다도 환하게 미소를 지어 올렸다.

"놈들에게 정보를 흘려야겠군요?"

시라이가 소리 없이 웃어 보이고는 두 사람을 번갈아 봤다.

"상해를 떠나기 전에 일을 처리해야 한다."

시간이 없다며 그가 재촉했다.

"정보원을 심는 게 좋을 듯합니다."

노무라의 제안에 요시다가 그를 빤히 쳐다봤다. 눈빛에는 질투의 빛이 자글거렸다. 이번에는 야나가와 측근으로 사람을 보내자는 말이었다. 같은 생각이라며 시라이가 흡족해했다.

"사령관 호위대에 깊숙이 찔러 넣으십시오!"

노무라도 질 수 없다는 듯이 눈빛을 불태웠다. 미라이를 넣어 사령관의 일거수일투족을 알아내게 하자는 말이었다. 시라이가 또다시 입가에 미소를 얹었다.

"어차피 일을 벌일 거라면 황백방을 끌어들이는 건 어떨까요?"

황백방이란 말에 시라이가 눈살을 찌푸렸다. 요시다가 무슨 말이냐며 되물었다. 묻는 말은 부정의 언사가 컸다. 금괴를 저들과 나눌 수는 없다는 것이다.

그가 다시 말을 이었다.

"금괴를 조금 나눠줘도 손해는 결코 아닙니다."

손해가 아니라는 말에 시라이가 호기심 어린 눈으로 그를 쳐다봤다. 요시다가 눈살을 찌푸렸다.

"이 기회에 아편을 손에 넣자는 얘기지요. 금괴를 조금 나눠주고 아편 거래를 조건으로 제시하는 겁니다."

시라이가 무릎을 치며 호탕하게 웃었다.

"시장을 거머쥐고 있는 저들에게 아편을 공급하고, 허드렛일도 저들에게 맡기고. 일석이조 아닙니까?"

저들이 먼저 찾아와 부탁했으니 제안을 받아줄 것이라며 요시다도 뒤늦게 떠벌려댔다.

"더구나 야나가와도 황백방과 깊은 거래를 해왔으니 저들을 의심 없이 받아들일 겁니다."

"그래, 그래. 그렇구나!"

시라이의 급한 마음이 호들갑스럽게 드러났다. 탐욕이 겉으로까지 드러나 보였다. 자본주의 지배의 질서에 복종하는 충실한 태도였다.

"누가 다녀오겠는가?"

시라이의 물음에 노무라가 먼저 대답했다. 자신이 가겠다며 설레

발을 치고 나선 것이다.

 소주하를 따라 양안으로 빽빽하게 들어선 건물들이 웅장했고, 격조가 있어 보였다. 가지런했고 질서가 있었다. 남경로와 함께 상해의 근대성을 상징하는 또 다른 거리, 북소주로다.
 거리는 꽃이 밀려나고 신록이 성큼 달려들어 있었다. 봄이 물러나고 여름이 다가서 있었다. 거리의 시민들도 싱그러운 계절만큼이나 생기발랄했고, 경쾌했다. 해방에 대한 기대감 때문이었다.
 차창 밖으로 다가선 사천로는 복잡했고 어지러웠다. 사람과 자전거가 얽히고 전차와 버스가 설키면서 앞서거니 뒤서거니 몸부림을 쳤다. 택시와 황포차도 엎치락뒤치락 한몫했다. 가까운 교회당에서 낭만에 겨운 종소리가 은은히 울려 퍼지기도 했다. 청량한 소리였다. 귀가 맑아지는 소리였다. 정신이 깨끗해지는 소리였다.
 순간, 총소리가 요란하게 귀를 울렸다. 무라타 총탄 소리였다. 이어 경기관총 소리도 고막을 찢었다. 북사천로 끝자락, 홍구로 접어드는 곳이었다. 육전대 본부가 있는 곳이다.
 "웬 총소린가?"
 적걸이 무심한 소리로 물었다. 시위가 격화된 이후로 총소리는 일상이 되어 있었다. 그리 놀랄 일도 아니었다.
 "시위대도 없는데 총소리라니?"
 곽용초가 툽상스럽게 뱉고는 시선을 창밖으로 돌렸다. 일상이 일상처럼 흘러가고 있었다. 시민들은 평화롭게 거리를 활보하고 있었다. 전차나 황포차도 평상시처럼 거리를 누비고 있었다. 가로수는 싱그러운 이파리를 햇살에 맡긴 채, 초여름의 환희를 즐기는 듯했다. 햇살에 튕기는 빛이 눈이 부셨다. 자글거렸다. 한가로운 거리였다.

"사격장 쪽입니다."

곽용초가 말을 내놓자 왕요삼이 받았다. 육전대 병사들이 사격훈련을 하는 모양이라는 것이다. 훈련이라는 말에 적걸이 몸을 일으켜서는 넋두리처럼 중얼거렸다.

"이기지도 못하는 놈들이, 훈련은 무슨."

툽상스런 말투는 불만이 가득했다. 연전연패하고 있는 육전대를 두고 비아냥거리는 소리였다. 그는 상해의 혼란을 바랐다. 일제가 힘을 써야 그 혼란은 유지가 될 수 있었고, 그래야 자신이 더욱 힘을 발휘할 수가 있었다. 공산당이 세력을 키우면 자신의 입지는 더욱 위태로워질 것이 분명했다. 좋지 않은 일이다. 왕위 정부의 부패와 제국의 폭력 사이에서 어둠의 세력은 확장될 수 있다. 저들과 함께 할 운명의 공동체였다.

신형 포드가 육전대 본부 앞에 다다랐다. 초소 앞에는 날 선 제복의 병사가 제법 위엄 있는 자세로 서 있었다. 무라타 권총과 소총으로 무장한 헌병대였다.

초소장이 다가와 제지하고는 용건을 물었다. 곽용초가 사령관을 입에 올리자 그가 날 선 자세로 경례부터 올려붙였다. 손님에 대한 예의가 아닌, 사령관에 대한 복종이었다.

"잠시만 기다리십시오!"

그가 초소로 달려 들어갔다. 안으로 뭔가 보고를 올리는 모양이었다. 그가 다시 나왔고 차단기가 올라갔다. 신형 포드가 미끄러지듯 다시 움직였다. 초소장이 깍듯이 경례를 올려붙였다.

귀 따가운 총소리는 여전히 울려대고 있었다. 병사들이 소총과 경기관총을 들고 쏘는 모습도 눈에 들어왔다. 세상의 공산당을 모두 때려잡을 듯한 기세였다. 적결이 피식 웃음을 흘렸다.

"총만 쏴 대면 뭐 하나? 이기지도 못하는 주제에."

"저놈들이 사람은 죽여 봤나 모르겠습니다."

왕요삼은 한술 더 떴다. 가소롭다는 듯 웃음을 흘리기까지 했다. 잔인한 웃음이었다.

"총구를 하늘로 향한 채, 꿩 새끼처럼 대가리를 땅에 처박고 방아쇠만 죽어라 당겼겠지. 눈에 선하구먼."

곽용초가 낄낄거렸다. 웃음 속에는 육전대에 대한 모욕과 능욕으로 가득했다. 일본군에 대한 능멸이었다. 제국에 관한 비아냥거림이었다.

붉은 벽돌로 지은 건물이 즐비하게 늘어서 있었다. 일본 해군육전대 본부다. 곳곳에 무장한 헌병대와 병사들이 눈에 띄었다. 날이 서 보이지는 않았다. 어딘가 무기력했고, 무뎌 보였다. 지난날, 서슬 퍼렇던 시대의 해군육전대는 분명 아니었다.

적결은 그들의 무기력해 보이는 모습만큼이나 불안해했다. 자신들의 위세도 그만큼이나 줄어들 여지가 있기 때문이다.

공산당은 요주의 대상이다. 어둠의 세력에게 있어서는 사신(死神)이나 다를 바 없다. 농민과 노동자, 힘없는 자들을 그들은 옹위했다. 저들은 또 그런 공산당을 믿고 따랐다. 일제가 경계하고 증오하는 것만큼이나 황백방도 그들을 증오하고 경계했다.

신형 포드가 섰다. 문이 열리고 적걸이 내렸다. 이곳도 마찬가지의 절차가 있었다. 몸을 수색받고 리볼버를 맡기고, 그제야 안으로 안내되었다.

사령관실로 들어가자 헌병대 중좌 가와무라가 맞았다. 그는 정중했다. 제국의 군인답지 않게 예의가 바르고 품위가 있었다.

"잠시 기다리십시오!"

그가 문을 두드리자 안에서 들라는 소리가 나왔다. 그가 안으로 들었고, 곧 다시 나왔다.

들어가 보라며 그가 손짓했다. 손짓은 정중했고 세련된 품격마저 느껴졌다.

적걸이 사령관실로 들어갔다. 곽용초와 왕요삼이 뒤를 따랐다.

야나가와가 반갑게 맞았다.

"어서 오시오. 오랜만이오!"

손을 들어 의자를 가리키고는 시선을 곽용초와 왕요삼에게로 던졌다. 잘들 지냈느냐는 눈인사였다.

두 사람이 고개 숙여 정중히 답했다. 야나가와의 입가로 엷은 미소가 번져 나갔다.

자리를 잡고 앉자 사령관실 문이 열리며 아가씨가 들어섰다. 손에는 찻잔이 다소곳이 들려져 있었다.

세 사람의 시선이 동시에 그녀에게로 향해졌다. 화사한 꽃무늬가 수놓아진 기모노가 눈길을 끌었다. 그녀는 조심스레 찻잔을 내려놓았다. 입가에는 미소가 배어있었다. 아리따웠다.

"어쩐 일이요?"

음흉한 시선들이 화들짝 놀라서는 그제야 제자리를 찾았다.

"뵌 지도 오래되었고 시국도 어수선하니, 궁금해서 찾아뵈었습니다."

너스레에 야나가와가 너털웃음을 흘렸다. 새삼스러운 말이라는 웃음이었다.

"환국은 어떻게, 준비 중이십니까?"

상황이 좋지 않다는 짧은 대답 속에 여의치 않음이 여실히 드러나 보였다. 적절이 바라던 바이자 예상했던 답이기도 했다.

"저희 황백방이 시위대의 위협을 막아드리겠습니다. 항구까지 안전하게 모시겠습니다."

그동안 황백방을 보살펴주고 도움을 준 데 대한 보답이라는 말이 덧붙여졌다. 작으나마 그렇게라도 해야 도리일 것이라는 말도 이어 붙였다. 야나가와의 입가로 엷은 미소가 번졌다.

"내가, 그래도 상해에서 인심은 잃지 않고 살았구려."

그는 제도회에서도 자신을 돕겠다며 미라이를 보내왔다고, 은근히 자랑 아닌 자랑을 늘어놓았다. 그랬느냐며 적절이 이어받았다. 그는 황백방이나 제도회나 상해에서 사령관 없이 어떻게 세력을 확장하고 유지해 올 수 있었겠느냐며 또다시 너스레를 떨었다. 야나가와의 표정이 밝아졌다.

"여기 두 사람은 제 양팔과도 같은 존재입니다. 믿고 쓸 만합니다."

소개에 야나가와가 고개를 끄덕였다. 그동안 쭉 지켜봐 왔다며 자신도 믿음이 간다며 상해를 그 누구보다도 잘 알고 있는 사람들이라며 그는 고마워했다.

추켜세우는 말에 곽용초와 왕요삼의 고개가 동시에 숙여졌다.
"그렇게 봐주시니 영광입니다."
야나가와가 손을 들었다.
"아닐세. 그렇게 보는 게 아니라, 사실이 그런걸."
상해를 떠나기까지 사령관의 안전은 자신들이 책임질 것이라며, 거리나 부두나 모두 자신들이 장악하겠다고 다짐 아닌 충성으로 맹세를 했다. 야나가와는 거듭 고맙다는 말로 흡족해했다.
총소리는 여전히 귀를 울리고 있었다. 훈련이 아닌 전투로 이어질 총소리에 야나가와는 불안하기만 했다. 떠나기로 마음을 먹은 후로는 그 불안함이 더욱 심해졌다. 꿈자리 역시 갈수록 더 혼란스럽고 어지러워졌다. 어젯밤에는 묘령의 여인을 만났다. 지난번 꿈에 나타났던 공주라는 그 아가씨였다. 여인은 아름다웠다. 삼백에 삼흑, 삼홍을 모두 다 갖춘 미인이었다. 검은 머리에 검은 눈동자, 검은 눈썹은 초승달을 닮아 있었고, 흰 피부에 흰 손, 가지런한 흰 치아가 매력 있는 여인이었다. 게다가 입술은 붉었고, 볼과 손톱 역시 발그레했다.
야나가와는 그런 미인을 처음으로 봤다. 아름답다는 말밖에는 할 수 없는 고운 여인이었다. 외모만 그런 것이 아니었다. 말과 행동과 태도가 모두 다 아름다웠다. 꿈속이었지만 야나가와는 그녀에게 한눈에 반했다.
화려한 연회장에서 그녀를 만나고 있었다. 연회장은 낯선 사람들로 가득했다. 갑옷을 입은 장수도 보였고, 관복 차림의 관리들도 보였다. 어딘지는 알 수가 없었다. 모두가 웃고 마시며 떠드는 사이, 야나가와는 여인에 취해 다른 것은 눈에 들어오지도 않았다. 귀에 들리는 것도 없었다. 여인에 대한 욕망으로만 가득했다.

이후로 그는 알 수 없이 쫓겼다. 하염없이 어딘가로 쫓겼다. 칼을 든 무사들이 험상궂은 얼굴로 뒤쫓았다. 다리가 떨어지질 않았다. 온몸에 식은땀이 흘렀다. 머리카락을 풀어 헤친 그녀가 갑자기 앞을 막아섰다. 놀란 그는 소리를 지르며 꿈에서 깼다. 기이한 꿈이었다. 창밖으로는 어느새 새벽의 여신이 푸른 하늘을 열어젖히고 있었다.

야나가와는 손꼽아 환국할 날만을 기다렸다.

적걸은 떠났고, 곽용초와 왕요삼은 육전대에 남았다.

가든 브릿지

8

미라이가 정보를 보내왔다.

야나가와가 양수포 부두를 통해 환국한다는 것이다.

시라이는 재빨리 상해자유동맹과 대한구국대에 정보를 흘렸다. 상해자유동맹이나 대한구국대나 야나가와는 원수였다. 제거해야 할 대상이었다.

상해자유동맹이 움직였다. 원수를 척살해야 한다며 대한구국대도 발 빠르게 움직였다. 의국단이 나섰다.

"하늘이 내린 기회요. 반드시 놈을 잡읍시다."

진규혼의 흥분된 목소리였다.

"어디에서 잡을까요?"

황재서의 물음에 진규혼이 이어받았다.

"우정국 사거리가 어떻소? 사천로에서 방향을 트는 순간, 놈들의 뒤꽁무니를 후려치는 게지요."

최설이 좋다며 자신도 같은 생각이었다고 손뼉을 쳤다.

"상해자유동맹도 움직일 걸세. 만일을 위해 서로 정보를 교환해야지. 자칫 잘못했다가는 저들의 총탄에 목숨을 잃을 수도 있네. 적을 잡으려다 서로 싸우는 꼴이 될 수 있단 말이지."

진규혼이 합작을 입에 올렸다. 치밀한 작전이 필요하다는 것이다. 주먹구구식의 작전으로는 안 된다는 말이었다. 정보교환 정도로는 안 된다며 그는 함께 머리를 맞대고 논의를 해야 한다고 했다.

황재서도 동의했다. 이왕 거사에 나서는 것, 반드시 성공시켜야 한다는 것이다. 윤봉길의 홍구의거 이후, 수많은 동지가 거사를 계획하고 실행했으나 만족할 만한 성과를 거둔 적은 없었다. 역사의 한 페이지를 써낸다는 각오로 거사에 임하지 않을 수 없었다.

"유동지, 동지는 왜 말이 없소? 이번 거사가 내키지 않는 게요?"

황재서의 물음에 시선이 일제히 백열전등 아래, 희뿌연 빛 속으로 향해졌다.

"맞소. 말 좀 해보시오! 유동지."

진규혼도 재촉을 했다. 최설은 말은 없었지만 뚫어지게 쳐다보는 눈빛이 그가 뭔가 말해주기를 바라는 눈치였다.

"신뢰할 수 있는 정보인지 의심이 드오!"

정보의 출처를 의심하고 있었던 것이다. 진규혼이 허탈한 표정으로 고개를 돌렸다. 그제야 뭔가 집히는 것이 있는 모양이었다.

"더구나 제도회에서 흘린 정보요."

말은 여울을 건너가는, 비 맞은 중이 중얼거리듯 했다.

"놈들이 우리를 일거에 소탕하기 위해, 일부러 흘린 말이란 말이지?"

말은 힘이 빠져 있었다.

그가 고개를 끄덕였다. 저들은 짐승과도 같은 놈들이라는 말을 덧붙이기도 했다. 뿌연 빛이 가루가 되어 부서져 내렸다. 흥분해서 들떠있던 목소리가 바닥으로 무겁게 가라앉았다.

황재서가 이를 갈며 주먹을 말아 쥐었다. 눈빛을 새파랗게 빛냈다.

침묵이 얼마간 어두운 실내를 옥죄었다. 부서지는 하얀 빛을 어둠이 핥았고, 새까만 침묵 사이로 유건호의 음성이 하얗게 흔들렸다.

"제도회와 육전대가 과거와 달리 소원한 관계가 되었다고는 하나, 저들은 어차피 한 몸이오. 더구나 지금 같은 상황에서는 반목보다는 협조가 절실히 필요할 것이고."

진규흔이 손가락으로 탁자를 두드리며 쓸데없는 박자를 맞췄다. 뭔가 골똘히 생각에 잠겨있는 듯도 했다.

"음모. 음모가 있는 듯하다."

음모라는 말에 동지들의 시선이 일제히 그에게로 향했다.

어둠 너머로 망지로의 불빛이 화려했다. 황포차 뒤꽁무니로 택시의 경적이 요란하게 겁박해댔고, 전차가 덜컹거리며 거리를 가로질렀다. 청춘남녀들의 발걸음은 명랑하기만 했다.

"섣불리 나서지 말고, 일단 자세한 내막을 알아보도록 합시다. 상해 자유동맹과 긴밀히 연락하고."

말을 끊음으로써 신중을 기하자는 태도를 보였다. 동지들이 고개를 끄덕였다.

"내가 상해자유동맹을 만나 보겠네."

최설이 나섰다. 그가 허비를 만나 상해자유동맹의 말을 들어보겠다는 것이다.

진규훈이 그게 좋겠다며 그를 돌아봤다. 초조한 눈빛 속에 동지에 대한 믿음이 가득했다. 경적이 또다시 요란하게 울렸다. 망지로의 택시가 늦은 밤을 재촉하는 소리였다. 소리는 피로한 기색이 역력했다.

최설이 내일을 위해 오늘은 그만하자며 자리를 일어섰다. 동지들이 한숨을 쉬며 따라 일어섰다. 하루의 일을 마무리하는 한숨이자, 지난 한 현실에 대한 한숨이었다.

동지들은 하얗게 흩어지는 빛처럼 각자의 숙소로 발길을 돌렸다. 하비로 쪽으로 보강리의 기와지붕이 검은 숲처럼 엎드려 있었다. 골목에서 비어져 나오는 어슴푸레한 빛이 노랗게 흩어지고 있었다.

영국영사관 맞은편, 공원의 나무들이 푸르렀다. 계절은 어느새 초여름으로 들어서 있었다. 저녁 햇살에 나무들이 빛을 뿜었고 황포강의 물빛은 금빛으로 물들어 있었다. 포동 너머로는 햇살이 안개처럼 흩뿌려지기도 했다. 황금빛으로 찬란했다.

사천로교 쪽으로 노란 가스등이 하나둘, 불을 밝히기 시작했고, 가든브릿지에도 서서히 불이 밝혀지고 있었다. 발아래로 흐르는 푸른 소주하는 짙은 남빛으로 지친 눈을 맑고 서늘하게 씻겨 주었다.

소주하를 따라 늘어선 첨탑과 세련된 건축물들은 상해라는 도시가 왜 근대성의 상징인지를 여실히 보여주고 있었다. 어둠이 내리고 저 물빛이 보석처럼 빛나기 시작하면 상해는 또다시 환락의 도시로 거듭날 것이다. 수많은 청춘 남녀들이 자본의 달달함을 맛보기 위해 부나비처럼 몰려들 것이다.

"미스타 초이, 오래 기다렸소?"

사천로교에 눈길을 던지고 있던 최설을 한 사내가 불렀다.

그가 아니라며 고개를 돌렸다. 바쁘게 가든브릿지를 건너고 있는 택시와 버스, 황포차와 자전거들이 눈을 어지럽혔다. 그 앞으로 상해자유동맹의 허비가 서 있었다.

다리난간에 기대어 서 있던 최설이 미소를 지으며 손을 내밀었다. 그가 맞잡았다. 따듯했다.

"놈들은?"

짧게 묻자 그가 어깨를 으쓱했다. 염려 말라는 몸짓이다.

"상황이 상황이니만큼, 이제 그럴 여력이 없을 것이오. 제 놈들 앞가림하기도 바쁠 텐데."

최설이 주변을 둘러봤다. 오토바이를 탄 일제 헌병대가 다급히 가든브릿지를 건너고 있었다. 경찰을 태운 트럭이 뒤따랐다. 뭔가 바쁘게 움직이고 있는 듯했다. 대한구국대에게나 상해자유동맹에게나 저들은 경계의 대상이다. 그러나 지금은 변했다. 날이 빠져 있었다. 그렇게 천방지축으로 날뛰던 헌병대도, 앞뒤 가리지 않던 경찰도 몸을 사리며 조심하고 있다. 함부로 굴지 않았으며 앞뒤 재어가면서 생각했고 행동했다.

가든브릿지는 황포강에서 소주하로 이어지는 물줄기의 첫 번째 다리다. 수많은 모던보이와 모던걸이 데이트를 하고자 하는 낭만의 장소이자 선망의 장소이기도 했다. 조계공원이 건너편에 있고, 그 옆으로는 영국영사관을 비롯해 상해 자본의 중심이랄 수 있는 정금은행과 중국은행 등이 늘어서 있었다. 반대쪽으로는 미국, 독일, 일본영사관 등이 있었고 인근에는 우정국을 비롯해 공제병원 등 상해의 주요 기관들이 즐비했다. 상해 근대성의 또 다른 상징이었다. 그런 곳이기에 일제 헌병대와 경찰들에게는 경계의 장소였다. 불령선인을 비롯해 불량한 자들이 꼬여 들었기 때문이다. 늘 사복 차림의 경찰과 밀정들이 서성였다. 최설이 그것을 염려해 허비에게 물었던 것이다.

"많이 변했소."

그가 난간에 기댄 채 말을 흘렸다. 시선은 가든브릿지를 걷고 있는 청춘남녀들에게로 향한 채였다.

최설이 고개를 돌렸다.

"아직은 아니요. 우리 같은 사람들에게는 여전히 전쟁터요."

입가에는 소리 없는 미소가 얹혀있었다.

작은 기선들이 부지런히 소주하를 가르고 있었다. 정박해 있는 기선만도 수십 척이나 되었다. 모두 다 제국의 기선들이었다.

"당신들의 그 열정이 정말 부럽소. 조국에 대한 열정, 동포에 대한 열정. 해방에 대한 열정."

허비가 그를 쳐다보며 한 말이었다.

최설은 소주하에 눈길을 던진 채, 미동도 하지 않았다. 바람에 펄럭이는 하켄크로이츠가 그의 시선을 사로잡았기 때문이다. 독일 제국의 갈고리십자가다. 전쟁광 히틀러가 일제와 함께 손을 잡고 세계를 상대로 전쟁을 치르고 있는 제국의 깃발이다. 히틀러는 연합국에 연전연패하며 일본과 같은 길을 걷고 있었다. 일본과 함께한다는 것만으로도 저들은 적국으로서의 자격이 충분했다. 증오의 대상이었다. 그의 눈빛이 태울 듯이 이글거렸다.

허비가 곁에서 한숨을 몰아쉬었다.

"죽일 놈의 제국이오."

"인류를 상대로 씻지 못할 죄를 짓고 있는 인간들이오. 일본이나 독일이나."

말에는 분노의 빛이 가득했다. 저녁놀이 소주하를 붉게 물들이고 있었다.

"어쩐 일로 보자고 했소?"

머리칼이 바람에 휘날리자 날렵한 얼굴이 하얗게 드러났다. 모던한 도시풍의 매력 있는 사내였다.

"제도회가 흘린 얘기 들었소?"

제도회라는 말에 허비가 고개를 끄덕였다.

"우리도 알아보고 있는 중이오. 놈들도 한패라서."

믿지 않느냐고 그가 다시 묻자 고개를 가로저었다. 저들은 이익을 위해서라면 자식도 팔아먹을 놈들이라는 것이다.

"육전대가 시원찮으니 이제 버리겠다는 게지. 버려서 놈들의 이익을 얻겠다는 게고."

"한탕 해서 주머니를 채우겠다는 말이오?"

허비가 고개를 끄덕였다. 최설이 마주 끄덕였다. 핏빛으로 타오르던 소주하가 서서히 황금빛으로 변해갔다.

"그럼, 상해자유동맹은 어쩔 생각이오?"

허비가 고개를 돌렸다. 눈빛이 태울 듯했다.

"어쩌기는, 기회를 놓칠 수는 없지 않소? 원수를 갚을 절호의 기회인데."

최설이 난간에 힘을 주며 몸을 밀어냈다.

"우리는 사천로교 사거리에서 놈을 작살 낼 거요!"

허비의 눈길이 그쪽으로 향했다. 수많은 사람이 개미처럼 부지런히 움직이고 있었다. 전차와 버스, 자동차, 오토바이도 거리를 누비고 있었다. 우정국 건물이 웅장했고 종탑은 여전히 드높아 보였다. 종소리가 곧 울릴 듯했다.

"그럼, 우리는 공제병원 쪽이오!"

최설이 그쯤으로 눈을 돌렸다. 하얀 벽이 유난히도 깨끗했다.

"놈이 사천로 사거리에서 돌아서면 뒤에서 먼저 치시오! 우리가 앞을 막겠소."

허비의 말에 최설이 입술을 질끈 깨물었다. 그가 발걸음을 옮겨놓자 최설이 그의 뒤를 쫓았다. 가든브릿지로 석양이 빗겨 내리고 있었다. 건너편 일본영사관 건물이 핏빛으로 물들어가고 있었다. 허비가 그 붉은 영사관을 째지게 노려보며 이를 갈았다. 대륙을 우습게 본 대가를 반드시 치르게 할 거라는 것이었다.

최설은 주먹을 말아 쥐었다. 숨통을 끊어놓겠다는 다짐이었다. 잃어버린 조국을 꼭 되찾아달라는 우한석의 부탁이 떠올랐다. 국경을 넘던 때였다.

혹독한 추위가 살을 에는 밤이었다. 최설은 신의주에서 강을 건넜다. 다행히 뒤쫓던 일제 경찰은 따돌렸다. 시내에서부터 은밀히 뒤쫓던 일제 경찰이다.

국경을 넘기 전, 최설은 열차에서 내렸다. 삼엄한 경계 때문이다. 일제 경찰과 헌병대는 열차 승객들을 일일이 검문했다. 뭔가 심각한 일이 있는 모양이었다. 최설은 열차에서 내렸다. 내려서는 어둠 속으로 스며들어 역전 울타리를 넘었다.

신의주 시내로 들어서자 마땅히 갈 곳이 없었다. 그는 거리를 배회했다. 길 잃은 아이처럼 거리를 떠돌자 이내 승냥이의 눈길이 가닿았다. 일제 경찰이다. 그가 의심의 눈초리로 뒤를 따랐다. 최설도 그런 눈치쯤은 있었다. 자신이 미행당하고 있다는 사실을 깨닫고는 즉시 몸을 사렸다. 늦은 저녁이라서인지 거리는 한산했다. 그렇다고 사람이 아주 없는 것은 아니었다. 집으로 향하는 종종걸음들이 총총히 바빴다. 최설은 그들을 따라 종종거렸다.

우체국 모퉁이를 돌고 나서, 그는 있는 힘껏 내쳐 달렸다. 가로등이 없는 외곽으로 빠져나오고서야 그제야 압록강이 떠올랐다. 겨울철에 망명하는 지사들이 많다는 얘기를 예전에 들은 기억이 있었다. 강이 얼면 누구나 쉽게 안동으로 갈 수 있다는 것이다. 최설은 선택의 여지가 없었다.

눈짐작으로 북쪽을 가늠하고는 그쪽을 향해 뛰었다. 다행히 짙은 어둠이 가려주었다. 뒤쫓던 일제 경찰도 보이질 않았다.

가쁜 숨을 몰아쉬며 최설은 압록강을 향해 발걸음을 서둘렀다.

어둠 속에 강 언덕이 길게 누워있었다. 하얀 눈을 뒤집어쓴 언덕은 마치 솜이불을 덮고 있는 듯했다. 발이 시렸다. 찬바람에 귀가 떨어져 나갈 듯했다. 강바람은 매서웠다. 온몸이 얼어붙는 듯했다. 뼛속까지 시렸다.

언덕을 내려섰다. 압록강이 어둠 속으로 끝없이 펼쳐진 들판처럼 아스라했다. 뒤를 돌아봤다. 조국이 저 언덕 너머에 있을 것이다. 마지막일지도 모른다는 생각에 그는 잠시 어둠 속을 주시했다. 짧은 한숨이 새어 나왔다. 자신도 모르게 새어 나온 것이다. 언젠가 콧노래를 부르며 저 언덕을 다시 넘기를 바랐다. 아니, 그때는 기차를 타고 이 강을 건너올 것이다.

입술을 질끈 깨문 그는 돌아서서 눈 쌓인 강을 건넜다. 발을 디딜 때마다 언 발이 떨어져 나가는 듯했다. 그때마다 최설은 독립을 생각했다. 무슨 일이 있어도 조국을 되찾을 것이다.

강을 건너자 이국땅 안동이었다. 대륙도 안전하지는 않았다. 일제 경찰과 끄나풀들이 널려 있었다. 조심스레 역전으로 향했다. 역 앞에도 칼을 찬 일제 헌병대가 오락가락하고 있었다. 쉽지 않을 듯했다.

발걸음을 돌렸다. 일단 기회를 보기로 한 것이다. 안동은 국경도시로 활기에 차 있었다. 어려운 시절이기는 하지만 그래도 분위기가 남달랐다. 거리에는 장사치들로 넘쳐났다. 물건을 거래하는 사람들과 홍정을 붙이려는 사람, 게다가 구경하는 사람들까지 시끌벅적했다. 사람 사는 냄새가 났다. 조선인도 보였고 러시아인과 일본인, 서양인까지 더러 눈에 띄었다.

넓은 도로에는 가게들로 즐비했다. 비단을 파는 포목점과 철물을 거래하는 철물점, 호랑이나 산짐승 가죽을 매입한다는 안내판도 보였다. 가게 앞에는 소가죽이 산더미처럼 쌓여 있었다. 짐승 가죽을 거래하는 곳이다. 그뿐만이 아니었다. 곡물을 거래하는 가게, 약초를 사고파는 가게, 소금을 거래하는 가게까지 그야말로 국경의 무역도시다웠다. 가게 안에는 많은 사람이 거래에 열중하고 있었다.

마차가 거리를 가로지르고 인력거가 심심치 않게 귀찮게 했다.

"어디로 모실까요?"

알은체를 해댔던 것이다. 그때마다 최설은 손을 내저었다. 됐다며 터덜터덜 걸었다.

투명한 유리창의 세련된 양장점 앞을 지날 때였다. 뒤에서 난데없이 자동차 경적이 요란하게 울렸다. 놀란 최설이 재빨리 거리 가장자리로 뛰쳐나갔다. 눈길에 미끄러질 뻔했다. 아찔했다.

사람들이 투덜거리며 자동차 뒤꽁무니를 향해 욕설을 퍼부었다. 자동차가 거리 모퉁이로 꼬리를 사리고 나자 이륭양행이라는 간판이 그제야 눈에 들어왔다. 들어본 이름이다. 독립에 뜻을 둔 지사들에게 회자하고 있던 가게였.

파란 눈의 사내와 파오를 입은 중국인이 뭐라 얘기를 나누고 있었다. 점원으로 보이는 사내들이 분주히 움직이고 있었다.

최설은 주변을 둘러봤다. 일제 경찰을 의식해서였다. 밀정이 있을 수도 있다. 가까이 다가가 보니 파란 눈의 사내는 서툰 조선말을 하고 있었다. 반가웠다. 파오를 입고 있는 사내는 중국인이 아니었다. 조선인이었다.

"조선에서 오셨습니까?"

최설이 묻자 두 사람의 시선이 돌려졌다. 그렇다며 사내가 경계하는 눈빛을 보였다. 같은 조선인을 경계하자 최설은 짐작되는 것이 있었다. 솔직히 접근하는 것이 좋을 듯했다.

"압록강을 건너왔습니다."

뜬금없이 압록강을 건너왔다는 말을 건네자 사내가 최설을 훑어봤다. 기차를 타지 못하는 지사들이 주로 상대를 확인할 때 쓰는 은어였다.

"어디에서 왔소?"

"경성에서 왔습니다."

이번에는 파란 눈의 사내가 물었다.

"어디로 가십니까?"

"길림으로 갈 예정입니다만."

두 사람이 고개를 끄덕였다.

최설이 자신을 간단히 소개했다. 경성에서 일제 경찰을 살해하고 쫓기다 압록강을 건너게 되었다는 것이다.

사내는 우한석이라며 자신을 소개하고는 손을 내밀었다.

"보시다시피 이륭양행에서 일을 돕고 있습니다."

최설이 마주 잡았다. 동포의 따뜻한 체온이 느껴졌다.

우한석이 파란 눈의 사내를 소개했다. 이륭양행을 운영하고 있는 루이스라는 것이다. 그가 고개를 끄덕이며 입가에 친근한 미소를 지어 보였다.

"방법이 있을 겁니다."

그가 서툰 말로 위로까지 했다.

"잠깐 들어갑시다!"

우한석이 손짓을 했다.

최설이 주위를 둘러봤다. 누군가 자신을 뒤쫓고 있는 것만 같았다.

다행히 그런 사람은 없어 보였다.
 눈발이 날렸다. 하얀 거리가 바람에 휩쓸렸다. 건너편 양장점 지붕에 쌓여 있던 눈이 후드득 떨어져 내렸다. 추녀 끝의 박새가 포로로 날아올랐다. 사람들이 종종걸음을 쳤다.
 안으로 들자 갈탄 난로가 훈훈하게 피워져 있었다. 주전자에는 약초 달이는 냄새가 향긋했다. 우한석이 주발을 들어 한 잔 따라주었다. 차가운 몸속으로 향기가 따뜻하게 퍼져 내려갔다.
 루이스가 좋은 생각이 있다며 밝은 얼굴로 말을 건넸다. 다음 주 길림으로 물건을 가지러 가는 일이 있는데 그때 동행을 하자는 것이다. 우한석이 그러면 되겠다며 손뼉을 쳤다. 최설이 두 사람을 번갈아 봤다.
 "길림에서 가죽을 운반해 와야 하는데, 그때 함께 가시지요!"
 일제의 눈을 따돌리는데 좋은 방법이라고 했다.
 뜻하지 않은 도움에 최설은 마음이 놓였다. 그제야 피곤이 몰려들었다. 긴장이 풀린 탓이다. 추위에 언 몸이 녹자 노곤했다.
 최설은 이륭양행의 도움을 받아 길림으로 갔다. 인부로 가장해 동행했던 것이다. 일제 경찰들도 이륭양행이라면 함부로 하지 못했다. 루이스가 영국인이기 때문이었다. 그러나 감시를 소홀히 하지는 않았다. 그들이 조선인과 친밀하게 지내고 있기 때문이었다. 고용인들 대부분이 조선인이었다.
 안동역에서 검문했지만 별다른 이의 없이 기차에 탈 수 있었다.
 기차는 들판을 건너 길림으로 향했고 거기에서 쇠가죽 옮기는 일을 거들었다.

우한석이 그냥 가라고 했지만 그럴 수가 없었다. 언 쇠가죽은 빳빳했고 튼 손도 그에 못지않았다. 인부들 모두 그랬다. 나라 잃은 백성들의 고단한 손등이었다.
일을 마치고 우한석이 삼십 원을 내밀었다. 최설이 손사래를 쳤다.
"그냥 주는 게 아니오."
최설이 그를 빤히 쳐다봤다.
"조국을 꼭 되찾아 주시오!"
진심이 담긴 눈빛이었다. 받지 않을 수 없었다.
"안동을 지나게 되면 꼭 들르시오!"
우한석은 안동행 열차에 다시 몸을 실었다. 최설은 가슴이 뭉클했다. 짧은 시간이었지만 억겁의 인연보다도 깊게 느껴졌다.
이후, 그는 길림에서 활동하다 자금을 마련해 상해로 오게 되었던 것이다.

두 사람은 가든브릿지를 건너 소주하를 따라 걸었다. 초여름 저녁의 청량한 바람이 시원하게 살갗으로 닿아왔다. 계절은 더없이 좋은 때였다. 마음속의 우울함만 떨쳐버린다면, 더없이 좋은 시절이었다.
황포차가 두 사람 앞에 섰다. 낡은 장삼과 해진 헝겊신에서 간난신고의 삶이 그대로 드러나 보였다. 허비가 손을 내저었다. 큰 바퀴를 굴리며 황포차는 다시 가든브릿지를 향해 힘겹게 달려갔다. 이번에는 택시가 섰다. 어디로 모시느냐며 차창 밖으로 운전수가 말을 걸어왔다. 허비는 이번에도 손을 내저었다. 택시가 다시 쏜살같이 돌아서 가던 길을 갔다.

"미스타 초이, 오늘 같은 날에는 걷는 것이 딱 좋지 않소?"

허비의 말에 최설이 사람들을 가리켰다. 청춘남녀들이 짝을 이룬 채, 천변을 따라 거닐고 있었다. 낭만이 가득한 시간이었다. 여유가 넘치는 거리였다. 가스등이 하나둘 불을 밝히기 시작했고, 노란 불빛이 청춘남녀들의 가슴속에 불을 지폈다.

두 사람은 거사를 위한 답사에 나섰다. 공제병원과 우정국을 중심으로 찬찬히 살폈다. 살펴보며 거사를 위한 날을 예리하게 갈았다. 조국을 위한 거사였고 동포를 위한 거사였으며 해방을 위한 거사였다.

차
도
살
인

9

해가 지는 홍구는 을씨년
스러웠다. 붉은 노을에 화약 냄새가 짙게 배어있었다. 총소리도 묻어 나 있었다. 격렬한 시위의 잔상이 거리를 하릴없이 배회했다. 일제 물러가라는 함성과 육전대를 몰아내자는 외침, 수두마자 같은 왜놈들이라는 격앙된 소리가 북사천로 인근에서 간간이 울려 퍼졌다.

육전대 병사들은 조준사격으로 이들을 쓰러뜨렸고, 저항하는 시민들을 긴 칼로 무자비하게 도륙했다. 무차별적 살인과 폭력으로 시민들을 압제하고 탄압했다.

아침나절에 시작된 시위는 해 질 무렵까지도 계속되었다. 붉은 해가 남경로 너머로 떨어져 내릴 즈음, 홍구에서 밀려난 시위대는 북사천로 아래로 물러나 있었다.

붉은 투구를 쓴 도리천의 주인인 제석천의 형상이 붉은 구름 속에 은밀히 앉아있었다. 손에는 금강저와 금강령이 들려 있었고 어깨에는 인다라망이 얹혀있었다. 좌우로는 가사를 걸친 아라한들이 좌정하고 있었다.

　북구로주에 살면서 정법을 수호하는 소빈다, 나한은 어깨를 드러낸 채 가사를 걸치고 손에는 탑을 들고 있었다. 탁탑나한이라고도 불린다. 탐몰라주에 머물며 정법을 수호하는 발타라, 이마에 주름이 많고 손에는 청련화를 들고 있었는데 그 청련화 위에는 만월이 올려져 있었다. 승가다주에 머물며 불법을 수호하는 가리가, 코끼리를 타고 있었으며 팔다리가 비쩍 말랐는데, 손에는 번쩍거리는 독고극을 들고 있었다. 광협산 가운데 머물며 정법을 수호하는 인게타, 입가에는 늘 웃음이 떠나질 않았으며 배가 불룩해 포대나한이라고도 불린다. 서구타니주에 머물며 불법을 수호하는 빈도라, 눈썹이 길어 장미나한 또는 나반존자라고도 불린다. 손에는 붉은 홍련화를 들고 있었다.

　나한들은 합장을 한 채, 아래를 굽어봤다. 상구보리 하화중생, 중생을 구제하고자 하는 아라한의 집념이 꼭 다문 입술에서 하나같이 느껴졌다.

　맞은편 하늘에는 인간의 피와 살을 먹기 좋아하는 천마(天魔)가 검은 구름에 녹색 바람에 휩싸인 채, 천귀(天鬼)들과 함께 눈을 찢고 있었다. 깡마른 어깨에는 참마도가 얹혀 있었다. 여차하면 달려들 기세다.

　모든 중생을 속박하고 억압하고 마음대로 살해한다는 천귀 야귀(夜鬼), 몸에는 갑주를 입고 오른손에는 화극을 들고 있었다. 피 묻은 입술과 하얀 눈동자가 섬뜩했다. 입안의 치아가 소름이 끼치도록 무섭고 끔찍하게 생긴 천귀 비귀(飛鬼), 벗어진 머리에 굵은 머리털이 곤두서 있었고 왼손에는 축생의 심장이 든 접시를, 오른손에는 날이 선 편도를 들고 있었다. 중생을 해치고도 흡족해하지 않는 포악한 천귀 적귀(赤鬼), 천귀는 왼손에 피 묻은 번을 잡고 오른손에는 새파란 비수를 들고 있었다. 일체 중생의 정기를 탈취하는 무서운 천귀 백귀(白鬼), 천귀는 몸에 천의를 걸치고 왼손에는 여의보주를 들었으며 오른손에는 비도를 거머쥐고 있었다. 천귀들은 하나같이 흉측했고 잔인해 보였다.

거리의 가로등과 간판에는 붉은 서기가 맴돌고, 녹색 기운이 서렸다. 번개가 치듯 붉은 서기와 녹색 기운은 북사천로 곳곳에서 맞부딪혔다. 불꽃이 바닥으로 떨어져 내리기도 하고, 서기가 공중으로 흩어지기도 했다. 사람들은 그 보이지 않는 불꽃 사이에서 갈팡질팡했다. 우왕좌왕했다.

야나가와는 사령관 호위대를 불렀다. 아침에 오사카 상선회사로부터 배가 들어올 것이라는 기별을 받았기 때문이다. 시위가 날로 격화되어가고 있는 상황이 그는 불안했다. 한시라도 빨리 이곳을 벗어나고 싶었다. 이제 그 기회가 온 것이다. 오사카 상선 부두로 달려가 보물을 싣고, 이 지긋지긋한 땅을 떠날 것이다.

시위대로 혼란한 틈은 야나가와에게 있어서는 좋은 기회다. 한갓진 거리는 오히려 불안했다. 상해자유동맹이 언제 어디서 덮칠지 모르기 때문이다. 상해자유동맹 뿐만이 아니다. 조선의 불령선인들도 매우 위험한 자들이다. 오늘같이 시민들이 몰려나온 날, 전차에 버스에 택시에 뒤얽혀, 소리 없이 흔적 없이 빠져나간다면 그게 오히려 더 안전할 것이다.

그가 떠난다는 말에 황백방의 곽용초와 왕요삼이 급히 찾아왔다.

"큰길은 불령한 자들이 장악하고 있을 겁니다. 위험하니 차라리 골목으로 가시지요."

곽용초의 말에 야나가와가 뜨악한 눈으로 그를 쳐다봤다. 무슨 말이냐고 묻는 듯한 얼굴이었다.

"사천로는 시위대가 장악하고 있고 또 상해자유동맹이나 다른 불령한 자들이 사령관을 기다리고 있을지도 모릅니다."

순간, 야나가와의 눈빛이 흔들렸다. 영안공사에서의 끔찍했던 일이 떠올랐다. 이시하라가 당했던 곳이다.

"그럼, 어디로 간단 말인가?"

그가 묻자 기다렸다는 듯이 곽용초가 말을 이었다.

"단금리 골목에서 일본소학교 뒷골목으로 빠져 구가로로 가는 겁니다. 구가로에서 주산로로 들어가 양수포로 가는 거지요."

왕요삼이 이어받았다.

"한적한 골목이라서 그 길이 이동에 편합니다. 오늘같이 시위대가 거리로 몰려나온 날에는 훨씬 빠르게 갈 수도 있는 지름길이지요."

말을 뱉는 왕요삼의 음흉한 눈빛이 살짝 흔들렸다. 그를 바라보는 곽용초의 눈빛도 그만큼이나 흔들렸다. 어떻게든 일본소학교 뒷골목으로 방향을 틀어야 했다. 지도를 얻기 위해서다. 미라이가 안 된다며 소리를 높였다.

"그건 틀린 말입니다. 골목으로 들어갔다가 만에 하나 적에게 막히기라도 한다면 그야말로 진퇴양난입니다. 큰길로 가야지요. 막히더라도 그게 빠른 길입니다. 사는 길이고요. 더구나 이제 와서 경로를 변경한다면 호위에도 큰 지장이 생깁니다."

이번에는 그의 말이 맞는 듯했다. 괜히 골목에서 불령한 자들을 만나기라도 한다면 그것으로 모든 것이 끝장이 될 수도 있다. 자동차로 가니 대로가 빠르고 안전할 것이다. 시위대만 벗어나면 그보다 나을 것도 없다.

미라이가 다시 말을 이어 붙였다.

"위험할 때는 속도보다 안전한 것이 없습니다. 막아서면 그냥 깔아뭉개고 달리면 되고요."

왕요삼이 소리를 높였다.

"이거 보시오. 일을 망치려 하오!"

미라이도 지지 않고 소리 높여 받았다.

"당신들이야말로 중국인 아니오? 어디 일본 육전대 사령관 앞에서 큰 소리요!"

중국인이라는 말에 야나가와는 그제야 정신이 번쩍 들었다. 그랬다. 미라이는 자신과 같은 일본인이었고, 저들은 중국인이다. 자신이 지배하려 했던 그 중국인이다.

"계획대로 간다. 출발!"

곽용초와 왕요삼의 입에서 한숨이 새어 나왔다. 다른 방법을 찾아야 했다. 시간은 없었다. 가면서 생각해야 했다.

미라이의 입가에 미소가 걸렸다.

해는 이미 지고 새까만 어둠이 내습해 있었다. 북사천로 쪽으로 활주로처럼 뻗은 길에 가로등이 줄지어 서 있었다. 시위대의 함성은 잦아들어 있었다.

"서둘러라!"

야나가와가 신형 포드에 올라타자 미라이가 재빨리 문을 닫으며 출발하라고 외쳤다. 신형 포드가 미끄러지듯 육전대 연병장을 가로질렀다. 닷지가 앞서고 딕시가 뒤따랐다. 호위대가 탑승한 차량이었다.

줄을 지어 선 세 대의 차량이 어둠 속을 뚫었다. 연병장의 흙먼지가 뽀얗게 피어올랐다.

정문에 다다르기 무섭게 차단기가 올라가고, 초소장이 각지고 날선 경례를 올려붙였다. 세 대의 차량은 속도를 줄이지 않은 채, 정문을 내쏘았다. 초소장의 경례는 차량이 모두 빠져나갈 때까지 멈추지 않았다.

육전대 본부를 나서자 곧바로 북사천로였다. 거리는 텅 비어있었다. 줄 지어선 가로등이 뿌연 빛을 뿜어내고 있었다. 세 대의 차량이 쏜살같이 텅 빈 공간을 가로질렀다.

무창로 인근에 다다를 때까지도 거리는 비어있었다. 육전대 병사들이 흩어진 시위대를 통제하고 있는 모습이 눈에 들어왔다. 병사들은 지친 기색이 역력했다. 하루종일 거리에서 시위대와 씨름하는 중이었다.

병사를 이끌고 있던 야마구찌 중좌가 길을 텄다. 마치 물이 갈라지듯 거리가 갈라지고, 세 대의 차량이 쏜살같이 내달았다. 놀란 시민들이 양쪽으로 뛰었다. 일부 시민들은 달리는 차를 향해 달려들기도 했다.

"그냥 들이받아!"

앞선 닷지에서 뛰쳐나온 소리였다. 외침은 짐승의 것처럼 잔인했고 야만스러웠다. 엔진소리가 깨질 듯이 거리를 울렸다. 시민들이 튕겨 나가고 닫지는 거리를 가로질렀다. 그 뒤를 신형 포드가 따랐고 딕시가 뒤를 이었다.

"밟아!"

모진 명령은 계속되었다. 시민의 생명을 담보로 하는 잔인한 명령이었다.

붉은 구름에 검은 어둠이 스며들자 제석천이 움직였다. 붉은 기운과 자색 기운이 불꽃처럼 하늘에서 떨어져 내렸다. 빛은 보배처럼 아름답게 빛났다. 하늘을 다스리는 신장답게 그는 준엄하게 움직였다. 갑옷이 금빛으로 빛났고 금강저가 번쩍거렸다. 손에 들린 금강령에서는 천상을 울리는 음률이 울려 나왔다. 그를 따라 가사를 펄럭이며 아라한들이 일어섰다. 합장한 손이 성스러웠다. 두 손에서 서기가 번쩍였고 두상에는 월광이 그려졌다.

맞은편의 천마와 천귀도 움직였다. 뾰족한 송곳니를 드러낸 천마는 긴 손톱을 감추지 않았다. 피를 흘리며 하얀 눈을 흘겼다. 섬뜩했다. 천귀의 어깨에 얹힌 참마도도 녹색 기운을 뿜어냈다. 새파란 바람이 천귀의 피 묻은 번을 흔들었다.

천마가 허공을 밟고 구름을 불렀다. 갈비뼈를 드러낸 상체는 야수의 그것을 닮아 있었다. 천귀들의 손에 들린 편도와 비수가 끔찍했다. 한 번만 휘둘러도 세상의 생명을 모두 다 휩쓸어 갈 것만 같았다.

일촉즉발, 위기의 순간이 다가왔다. 하늘의 신장 제석천과 아라한 그리고 지옥의 문을 열어젖힐 천마와 천귀가 부딪히려는 순간이었다.

무창로 사거리를 지나자 육전대 병사들은 보이지 않았고, 시위대의 풍경만 어지러웠다. 시민들은 만세를 부르고 해방을 부르짖었다. 현수막과 전단지가 거리를 하얗게 수놓았다.

늦은 저녁임에도 불구하고 시위는 가라앉지 않았다. 일부 시민들은 지나는 일본인들을 붙잡아 구타하고 모욕했다. 야나가와의 눈에 불꽃이 튀었다.

"죽일 놈들, 민간인을 상대로 저리하다니."

자신이 저질렀던 일은 생각하지 않았다. 일제와 육전대가 상해 시민들과 대륙인과 세계인을 상대로 저질렀던 그 천인공노할 짓은 전혀 생각하지 않았다. 시민들이 압제와 폭력에 대한 분노를 풀어내는 것만을 노여워했다.

"상해를 쑥밭으로 만들었어야 합니다."

미라이가 곁에서 야나가와의 불붙은 말에 기름을 들이부었다.

"그랬어야 했다."

야나가와의 얼굴에 깊은 후회의 빛이 감돌았다. 그러나 후회의 빛은 곧 공포의 빛으로 바뀌어야 했다. 사천로 사거리를 앞에 두고 시위대가 또다시 달려들었던 것이다.

그들은 몽둥이와 기다란 장대로 무장을 한 채, 앞선 닷지를 향해 뛰어들었다. 오구라가 놀라 몸을 움츠렸고, 몽둥이와 장대가 닷지를 두들겼다. 운전병이 놀라 차를 급히 돌리자 중심을 잃은 닷지가 크게 휘청거렸다.

시위대의 분노는 자신들의 안전은 조금도 돌보지 않는 듯했다. 불을 본 부나비처럼 무작정 달려들었다.

주춤거리던 닷지는 결국 시위대의 손에 넘어갔고, 뒤따르던 신형 포드도 갈지자로 크게 흔들렸다.

"그냥 달려!"

야나가와가 악을 쓰며 소리쳤다. 살고자 하는 본능이었다.

미라이도 연신 소리쳐 재촉했다. 치고 달리라는 것이다. 다행히 시위대가 닷지로 몰려들며 신형 포드는 위기에서 벗어날 수 있었다. 뒤따르던 딕시도 시위대에 둘러싸인 채, 곤욕을 치렀다.

"죽일 놈들!"

야나가와는 뒤를 돌아봤다. 딕시가 좌충우돌 시위대를 들이받으며 몸부림을 치고 있었다.

신형 포드가 북사천로 사거리에서 방향을 틀었다. 우정국을 옆에 두고 공제병원이 눈앞에 있었다. 다행히 시위대는 보이지 않았다. 야나가와가 한숨을 몰아쉬었다.

"이제 됐군. 거머리 같은 놈들!"

야나가와가 긴장을 풀며 몸을 뒤로 젖혔다.

북소주로는 한갓졌고 평화로웠다. 그 한갓짐과 평화로움이 오히려 마음에 걸렸다. 불안했다. 야나가와의 표정이 다시 초조해졌다. 두리번거리며 거리를 돌아봤다. 별다른 이상은 없었다.

주머니에서 럭키 담배를 꺼내 들고는, 숨을 몰아쉰 뒤 불을 붙였다. 순간, 총소리가 울렸다. 한갓짐을 깨뜨리고 평화로움을 짓밟는 사신의 외침이었다.

제석천이 금강저를 휘둘렀다. 번개가 작렬하며 허공을 때렸다. 천마가 어깨에 얹혀있던 참마도를 휘둘렀다. 녹색 번개가 진공을 강타했다. 번개와 번개가 부딪히며 하늘 한쪽이 무너져 내렸다. 아라한이 바람처럼 공중을 날았다. 천귀가 굵은 머리털을 휘날리며 마주쳐 나갔다. 비수와 편도가 검은 기운을 쏟아냈다. 아라한의 합장한 손이 양쪽으로 갈라졌다. 수미산에 번개가 작렬했다. 사천로에 낙뢰가 떨어졌다. 남섬부주에 번개가 작렬했다. 무창로에 우레가 쏟아졌다.

제석천은 금강령을 흔들어 귀를 찢는 소리를 울렸다. 천마가 울부짖었다. 천귀가 귀를 막았다. 사람들이 비명을 지르며 거리로 흩어졌다. 총소리가 어둠을 갈랐다. 차가 크게 흔들렸다.

아라한이 손을 펴 나한장(羅漢掌)을 허공으로 날렸다. 천귀가 비수를 던져 그 나한장에 맞섰다. 폭음이 터지며 하늘이 흔들렸다. 바람이 수미산을 휩쓸었고 남섬부주를 집어삼켰다. 붉은 구름이 하늘을 뒤덮고 녹색 바람이 땅을 휘감았다.

제석천이 금강저를 다시 휘둘렀다. 천지를 진동케 하는 무형의 힘이 진공의 공간을 지배했다. 천마가 참마도를 찔렀다. 진공의 공간이 틈을 보였다. 제석천이 다시 금강저를 휘둘렀다. 붉은 바람이 천마를 휩쓸었다. 피를 토하며 천마가 다시 참마도를 찔렀다. 하얀 눈이 찢어질 듯했다. 야윈 팔이 부러질 듯했다.

천귀가 천마를 호위하며 편도를 휘두르고 비수를 던졌다. 바람같이 비수가 구름을 갈랐다. 붉은 파편이 땅으로 떨어져 내렸다. 불꽃이 사천로에 떨어졌다. 무창로가 녹색 기운에 휩싸였다. 불온한 기운이 거리를 휩쓸었다.

"세상에 악의 기운을."

천마가 울부짖으며 참마도를 위에서 아래로 내리그었다. 녹색 번개가 작렬하며 땅이 무너져 내렸다. 제석천이 주춤 뒤로 물러섰다.

아라한의 가사가 갈가리 찢겼다. 바람에 허공이 울었다. 번개에 땅이 숨을 토했다.

두상이 뾰족한 소빈다 존자가 두 주먹을 거머쥐었다. 주먹이 태산(泰山)만 했다. 이마에 주름이 많은 발타라 존자가 손바닥을 활짝 펼쳤다. 손바닥이 대해(大海)만 했다. 이들이 주먹을 뻗고 손바닥을 내리치자 무형의 기운이 천공을 헤집었다. 천귀가 놀라 눈을 부릅떴다. 천마가 놀라 허공으로 뛰어올랐다. 수미산이 머리에 닿았다. 야마천이 눈 위에 있었다. 천마가 참마도를 내리그었다. 섬광이 번쩍였다. 천귀가 비수를 날렸다. 빛살이 구름을 갈랐다. 이어 경천동지할 폭음이 터졌다. 우레와 번개가 천지를 집어삼켰다. 천귀가 울부짖고 아라한이 신음을 흘렸다. 천마가 근심을 불렀다. 천귀가 공포를 불렀다. 사람들이 아우성치며 거리로 흩어졌다. 총성이 두려움으로 휩쌌다. 차가 흔들리고 사람들이 달아났다. 거리는 이내 아수라장으로 변했다.

팔다리가 비쩍 마른 가리가 존자가 손을 뻗어 번개를 던졌다. 빛살이 허공으로 날았다. 천귀가 편도를 빗겨들어 막았다. 빛살이 튕기며 우레와 같은 천둥이 울렸다. 공포가 땅으로 떨어져 내렸다. 제석천이 금강령을 흔들었다. 천상을 울리는 음률이 천귀와 천마를 공포로 몰아넣었다. 사람들의 가슴 속으로 근심과 걱정이 일었다. 일부는 골목으로 달아나고 일부는 거리를 가로질렀다. 전차와 버스와 택시가 얽히고설키며 혼란을 일으켰다. 야나가와는 가슴 깊은 곳에서 깊은 공포가 이는 것을 느꼈다. 그 순간, 배가 불룩한 인게타 존자가 팔을 휘둘러 공포를 던졌다. 섬광이 빛살같이 날아갔다.

번개의 형상이 야나가와가 탄 차를 때렸다. 순간, 총탄이 유리창을 관통했고 차가 크게 흔들렸다. 야나가와는 질겁했다. 불붙은 담배가 바닥으로 떨어졌다. 그는 손잡이를 바짝 움켜쥐었다. 이어 기관단총 소리가 요란하게 거리를 울렸다. 총탄은 뒤쪽에서 난사되었다.

"적이다!"

미라이가 소리쳤다. 순간, 차가 한쪽으로 기울며 크게 휘돌았다. 총탄에 타이어가 꿰뚫렸던 것이다. 잠시 후, 차가 멈춰 섰고 뒤쪽에서 의국단(義國團)이 달려 나왔다. 지나던 택시와 오토바이, 시민들이 한데 뒤엉키며 북소주로는 순식간에 아수라장이 되고 말았다.

아라한과 천마, 천귀는 번개를 던지고 바람을 일으키며 하늘을 뒤엎었다. 붉은 구름과 자색 서기가 뒤엉키고, 녹색 기운과 검은 바람이 천상을 혼란케 했다. 도리천의 신장 제석천이 붉은 눈썹을 꿈틀했다. 이마가 찌푸려졌다. 하늘의 질서를 무너뜨리는 천마와 천귀를 치죄키 위해 손을 거머쥐었다. 어깨의 인다라망이 번쩍거렸다. 인다라망은 보배 구슬로 그 이음새가 하나씩 엮어져 있었고, 빠짐없이 서로를 비추고 있었다. 그 구슬 속에 인간 세상과 차원은 모두 하나로 연결되어 있었으며, 세상 이치는 그 안에 오롯이 갇혀 있었다.

붉은 갑옷을 입은 제석천이 붉은 구름을 밟고 내려섰다. 어깨에 둘러멘 인다라망이 번쩍번쩍 빛을 발했다. 그가 인다라망을 펼쳤다. 그물은 한없이 넓고도 넓었다. 천지가 그 안에 갇혔다.

"악을 가두라!"

제석천이 우레와 같은 음성으로 천마를 향해 호통을 토해냈다. 천귀가 놀라 몸을 움츠렸다. 천마가 두려움에 몸을 떨었다. 순간, 빛이 번쩍했다. 빛살이 허공을 제압했다. 붉은 기운과 자색 기운이 하늘을 뒤덮으며 번쩍거리는 인다라망이 조여졌다. 그물은 천지를 가뒀다. 천마와 천귀를 옭아맸다.

"제석천, 너의 도리천을 내가 무너뜨려 주마."

피를 흘리며 천마는 참마도를 휘둘렀다. 인다라망을 찢으려 울부짖었다. 그러나 인다라망은 꿈쩍도 하지 않았다. 천귀가 편도를 찔렀지만, 인다라망을 어쩔 수는 없었다.

"내 이 원수를."

아라한이 그물을 둘러쌌다. 푸른 서기가 아라한을 휩쌌다. 합장을 한 손에서 무한한 힘이 솟구쳤다. 천마가 신음을 흘렸다. 천귀가 비명을 질렀다.

지옥을 부르는 소리에 근심과 걱정, 두려움과 공포가 한데 어우러지며 혼재했다.

혼비백산한 야나가와는 이러지도 못하고 저러지도 못했다. 그때, 옆쪽에서도 적들이 뛰쳐나왔다. 상해자유동맹이었다. 그들 역시 기관단총과 권총으로 무장을 하고 있었다. 폭발탄을 손에 든 자들도 보였다. 뒤늦게 뒤따라온 딕시에서 호위대가 뛰쳐나와 차를 엄폐물 삼아 맞섰다.

"나가십시오! 나가야 삽니다."

야나가와는 두 손으로 머리를 감싸 쥔 채, 사시나무 떨듯 떨어대기만 했다. 미라이가 발로 야나가와 쪽의 문을 걷어찼다. 밖은 총탄이 빗발치고 있었다. 그 빗발치는 총탄 속으로 미라이는 야나가와를 밀어내려 했다.

야나가와가 공포에 떠는 목소리로 살려달라며 애원했다. 미라이의 발길질은 계속되었다.

팔다리가 비쩍 마른 가리가 존자가 인다라망 안으로 번개를 던졌다. 보배 구슬이 그 번개를 빗겼다. 갇힌 차원이 열린 차원으로 연결되었다. 세상과 세상이 연결되었다. 사람과 사람이 연결되었다. 선과 악이 연결되는 순간이었다. 천귀가 피를 흘리며 쓰러졌고, 천마가 신음을 흘리며 고꾸라졌다. 인다라망이 바짝 조여졌다. 세상이 하나가 되었다. 선과 악이 하나가 되었다.

차 문이 덜컥하고 열렸다. 야나가와는 결국, 내쫓기다시피 밖으로 밀려나고 말았다. 총탄이 소나기처럼 야나가와의 몸을 두들겼다. 피가 튀었다. 신형 포드도 벌집이 되었다.

곽용초와 호위대의 반격에 총격이 잠시 주춤한 사이, 미라이가 재빨리 내려서는 야나가와의 몸을 뒤졌다. 안주머니에서 접힌 지도가 나왔다. 그때, 왕요삼이 신형 포드를 향해 달려왔다.

"사령관은?"

지도의 행방을 물은 것이다.

미라이가 피투성이가 된 채 쓰러져 있는 야나가와를 가리키고는 사천로교를 향해 뛰었다. 왕요삼이 야나가와의 몸을 뒤지다가는 다급히 그의 뒤를 쫓았다.

"야나가와는?"

최설이 물었다.

"차 옆에 쓰러진 자가 야나가와 같네."

진규혼의 말에 의국단 단원들은 환호했다.

공제병원 앞쪽의 서준이 폭발탄을 던졌다. 천지를 진동케 하는 폭발음이 소주하를 집어삼켰다. 신형 포드가 몸을 뒤집으며 엎어졌고, 그 아래로 야나가와가 처참하게 널브러졌다.

딕시도 곧 제압되었다. 연료통에 총탄이 관통되며 폭발을 하고 말았다. 딕시를 엄폐물 삼아 버티던 곽용초와 호위대도 모두 쓰러지고 말았다.

"야나가와를 확인합시다!"

의국단이 우르르 널브러진 야나가와에게로 달려갔다.

최설이 그가 맞는다며 입가에 환한 웃음을 지어 보였다. 놈을 잡았다며 의국단이 환호했다.

"두 놈이 달아났소!"

허비가 아쉽다는 듯, 말을 던지자 곡운대가 받았다.

"한 놈은 왕요삼 같았소."

진규혼이 이마를 찌푸렸다.

"황백방 말이오?"

곡운대가 그렇다며 고개를 갸웃했다. 곽용초도 저기 있다며 말을 흘렸다. 알 수 없다는 표정이었다. 황백방이 야나가와 일행과 함께 있는 것을 두고 상해자유동맹과 의국단은 의아해했다. 그러나 그런 의아함에 빠져 있을 시간이 없었다.

"경찰이 오기 전에 갑시다!"

서준이 먼저 몸을 돌렸다. 그를 따라 상해자유동맹이 바람같이 거리를 빠져나갔다. 뛰쳐나왔던 공제병원 골목 쪽이었다.

의국단도 서둘렀다. 상해자유동맹이 뛰어 들어간 반대쪽이다. 우정국 골목 쪽이었다.

제석천이 인다라망에 갇힌 천마와 천귀를 걸머지고는 돌아섰다. 불꽃이 땅으로 떨어져 내렸다. 섬광이 하늘에서 번쩍거렸다. 아라한이 합장을 한 채, 제석천의 뒤를 따랐다. 붉은 구름과 자색 서기가 천공으로 올라갔다. 구름이 걷히며 반짝거리는 별이 나타났다. 은하수가 하얗게 하늘을 수놓았다. 맑은 바람이 상해의 하늘을 가로질렀다.

북소주로를 뒤로하고 미라이와 왕요삼은 사천로교를 건넜다. 총탄이 발밑으로 세차게 두들겨댔다. 발목 언저리로 돌가루가 튀어 올랐다. 오금이 저리고 뒷머리가 쭈뼛쭈뼛했다. 다행히 교각이 좋은 엄폐물이 되어 주었다. 간간이 뒤를 돌아보며 두 사람은 무라타와 콜트로 맞대응했다. 뒤쫓아 오는 자는 없었다. 그들까지 신경 쓸 겨를이 없었다. 그들의 목적은 야나가와였다.

소주로의 전차와 버스, 택시와 오토바이, 황포차, 사람들이 모두 다 시간이 멈춘 듯 제자리에 섰다. 서서는 건너편 북소주로의 끔찍한 상황을 지켜봤다. 표정은 하나같이 공포에 휩싸여 있었다. 일부 시민들은 두려움에 떠는 얼굴로 발걸음을 재촉하기도 했다. 소주하를 경계로 하고 있었지만, 상황이 어떻게 번질지 알 수 없기 때문이었다.

권총을 든 미라이와 왕요삼이 사천로교를 건너오자 시민들은 동요했다. 전차가 덜컹거리며 자리를 떴고, 버스와 택시가 꽁무니를 뺐다. 오토바이와 황포차, 자전거는 방향을 틀어 달아났다. 사람들은 비명을 지르며 아우성을 쳤다.

미라이와 왕요삼은 흩어지는 사람들 사이로 스며들었다.

"어디로 가는 게요?"

왕요삼이 묻자 미라이가 대답했다.

"모르오. 그냥 달리는 것뿐이오. 안전할 때까지."

왕요삼은 오금이 당겼다. 긴장한 탓에 무리하게 달렸기 때문이다. 미라이가 하남로쪽으로 방향을 틀었다. 하남로는 잠잠했다. 고요했고 평화스러웠다. 사람들이 북소주로의 상황을 알지 못하고 있는 모양이었다. 그제야 미라이가 걸음을 늦췄다.

"지도는 어찌 되었소?"

지도라는 말에 미라이가 흠칫했다. 경계의 눈빛으로 그를 쳐다보기도 했다. 거리의 가로수가 바람에 흔들렸다. 초록으로 물결이 이는 듯했다.

"지도라니, 무슨 말이오?"

시치미를 뗐다.

야나가와의 지도를 알지 않느냐고 왕요삼이 노골적으로 묻자 그가 고개를 흔들었다. 모르는 일이라며 그 상황에 지도는 무슨 지도냐며 살아남은 것만으로도 천운이라고 그는 둘러댔다.

왕요삼이 그를 쳐다봤다. 표정이 일그러졌다. 미라이가 흠칫 뒤로 물러서며 가슴으로 손을 넣으려 했다. 무라타를 꺼내기 위해서다.

왕요삼이 한발 빨랐다. 손에는 어느새 콜트가 쥐어져 있었다. 지나던 사람들이 놀라 달아났다.

하남로에서도 총성이 울려 퍼졌다. 미라이가 가슴을 움켜쥐며 쓰러졌고, 시민들은 비명을 지르며 흩어졌다. 총성은 세 번이나 더 울렸고, 쓰러진 미라이의 품속을 왕요삼이 더듬었다.

반듯하게 접힌 지도가 그의 손에 쥐어졌다. 지도를 펼쳐 확인한 그는 쏜살같이 골목으로 뛰어 들어갔다.

공공조계 경찰들이 곧 달려왔다. 시민들이 거리를 건너 달아났다. 하남로는 이내 아수라장이 되었다.

왕요삼은 북경로쪽으로 방향을 틀었다. 외탄을 바라보고는 죽을힘을 다해 뛰었다. 거리의 사람들이 모두 다 제도회 사람들로 보였다. 제복을 입은 공공조계의 경찰들은 일제 헌병대로 보였다. 등에서는 식은땀이 흘러내렸다. 수많은 일을 겪어왔던 그였지만, 지금처럼 이렇게 긴장되고 두려웠던 적은 없었다. 당기던 오금도 편안해졌고, 숨이 가뿐 것도 몰랐다. 긴장이 감각을 무디게 했다.

멀리, 황포강이 눈에 들어왔다. 검은 강은 온갖 불빛들로 보석처럼 빛나고 있었다. 물결이 일렁일 때마다 그 보석들은 눈이 부셨다. 그제야 왕요삼은 발걸음을 늦췄다. 강바람이 살갗으로 부드럽게 닿아왔다. 주변을 둘러봤다. 아무도 자신을 알아보지 못하는 듯했다. 북소주로의 상황과 하남로에서 있었던 일을 모르는 듯했다. 한숨을 돌리고는 지나던 황포차를 불러 세웠다.

"하비로로 가자!"

인력거꾼이 허리를 굽실거렸다. 그가 올라타자 황포차는 큰 바퀴를 굴리며 황포로를 따라 내려갔다. 외탄의 마천루들이 빛을 뿜어내며 도시의 위용을 자랑하고 있었다. 왕요삼은 다시 한번 길게 한숨을 내뱉었다.

지도(地圖)

10

야나가와가 척살되고 난 후,

지도에 대한 소문이 상해 전역으로 퍼져나갔다. 그제야 서준은 탄식을 터뜨렸다. 놈들의 행동이 수상쩍었다며 허비도 한숨을 몰아쉬었다.

"그럼, 그 지도는?"

곡운대가 묻자 서준이 아쉬워하는 말투로 짧게 받았다.

"왕요삼. 그놈이오!"

사천로교로 달아난 그놈이라며 이국청이 이를 갈았다.

"맞소. 사천로교로 달아난 놈은 둘 뿐이오. 제도회의 미라이와 왕요삼. 그중 미라이는 하남로에서 시신으로 발견되었고, 왕요삼만이 행방이 묘연하오."

살아남은 자는 왕요삼 뿐이니 그가 지도를 탈취했음이 분명하다고 허비가 말을 씹듯이 뱉었다.

미라이도 총상을 입고 죽었으니 그는 왕요삼이 사살했다며 그의 목적은 분명하다고 엽걸이 이를 갈아붙였다.

"그럼, 이번 일은 제도회와 황백방이 함께 꾸민 게로군."

섭정강이 말을 뱉고는 골똘히 생각에 잠겼다.

허비가 무릎을 치며 탄식을 뱉어냈다.

"차도살인이로군!"

모두의 시선이 그에게로 향해졌다.

"맞네, 분하게도 우리는 놈들의 하수인이 되고 말았어."

무슨 말이냐며 곡운대가 묻자 섭정강이 설명을 했다.

"제도회 놈들이 지도를 차지하기 위해 우리를 이용했단 말일세. 야나가와의 이동 경로를 슬쩍 흘려서."

그가 말을 마치기도 전에 여기저기에서 한숨이 쏟아져 나왔다.

"놈들은 어부지리로 지도를 얻고."

죽일 놈들이라며 상해자유동맹 대원들은 하나같이 이를 갈아붙였다.

"야나가와를 잡았으니 그나마 위안이 되기는 하는데."

위안으로 야나가와를 입에 올리며 스스로 위로하는 것으로 만족해야 했다.

"그럼, 우리도 그 금괴를 찾아야 하지 않겠소?"

이국청의 말에 대원들이 한목소리로 그래야 한다고 했다. 당연한 말이라며 엄청난 자금인데 그냥 보고만 있을 수 없다며, 상해자유동맹이 먼저 손에 넣어야 한다는 말이 연이어 나왔다.

대화는 이제 금괴로 방향을 틀었다. 황백방을 먼저 치자는 말과 달래서 얻어야 한다는 말이 부딪혔다.

"황백방도 만만치 않은 상대요. 정면으로 싸움을 걸었다가는 많은 희생과 힘을 소진할 수밖에 없소."

허비가 조심스레 말을 내놓자 이국청이 무겁게 받았다.

"맞소. 그보다는 모르는 척 접근해서 은밀히 손에 넣는 것이 현실적으로 맞는 전략이 될 것이오."

서준이 반대를 하고 나섰다.

"놈들이 지도를 손에 넣고 있는데 어째 그런 여유를 부린단 말이오. 목적은 금괴요. 그냥 들이칩시다!"

곡운대도 서준의 편을 들고 나섰으나, 현실은 그리 녹록치 않았다. 왕위 정부만도 버거운 상황인데 황백방까지 가세한다면 상황은 더 어렵게 될 것이 분명했다.

잠시, 침묵이 흘렀다. 말들이 가라앉았고 바람이 소리를 내어 울었다. 초여름 싱그러운 바람의 울음소리였다. 침묵이 말갛게 씻겼다.

"내가 왕요삼을 만나 보겠소. 만나서 알아보고 그다음에 들이치든가 합시다!"

허비의 말에 이의를 제기하는 동지는 없었다. 서준과 곡운대도 말 없음으로써 동의를 표했다.

"그래도 늦지 않을 것이오. 지도를 손에 넣었다고 해도 쉽사리 움직이지는 못할게요. 제도회도 가만있지 않을게고. 또 육전대도 허술하게 당하기야 하겠소. 이미 대처를 마련해놓고 있을게요."

섭정강도 이들의 의견에 동의했다.

"선불리 나섰다가 괜히 일을 그르치지 말고 그렇게 하도록 합시다.

허동지가 만나서 떠보면 일의 순서가 정해질 것이오."

이국청이 다시 한번 못을 박자 서준이 고개를 끄덕였다. 바람이 또다시 시원하게 들이쳤다.

소주하(蘇州河)는 잔잔히 흘렀다. 거칠고 누런 황포강과는 또 달랐다. 비취빛으로 푸르기까지 했다. 위아래로 소주로와 북소주로가 나란히 달리고 있어 상해 시민들의 낭만을 책임지고 있는 아름다운 물줄기였다. 황포강의 지류로서 상해의 또 다른 번화가를 형성하게 하는 소중한 물줄기이기도 했다. 가든브릿지를 비롯해 세련된 교량이 곳곳에 놓여있었고, 공공조계 공원과 작은 부두와 아르데코 양식을 비롯해 로마네스크, 로코코 등 서양식 건물이 양안으로 즐비했다. 건물에는 서양식 카페와 커피하우스, 제과점, 다과점, 아이스크림 가게 등 상해 시민들의 입을 즐겁게 해주는 가게와 양장점, 양품점, 양복점, 쇼핑가게 등 눈을 즐겁게 해주는 가게들로 가득했다.

그 세련된 건물들 사이로 품위 있어 보이는, 낯설지 않은, 홀로 서양 제국에 맞서고 있는 듯한 건물이 한 채 끼어 있었다. 다관(茶館)이다. 중국 전통식 건물에 전통 찻집이었다. 번화한 상해 거리에서는 찾아보기 힘든, 낯설지만 결코 낯설지 않은 그런 건물이었다. 다관 소주하, 소주하와 함께, 상해의 근대성과 함께 하고 있는 다관이었다.

그 다관에서 한갓진 소주하를 내려다보고 있는 한 사내가 있었다. 갸름한 얼굴에 찢어진 눈이 날카로웠고 얇은 귓바퀴가 가냘프게 보였는데, 특히 찻잔을 감싸 쥔 손이 몸에 비해 커 보였다.

그는 뜨거운 용정차를 홀짝거리며 뭔가를 골똘히 생각하고 있었다. 생각하며 누군가를, 기다렸다. 상해자유동맹의 허비였다.

무슨 말로 떠봐야 할지를 그는 고민했다. 노골적으로 물으면 어떤 반응을 보일지는 묻지 않아도 알 수 있는 일이다. 그런 어리석은 방법은 생각지도 말아야 할 것이다. 돌려서 떠보고, 미루어 짐작하고, 어물쩍 넘겨짚어서 실체를 알아내야 한다. 쉽지 않은 일이다. 돌려서 떠보는 것도, 미루어 짐작하는 것도, 어물쩍 넘겨짚는 것도 위험한 일이다.

"오랜만일세!"

걸걸한 소리에 허비가 화들짝 놀라 고개를 돌렸다.

"뭘 그리 놀라고 그러나, 이 사람아!"

왕요삼이었다. 그는 적걸의 오른팔답게 안하무인이었다. 주변의 눈치도 보지 않았고, 제 할 말을 큰소리로 지껄였다.

허비가 미안할 정도로 그의 목소리는 깨진 종소리처럼 다관을 울렸다. 시선이 일제히 그에게로 향해졌다. 허비가 그 시선을 의식하고는 조곤조곤 타일렀다.

"목소리를 좀 낮추게. 그래 잘 지냈는가?"

손을 내밀자 그가 덥석 잡았다.

"소심한 건, 여전하군!"

그는 너털웃음과 함께 자리에 앉아서는 사업에 대한 일을 물었다.

허비가 고개를 끄덕이며 무역은 어려운 일이라고 너스레를 떨었다. 그가 손가락질하며 껄껄 웃었다.

"그러지 말고 나와 함께 일하세. 그깟 무역으로 얼마나 벌겠나?"

왕요삼은 허비의 실체를 전혀 모르고 있었다. 어려서부터 둘은 남쪽 운남 땅에서 함께 자랐다. 커서는 각자 다른 길을 갔다.

왕요삼은 주먹 쓰는 일에 남다른 재주가 있어 운남, 귀주뿐만 아니라 남방에서도 알아주는 주먹이 되었다. 그는 결국 적결의 눈에 띄었고, 황백방으로 들어가 그의 오른팔이 되었다.

허비는 달랐다. 그는 머리 쓰는 일에 탁월했다. 운남에서 상해로 유학을 했고 거기에서 자유주의에 눈을 떴다. 결국, 상해자유동맹에 들어가 핵심 요원이 된 그는 혁명과 해방을 위해 몸을 불살랐다. 그를 비롯해 많은 혁명동지가 무역업이나 운수업 아니면 노동자, 농민으로 위장을 한 채, 혁명 과업에 뛰어들어 있었다.

허비는 무역업자로 위장을 했다. 기선을 타고 광주나 천진을 오가며 동지들을 규합했고 정보를 전달했고 혁명을 지도했다. 오랜 친구인 왕요삼마저도 그가 무역업을 하는 사업가로 알고 있을 정도다.

"큰일일세! 장사도 안 되고 예전 같지가 않아. 사람들이 약아 빠져서."

그가 푸념을 늘어놓자 왕요삼이 진지한 얼굴로 고개를 바짝 디밀었다.

"자네 같은 고급 두뇌라면, 우리 황백방에서도 대환영일세. 우리는 자네 같은 인재가 필요하다네. 규모가 큰 거래를 하다 보니."

농담이 아닌 진담으로 그는 허비를 꾀었다.

그가 호기심 어린 눈빛을 보이자 왕요삼은 더욱 안달이 나서는 자리까지 당겨 앉았다.

"함께 하세! 내 방주께 특별히 말씀을 드리겠네."

황백방의 사업이 크게 확장되는 것은 물론, 앞으로 음지의 사업에

서 양지의 사업으로 사업이 전환될 것이라는 말을 덧붙이기도 했다.
"양지의 사업이라니?"
허비가 묻자 그가 혀를 끌끌 찼다.
"이 사람, 머리 좋은 사람이 사업수완은 형편이 없구먼. 그러니 사업이 그 모양이지."
허비가 의아한 눈으로 쳐다보자 그가 다시 말을 이었다. 그답지 않게 귓속말을 하듯 소리를 낮췄다.
일제로부터 금괴를 탈취할 계획이라며, 이미 모든 준비가 끝났다는 것이다.
"금괴라니? 무슨 뚱딴지같은 소린가?"
그가 눈을 하얗게 흘겼다. 무시하는 눈빛이었다.
왕요삼은 자존심이 상한다는 듯 야나가와의 금괴 이야기부터 지도 탈취까지 묻지도 않은 말들을 제가 먼저 술술 풀어냈다.
제도회가 흘린 말이 결코 거짓이 아니었으며, 황백방은 이미 작전에 돌입해 있는 상황이었다.
"그럼, 지도는 누가 갖고 있나?"
여전히 못 믿겠다는, 자존심을 긁어대는 말투였다.
"방주께 건넸네."
그가 툽상스럽게 말을 던졌다.
그제야 구미가 당긴다는 듯 허비가 고개를 끄덕이고는 입술을 빨았다.
왕요삼은 보란 듯이 몸을 뒤로 젖히고는 거만한 태도로 다시 말을 뱉었다.

"자네는 머리가 좋으니 황백방에서도 쓸 일이 많을 걸세. 내 잘 얘기하면 방주께서도 거둬주실 걸세."

이번에는 그가 안달이 나서 바짝 당겨 앉았다. 손으로는 콧등을 쓱 문지르기까지 했다.

"급료는 얼마나 받을 수 있겠는가? 지금 하는 일보다야 낫겠지?"

왕요삼이 껄껄 웃었다. 그걸 말이라고 하느냐며 그는 웬만한 무역회사 매출만큼은 받을 수 있다고 자신만만해했다.

"자네가 말 좀 잘해주게나!"

허락으로는 부족했던지, 부탁하는 말까지 보탰다.

"친구 좋다는 게 뭔가? 이참에 내 자네 밑으로 들어가겠네."

허비의 태도가 간절해지자 왕요삼의 행동은 그만큼이나 느긋해졌다. 목소리마저 내리깔았다. 내리깔고는 마치, 아랫사람을 대하듯 했다. 좋다며 빠른 시일 안에 황백방으로 가자고 말을 길게 내빼기도 했다.

소주하는 여전히 한갓져 보였고, 지나는 사람들의 발걸음도 여유로웠다.

대화는 시간을 거슬러 올라갔다. 하릴없이 거슬러 올라가 고향에서 노닐었다. 그리운 시절이었다. 아련한 추억을 불러내고 지난 일을 돌이켜 생각하게 했다. 되돌아갈 수 없는 시간의 먼 건너편이었다.

왕요삼은 한숨으로 그 시간의 너머를 아쉬워했고, 허비는 탄식으로 세월의 무상함을 원망했다.

설산의 흰 봉우리와 시리도록 맑은 시냇물, 노란 유채꽃과 먼 등굣길에서의 재잘거림까지, 추억은 주저리주저리 불려 나왔다. 불려 나와서는 두 사람의 시간을 고향 앞으로 인도했다.

까마득한 마방길을 오르내리던 일, 지금은 추억이 된 그리움이지만 그때는 팍팍한 삶일 뿐이었다. 설산의 봉우리도 붉은 산길도 까마득한 마방길도 시야 밖의 현실이자 지난 한 고통일 뿐이었다.

왕요삼은 허비의 말을 귀담아들으며 연신 고개를 주억거려 동조했다.

늘어놓는 추억 속에 허비는 말을 바꿔야 할 기회를 엿보았다. 사실을 상해자유동맹에 빨리 알려야 했기 때문이다. 자리를 마무리하고자 했던 것이다.

"쓸데없는 괜한 얘기로 시간만 빼앗는 건 아닌지 모르겠군."

허비의 말에 왕요삼은 고개를 건들거리며 입가에 웃음을 머금었다. 웃음은 애매했다. 그렇다는 것인지, 아니라는 것인지 모호한 표정이었다.

허비의 괜한 염려는 계속되었다.

"방주를 측근에서 모시려면 시간이 없을 텐데?"

바쁠 테니 그만 가보라는 말이었다. 왕요삼은 괜찮다며 거드름을 피웠다. 밑에서 알아서들 한다며 오히려 그를 안심시키기까지 했다.

"자네가 바쁜 모양이로군?"

왕요삼이 묻자 이번에는 허비가 어색한 웃음을 지어 보였다. 그렇다는 대답도 하지 못했다. 사정은 왕요삼도 마찬가지였다. 말과는 달리 한시도 자리를 비울 수 없는 처지였다. 그러나 서두르지는 않았다. 오랜만에 만난 친구 앞에서 그런 모습을 보이고 싶지는 않았기 때문이다. 자존심이기도 했다. 허비가 바쁠 테니 라는 말을 할 때, 그도 자리를 일어서고 싶은 마음은 굴뚝같았다.

"사람 하군. 오랜만에 만나 회포를 풀려 했더니만."

그가 다른 말하기 전에 먼저 작별의 인사를 건넸다.

"그럼, 오늘은 바쁜 모양이니 다음에 다시 만나세. 내 부름세."

부른다는 말은 아랫사람에게나 하는 말투였다.

허비가 환한 얼굴로 고맙다며 연신 허리를 굽실거렸다.

왕요삼은 흡족한 얼굴로 자리를 일어섰고, 그가 따라 일어섰다. 식은 용정차가 반쯤이나 남아있었다.

두 사람은 어깨를 나란히 한 채, 다관을 나섰다. 밖에는 닷지가 대기하고 있었다. "어디로 가나?"

허비가 손사래를 치며 가봐야 할 곳이 있다고 말을 끊었다. 그가 손을 내밀자 왕요삼이 맞잡았다. 그는 미소를 지어 보이고는 닷지에 올랐다.

허비가 손을 흔들자 그가 창문을 내려서는 손을 흔들었다. 닷지가 소주로를 따라 외탄 쪽으로 달려갔다.

허비는 택시를 불렀다. 지나던 택시가 쏜살같이 달려왔다. 그가 올라타자 택시는 사천로교를 향해 바람같이 달렸다.

초여름의 소주하는 싱그러웠다. 청춘의 거리였다. 푸르게 짙은 가로수와 파란 하늘, 에메랄드빛 소주하가 조화를 이뤘다. 청춘의 빛이자 젊음의 거리였다.

금괴에 대한 소문을 두고 상해가 들썩였다. 한 몫 단단히 챙기겠다는 무리도 한둘이 아니었다. 황백방을 비롯해 제도회, 팔절패, 절백당, 인력거패까지 노리지 않는 패거리가 없었다. 심지어는 합종연횡을 시도하기까지 했다. 황백방은 팔절패를 끌어들이려 했고, 제도회는 절백당과 손을 잡으려 했다. 제도회를 믿지 못한 절백당은 인력거패에 손을 내밀었고, 황백방에 대한 불만이 있던 팔절패는 절백당과 함께 하려 했다.

대한구국대도 예외는 아니었다. 국내진공작전을 도우려면 자금이 필요했기 때문이다. 적지 않은 자금이 필요할 것이다. 더구나 일제의 것이니 손에 넣는다고 해서 그리 나쁠 것도 없다는 의견이 다수였다. 비밀리에 논의에 들어갔다. 프랑스 조계, 망지로 인근 농당에서였다.

허름한 농당의 좁은 내실에 대한구국대가 모였다. 밖으로는 어둠이 새파랗게 스며들어 있었다. 노란 가스등이 불을 밝히기도 했다.

"금괴에 대한 소문이 사실인지를 우선 확인해 봐야 할 것이오. 만에 하나 있지도 않은 금괴를 쫓다가 잘못되기라도 하는 날에는 그야말로 낭패를 면치 못할 것이오."

신중론이었다. 돌다리도 두들겨보고 건너자는 말이다.

"맞소. 소문만 믿고 괜히 나섰다가 발등을 찍힐 수도 있소."

최설도 같은 의견이었다.

"어떻게 알아보면 되려나."

황재서가 말꼬리를 길게 끌어 허공으로 던지자 진규혼이 덥석 받았다.

"그야 진원지가 제도회니 제도회에 알아봐야겠으나, 그건 현실적으로 어려운 일이고, 황백방을 통해 알아보는 수밖에 없지 않겠나?"

말이 떨어지기 무섭게 유건호가 나섰다.

"그럼, 내가 알아보지. 상춘림에게 슬쩍 떠보겠네."

시선이 그에게로 향했다. 하나같이 그가 나서주기를 기다리고 있던 눈치다.

"유동지가 나서준다면. 기대되네!"

그가 극동댄스홀에 자주 들른다며 찾아가보겠노라고 했다.

대한구국대는 금괴의 실체를 알아본 후, 그다음 논의를 이어가기로 했다.

어느새 어둠이 새까맣게 망지로를 뒤덮고 있었다. 대원들은 저녁 끼니를 위해 고픈 배를 움켜쥐고는 거리로 나섰다. 끼니 해결은 각자의 몫이었다. 고달픈 시간이다. 물로 배를 채우고 돌아오는 동지도 있었고 불빛만 마시고 돌아오는 동지도 있었고 의기로 가슴을 채워 돌아오는 동지도 있었다.

조국을 잃은 젊은이들은 바다 건너 이국땅에서 독립만을 생각하며 목숨을 부지했다. 허리띠를 졸라매 허기를 달랬고 물을 마셔 배를 채웠으며 불빛으로 고통을 잊으려 애썼다. 의기로 참아내는 젊은이들도 있었다.

그들은 동포를 떠올리며 눈물을 삼켰고 조국을 생각하며 아픔을 달랬다. 젊은이들은 하나같이 그런 고통을 당연한 것으로 받아들였다.

"오늘은 어디로 갈까?"

물음의 끝자락이 허허로웠다.

"황포로가 어떤가? 가서 물이라도 실컷 마시지 뭐. 황포강 물은 마셔도, 마셔도 끝이 없을 테니까 말일세."

진규혼이 그래보자며 발걸음을 옮겼다. 황포차가 어둠 속으로 달려갔고, 택시가 요란하게 내뺐다. 전차는 덜커덩거렸고 버스는 사람을 우르르 쏟아놓았다. 망지로의 불빛이 노랗게 익어가고 있었다.

극동댄스홀, 조선인 송세호가 경영하는 댄스홀이다. 남경로의 청춘남녀들이 즐겨 찾는 곳 중의 하나였다. 중국인이 운영하는 댄스홀보다 크지는 않지만, 상하이의 조선인들 사이에서는 꽤 유명한 곳이다.
모던보이를 자칭하는 신사들과 모던걸이라 불리는 숙녀들이 낭만을 즐기기 위해, 명랑한 도시의 자유를 탐닉하기 위해, 부나비처럼 몰려드는 곳이다. 화려한 불빛과 유쾌한 음악이 몸을 절로 움직이게 하는 즐거운 곳이다.
거침없이 그 댄스홀 안으로 들어서는 젊은이가 있었다. 낡은 구두에 철 지난 갈색 코트 차림이 옹색해 보이는 대한구국대의 유건호였다.
그가 들어서자, 앳된 보이가 달려들어 아양을 떨었다.
"모던걸이 필요하신가요? 아니면 숙녀를 원하시나요?"
모던걸과 숙녀와 아가씨와 신여성을 번갈아 입에 올리며 녀석은 나이에 걸맞지 않은 농익은 말투로 너스레를 떨었다. 여느 소년의 입에서 나올 말은 아니었다. 주점이나 댄스홀에서 닳고 닳은 거리의 소년에게서나 나올 법한 말이었다.
홀 안은 담배 연기로 숨이 막힐 지경이었다. 진한 화장 냄새와 싸구려 향수 냄새가 뒤섞여 후각을 난처하게 하기도 했다. 귀를 찢는 음악 소리는 음악이 아니라 차라리 소음이었다. 귀 따가운 소리였다. 그 또한 견디기 힘든 곤욕이었다. 그가 얼굴을 찌푸리며 보이를 돌아봤다.

"상춘림 아나?"

짧은 물음에 황백방의 상춘림이냐며 녀석이 큰 소리로 되물었다. 큰소리도 음악에 묻혀 크게 들리지는 않았다.

유건호가 고개를 끄덕이자 녀석이 소리 없이 빙긋이 웃었다. 그가 팁을 건넸다.

"저쪽에 있습니다. 따라오시지요!"

그가 돌아선 보이의 팔을 잽싸게 낚아챘다. 아니라며 잠깐 보자며 그는 보이를 끌고 밖으로 나갔다.

귀를 먹먹하게 하던 소리가 무겁게 중저음으로 가라앉았다. 웅성거리는 소리도 안에서 울렸다.

"상춘림은 혼자 있나?"

보이가 고개를 갸웃했다. 그것까지는 모르겠다는 표정이다.

"가서 보고 올까요?"

그가 망설이다가, 길 건너편의 커피하우스를 가리켰다. 넓은 유리창에 무지개 문양이 장식된 커피하우스였다. 레인보우라는 이름의 서양식 커피하우스다. 요란하지 않은 네온사인이 오히려 눈길을 사로잡았다. 남경로에 어울리지 않는 차분하고 세련된 분위기였다.

"저기로 오라고 해! 나라는 소리는 하지 말고."

보이가 알았다며 고개를 끄덕이고는 안으로 들어가려 했다.

"혼자서 와야 해!"

보이는 염려 붙들어 매라며 너스레를 떨고는 안으로 뛰어 들어갔다. 그는 재빨리 거리를 가로질러 커피하우스로 향했다.

커피하우스는 한적했다. 낯선 커피 향이 코를 자극하기도 했다. 근대성과 상해를 상징하는 남경로의 냄새였다.

잠시 후, 보이가 상춘림을 데리고 나왔다. 보이가 커피하우스를 가리켰고, 그가 주변을 두리번거렸다. 보이가 손을 흔들어 보였다. 유건호가 손을 들어 답했다.

상춘림이 거리를 건너왔다.

그가 들어서자 유건호가 손을 들었다. 그제야 상춘림의 입가에 웃음이 배어들었다.

"오랜만일세! 들어오지 않고?"

왜 불러냈느냐는 말이었다. 유건호가 손을 내저었다.

"나라 잃은 죄인이 춤은 무슨."

상춘림이 낄낄거리며 너스레를 떨었다.

"그래서야 조국을 되찾을 수 있는가? 웃을 때는 웃고, 즐길 때는 즐기고, 또 싸울 때는 싸워야지."

연민이 아닌 위로의 말이었다.

"그래야 잃어버린 조국도 되찾을 수 있는 게고, 동포도 살필 수 있는 게야. 이 사람아!"

여급이 총총히 다가오자 상춘림이 커피를 시켰다. 유건호는 달걀을 얹었다.

"밥은 먹었는가?"

"그게, 그리 중요한 건 아니지 않은가?"

상춘림이 호탕하게 웃었다. 커피하우스가 떠나갈 듯했다.

"하긴. 자네 말이 맞네. 없으면 굶고, 있으면 먹는 게지."

삶은 달걀이 곁들여진 커피가 나오자 유건호는 달걀을 먼저 들었다.

상춘림이 커피를 홀짝거리며 연민이 가득한 눈빛으로 그를 쳐다봤다. 달걀을 입에 넣으며 유건호가 말을 건넸다.

"금괴 말일세."

상춘림이 정색을 했다.

"무슨 금괴 말인가?"

아닌 밤중에 홍두깨란 듯이 그가 묻자 유건호가 말을 곧게 질렀다.

"다 알고 왔네, 이 사람아! 육전대 지도 말일세."

그제야 상춘림이 더듬거리며 변명을 했다.

"아! 그거. 우리도 찾고 있는 중일세. 어디 있는지는 모르고."

유건호가 커피잔을 들고는 그의 눈을 똑바로, 쳐다봤다. 상춘림의 눈빛이 흔들리고 있었다. 그가 한숨을 내쉬었다.

"어떻게 알았는가?"

넘겨짚은 건데 사실이었다.

유건호는 주춤했다. 둘러댈 말이 언뜻 떠오르지 않았기 때문이다. 그가 먼저 말을 꺼냈다.

"곧 찾을 거네. 지도에 표시가 되어 있다 하니."

유건호는 크게 한탕 했으니 좋겠다며 박자를 맞춰 줬다. 축하한다는 말까지 덧붙였다.

"좋으면 뭐 하나. 내 손으로 들어오는 건 없는걸."

말투가 툽상스러웠다.

"왜? 방주가 독식하는가? 자네들 몫은 없는가?"

거듭 묻자 그걸 말이라고 하느냐며 상춘림은 노골적으로 불만을 토해냈다. 긴 한숨까지 몰아쉬었다.

"우리야 칼받이일 뿐이지 별수 있나. 먹여주고 재워주는 것만으로도 감지덕지해야지."

말에는 체념의 빛이 가득했다. 방주의 탐욕에 대해서는 들은 바 있지만 그렇게까지 할 줄은 미처 몰랐다며 유건호가 슬쩍 염장을 질렀다.

"그는 늘 자신만을 위한 것이 아니라고 한다네. 모두 다 황백방을 위한 것이라고 하지. 황백방이 살아남기 위해서, 황백방을 위해서, 모두 다 황백방일세."

툽상스런 말에는 날이 서 있었다. 황백방이 곧 적걸이요, 적걸이 곧 황백방이니 모두 다 적걸 자신만을 위한 것이라며 그는 노골적인 불만을 토해내기까지 했다.

유건호가 고개를 끄덕이자 그는 뻗친 말을 삭히려는 듯 화제를 돌렸다.

"문 앞까지 왔으면 들어올 일이지. 뭐 하러 불러냈나?"

그제야 잊고 있었다는 듯, 유건호가 자리를 바짝 당겨 앉았다.

"육전대가 곧 물러갈 거라는 소문이 돌고 있네. 제도회도 철수할 거라고 하고."

상춘림이 놀란 눈을 했다.

"육전대야 그렇다 쳐도, 제도회까지?"

뜻밖이라는 듯, 그는 벌린 입을 다물지 못했다.

"그럼, 이러고 있을 때가 아닌데. 놈들이 떠나기 전에."

그가 서둘러 자리를 일어섰다.

유건호가 아쉽다는 듯 따라 일어섰다.

"오랜만에 만났는데, 이렇게 그냥 가려는가?"

그가 미안하다며 다음에 다시 만나자며 급히 커피하우스를 빠져나갔다.

유건호의 입가에 미소가 없었다. 여급이 해맑게 웃으며 커피하우스를 나서는 그에게 다소곳이 허리를 굽혔다. 우윳빛 원피스가 잘 어울리는 아리따운 모던걸이었다.

밖으로 나서자 그가 택시를 잡아타고는 거리를 쏜살같이 빠져나가고 있었다. 건너편 댄스홀에서는 여전히 요란한 음악 소리가 흘러나오고 있었다. 흥겨운 소리였다. 발랄한 음악이었다. 청춘남녀들이 발을 맞춰 플로어를 누비는 모습이 눈에 선했다. 아름다운 청춘들이었다.

유건호는 입맛을 다시며 낭만으로 들뜬 거리를 하릴없이 걸었다. 자유를 표방하고 있는 상해의 거리는 무질서하기 짝이 없었다. 힘 있는 자들은 자유를 누렸으나 힘없는 자들은 그 자유의 횡포에 시달리곤 했다. 노동에 착취되고 권력에 짓밟혔으며 자본에 능욕을 당했다.

유건호는 그런 상해의 거리에 넌더리가 났다. 그러나 참아야 했다. 조국의 독립과 동포의 해방을 위해서였다. 자신은 착취되고 짓밟히고 능욕을 당할지라도 조국과 동포만은 일제의 압제와 폭력에서 벗어나게 해야 했다. 그 뜻 하나로 모든 아픔과 고통을 버티고 견디며 이겨내고 있었다.

상해의 거리는 오늘도 유쾌했다. 유건호의 발걸음이 다시 가벼워졌다.

갑북 중홍로 호주회관 맞은편의 보안당으로 한 대의 차량이 미끄러져 들어갔다. 차체가 번쩍거리는, 상해의 부자들이 선호한다는 그 트럭 숑아방이었다. 왕위 정부 주석이 즐겨 타는 차이기도 했다. 오늘은 그 트럭 숑아방에 팽풍이 타고 있었다. 황백방 방주 적걸을 만나기 위해서였다.

왕위 정부는 지도의 행방을 놓고 설왕설래했다. 팔절패, 절백당과 같은 어둠의 세력까지 끌어들였다. 지도의 행방을 알아내기 위해서였다. 그 결과 황백방이 지목되어졌다. 야나가와 사령관이 폭살 되고 미라이와 왕요삼이 그의 곁에서 달아났다고 한다. 그들은 제도회와 황백방이었고 지도는 그들의 손으로 들어갔을 것이라는 말이었다.

각진 골목을 서너 번쯤 돌아서자 건장한 사내들이 검은 슈트를 입고 앞섶을 풀어 헤친 채, 서성이고 있었다. 트럭 숑아방이 다가서자 그들은 경계했다. 바짝 긴장하며 손을 들어 막아서기까지 했다.

트럭 숑아방이 서고 창문이 미끄러지듯 열렸다. 열린 창문으로 팽풍이 얼굴을 내밀고는 점잖게 말했다.

"왕위 정부에서 왔다. 적걸에게 안내해라!"

적걸이라는 이름을 아무렇지도 않게 내뱉었다. 있을 수 없는 일이지만 그들에게는 있을 수 있는 일이었다. 왕위 정부 사람이었다. 작은 권력은 큰 권력 앞에 무용지물이었다.

란체스터 기관단총으로 무장한 76호 요원이 트럭 숑아방에서 내리자 사내들이 주춤 뒤로 물러섰다.

"안으로 드시지요!"

굽실거리며 고분고분해졌다.

팽풍은 거침없이 마굴 안으로 들었다. 기관단총으로 무장한 76호 요원들이 양쪽에서 호위했다. 적걸이 종종거리며 뛰어나왔다.

"어쩐 일로 이런 누추한 곳까지 오셨습니까?"

마뜩찮았으나 그는 웃는 얼굴이었다. 그게 그가 살아가는 방식이었다. 힘에는 바짝 굽혀야 한다. 그래야 산다. 어둠의 세계에서 터득한 진리이자 깨달음이었다.

"지도를 갖고 있소?"

적걸의 얼굴이 묘하게 일그러졌다. 환한 웃음이 쏙 들어갔다.

"지도라니요?"

되묻는 말로 아니라는 말을 대신했다. 팽풍의 표정이 일그러졌다.

"다 알고 왔는데 오리발이오?"

적걸은 아니라며, 뭔가 잘 못 알고 계신 거라며, 오해가 있을 것이라며, 연신 뒷걸음질을 쳤다.

76호 요원들이 총구를 들어 올렸다. 방아쇠에 손가락을 얹었다.

"우선 앉으시지요!"

적걸이 의자를 가리키자 팽풍이 거만하게 자리에 앉았다. 76호 요원들이 맹견처럼 뒤에 버티고 섰다.

적걸의 뒤로도 왕요삼과 패거리들이 둘러섰다. 슈트 안에는 콜트와 모제르가 숨을 죽이고 있었다. 여차하면 뛰쳐나올 것이다.

적걸은 재빨리 머리를 굴렸다. 지도를 내놓을 수는 없다. 금괴가 달린 지도다. 왕위 정부와 타협할 생각도 없었다. 왕위 정부는 곧 무너질 정부다. 일제와 함께 할 운명이었다. 자신에게도 황백방에게도 불행한 일이지만, 그건 어쩔 수 없는 현실이다. 상해의 돌아가는 상황이 그랬다.

"끝까지 아니라고 버티면 결과는 감당할 수 없을 것이오!"

엄포였다. 협박이었다.

적결이 자세를 바꿨다. 허리를 곧추세우고는 눈을 내리깔았다. 반항이었다. 아니, 대적이었다.

"없는 지도를 내놓으라 하니 난감합니다. 도대체 무슨 지도를 말하는 건지."

시치미에 팽풍이 찬바람을 쏟아냈다.

"금괴가 있는 장소가 표시된 야나가와의 지도 말이오. 그건 일제가 대륙의 금괴를 탈취한 것이오. 대륙의 것은 곧 왕위 정부의 것이고."

끊는 말에 언성을 높였다. 왕위 정부라는 말에는 권위를 싣기도 했다.

적결도 지지 않고 각을 세웠다.

"나는 모르는 일이오. 모르는 지도를 내놓으라니."

억지라며 날을 세우자 팽풍이 자리를 일어섰다. 찬바람이 따라 일어섰다. 76호 요원들이 총구를 겨누자 황백방 패거리들이 가슴으로 손을 가져갔다. 일촉즉발의 위기였다.

목소리가 높아지자 밖에서 황백방 패거리들이 우르르 몰려들었다. 팽풍이 가자며 돌아섰다. 76호 요원들이 주위를 바짝 경계하며 그를 따라나섰다.

"날강도 같은 놈들!"

왕요삼이 경계를 강화했다.

"자리를 옮겨야겠습니다. 놈들이 언제 다시 들이닥칠지 모르니."

갑북을 떠나야 한다며 그는 남시를 입에 올렸다. 쏟아지는 소나기는 잠시 피하고 보자는 것이다.

"맞습니다. 그냥 지나칠 것 같지가 않습니다."

위빈도 거들고 나섰다. 남시가 안전하다며 곧 준비를 시키겠다고 했다. 적걸도 고개를 끄덕였다. 지도는 얻었으나 금괴는 아직 찾지 못하고 있었다. 금괴를 나누어줄 생각도 없었다. 저들도 금괴를 나눌 생각이 없을 것이다. 그게 저들의 방식이다. 저들은 늘 그렇게 해왔다. 한두 번 속은 것이 아니다. 믿을 수 없는 자들이다.

호주회관 골목에 트럭이 한 대 서 있었다. 붉은 벽돌로 지어진 회관은 갑북의 명소로서, 우람해 보였으나 투박하지 않았고 세련미까지 갖추고 있었다. 회화나무가 울울창창했고 모감주 잎은 푸르렀다. 붉은 벽돌과 푸른 나무가 조화를 이루고 있는 시민들의 휴식공간이었다. 높은 담장 사이로 골목이 이어져 있었는데 그 골목 끝자락으로 트럭이 서 있었다. 트럭 위에는 한간특무대가 무장을 한 채, 대기하고 있었다. 모두 열다섯이었다.

"총을 쓰는 일이 없어야 할 텐데."

황극이 리볼버를 만지작거리며 중얼거리기 무섭게, 번쩍거리는 트락 송아방이 골목으로 들어섰다.

황극이 트럭에서 재빨리 뛰어내렸고 팽풍은 트락 송아방의 문을 열어젖혔다.

"갑시다! 놈이 오리발이오."

황극의 얼굴이 일그러졌다.

트락 송아방이 다시 골목을 나서고, 트럭이 그 뒤를 따랐다.

호주회관에서 마굴은 지척이다. 거리를 건너면 곧바로 보안당이다. 차 한 잔 마실 시간도 채 안 되어 한간특무대는 마굴의 초입에 다다랐다.

황백방 패거리들이 놀라 뛰어 들어갔다. 황극이 뒤쫓았고 기관단총으로 무장한 한간특무대가 그의 뒤를 따랐다.

총소리가 갑북을 울렸다. 귀 따가운 란체스터 기관단총 소리였다. 팽풍과 호위대도 이들에 합세했다.

보안당은 순식간에 아비규환의 전쟁터로 돌변하고 말았다. 황백방 패거리들도 콜트와 모제르로 대항했다. 수적으로는 유리했으나 화력에서는 절대 불리했다. 한간특무대는 기관단총과 폭발탄으로 무장을 하고 있었다. 여차하면 마굴을 통째로 날려버리겠다는 것이다.

놀란 적결은 왕요삼과 위빈의 호위를 받아 가며 마굴의 지하통로로 들어갔다. 보안당은 미로와도 같이 복잡했다. 적결이 이런 곳을 마굴로 선택한 이유이기도 했다. 한간특무대는 마굴의 입구부터 제압하고는 서서히 안으로 진입했다. 폭발탄을 던질 기회는 없었다.

"적결은 살려야 한다. 지도를 잃을 수 있다."

던지면 함께 죽는 길이기도 했다. 팽풍은 오로지 지도였다. 지도만 손에 넣으면 되었다.

황백방 패거리들은 당황한 모습으로 연신 뒷걸음질을 쳤다. 열세인 화력에 상대가 되질 않았다. 시가전 형태로 번진 총격전은 보안당 전체를 아수라장으로 만들었다. 총성과 비명과 신음으로 지옥문을 활짝 열어젖혔다.

총탄에 쓰러진 황백방 패거리가 순식간에 이십여 명이나 되었다.

한간특무대도 피해가 적지 않았다. 내실로 진입하다 총탄을 맞고 쓰러진 대원 한 명과 죽음을 불사하고 맞서던 황백방 패거리의 총탄에 쓰러진 세 명, 모두 네 명이 죽고 지하통로로 내려가다 총탄을 맞고 쓰러진 중상자도 두 명이나 되었다.

적걸은 지하통로를 벗어나 화신로 골목으로 빠져나와서는 남시를 향해 꼬리가 빠지게 달아났다. 뒤도 돌아보지 않았다. 그는 치가 떨렸고 살이 떨렸다. 필요할 때 저들은 동지라 불렀고, 이익 앞에서 그 동지는 없었다.

카브리올레는 거리를 질주했다. 마천루 즐비한 남경로를 지나 서장로를 따라 달려 내려갔다.

하비로를 건너자 모감주나무 푸른 망지로가 눈앞에 시원하게 펼쳐졌다. 적걸의 가슴은 검게 타들어 갔다. 답답했고 불안했다. 쫓기는 심정이 어떤 것인지 이제야 알 수 있을 것 같았다. 수많은 사람에게 그런 심정을 안겨준 그였다. 불법과 폭력과 부정과 겁박을 앞세워 사람들을 괴롭혔었다. 아편과 도박, 매춘을 이용해 사람들을 구렁으로 몰아넣었다.

"죽일 놈들!"

그가 이를 갈며 창문을 두드렸다. 분노가 깨질 듯이 투명하게 울었다. 왕요삼이 기름을 부었다.

"이제 믿을 건 우리뿐입니다. 왕위 정부도 적입니다."

위빈도 거들었다. 그는 차라리 공산당과 손을 잡는 게 어떠냐는 말까지 했다. 적걸은 흠칫했고, 왕요삼이 그건 안 될 말이라며 반대하고 나섰다. 적걸도 그건 아니라는 듯 고개를 가로저었다.

카브리올레는 망지로를 지나 남시를 보고 쏜살같이 내달았다.

남시 마굴은 중화로 상원 인근에 있었다. 비밀 아지트 같은 곳이다. 이런 때를 대비해 마련해 두었던 비상 대피소다.

적걸을 놓친 왕위 정부는 다급했다. 어떻게든 금괴를 손에 넣어야 했다.

이번에는 달래기로 했다. 종적을 감춘 그를 찾기 위해 정보원까지 풀었다. 하비로에서 황백방의 하수인을 만나 왕위 정부의 뜻을 전했다. 금괴를 함께 나누는 대신 아편 거래의 이권을 유지해주는 것은 물론, 왕위 정부의 요직까지 주겠다는 그야말로 파격적인 제안이었다.

요직이란 말에 적걸은 흔들렸다. 금괴는 얼마든지 모을 수 있는 재물이지만, 정부 요직은 달랐다. 무엇으로도 얻을 수 없는 고귀한 것이다. 강력한 힘이다. 더구나 자신같이 어둠의 세계에 숨어 사는 그림자 인생에 있어서는 언감생심이다.

다시없을 좋은 기회였다. 흔들리지 않을 수 없었고, 적걸은 고민에 빠졌다. 왕요삼은 감히 말을 건네지 못했다. 받아들이라 하자니 잘못되면 자신의 책임이 될 것이고, 반대하자니 괜한 질투를 드러내는 듯했기 때문이다. 위빈도 감히 나서지를 못했다.

금괴의 행방

11

적결은 지도에 표시된 지점에 황백방 패거리들을 풀어 금괴를 찾게 했다. 그러나 오리무중이었다. 어디에서도 찾을 수가 없었다. 박물원을 중심으로 조계 기관은 물론 카페와 주점, 농당과 개인주택까지 샅샅이 뒤졌으나 금괴의 종적은 찾을 수가 없었다.

적결은 지도가 가짜가 아니냐며 의심을 했다. 그때, 제도회에서 도움을 주겠다고 연락이 왔다. 지도를 보고 정확한 위치를 짚어주겠다는 것이다.

고민 끝에 적결은 요시다를 불러들였다. 위빈이 제도회로 찾아가 그를 데려왔다. 적결은 팔걸이를 한 채 비스듬히 앉았고, 요시다는 단정히 무릎을 꿇고 앉았다.

"지도를 보면 위치를 알 수 있다고?"

그렇다며 요시다가 정중히 대답했다. 마치 주인에게 복종하는 노예의 모습이었다. 일제 헌병대의 독도법을 잘 알고 있다며 그는 자신감을 드러냈다. 독도법이란 말에 적걸은 믿음이 가기도 했고, 한편으로는 의심이 들기도 했다. 믿음은 위치를 찾아낼 수 있을 것이라는 희망이었고, 의심은 찾아내도 진실을 말하지 않을 수도 있다는 것이었다. 엉뚱한 곳을 지목할 수도 있다는 것이다. 문득 그런 생각이 들자 적걸은 망설여졌다. 지도를 보여줘야 할지 말아야 할지 망설여졌다.

"지도를 읽지 못하면 그건 지도가 아닙니다. 그냥 종이에 불과한 것이지요."

요시다의 말에 적걸이 웃음을 흘렸다. 뼈아픈 말이었다.

"가까이 와라!"

요시다가 간사한 무릎걸음으로 바짝 다가가자 적걸이 지도를 펼쳤다.

요시다의 눈이 가늘게 떠졌다. 박물원에 붉은 점이 찍혀 있었다. 금괴가 이송되었다는 소문이 돌았던 곳이다. 육전대에 고용되었던 인력거패 상당수가 실종된 곳이기도 했다.

"그 붉은 점이 아닌가?"

적걸이 묻자 요시다는 고개만 갸웃했다. 그의 눈동자가 흔들렸다. 후회의 빛이었다. 우려했던 일이 현실이 되는 듯했기 때문이다.

"거기는 우리가 샅샅이 뒤졌다. 박물원을 비롯해서 인근의 카페, 주점, 가게, 주택까지. 이 잡듯이 뒤졌지만 못 찾았다."

말끝에 입맛을 다시기도 했다.

요시다가 미소를 흘리고는 신갑로를 가리켰다. 박물원과는 반대쪽, 지도가 접혀있는 부분이었다. 적걸의 눈이 커졌다. 어째서 거기냐고 묻기까지 했다.

"보십시오! 상해의 외곽입니다. 허허실실이지요. 육전대가 금괴를 본토로 가져가기 위해서는 부두가 있는 외탄이나 소주하쯤이 상식이 잖습니까?"

적걸이 고개를 끄덕였다.

"야나가와는 그걸 노린 겁니다. 남들이 생각하지 못하는 곳, 의외인 곳, 이쯤에 숨겨두고 북참으로 빼돌리려 했을 겁니다. 아니면 상해를 떠날 때쯤, 부두로 다시 이송하던가요."

요시다는 접힌 부분을 손끝으로 두드려댔다.

적걸의 눈이 그의 손가락 끝에 가 머물렀다. 반대쪽도 살펴봤다. 고개를 갸웃했다. 믿어야 할지 말아야 할지 판단이 서질 않았다.

고개를 들어 그를 뚫어지게 쳐다봤다. 믿어도 되느냐는 눈빛이었다. 요시다가 고개를 끄덕였다. 믿으라는 고갯짓이었다.

적걸이 왕요삼을 불러 신갑로로 패거리를 보내 확인해 보라고 지시했다. 그가 알겠다며 밖으로 나갔다.

왕요삼은 장천익으로 하여금 트럭에 패거리를 싣고 즉시 출발하게 했다.

어둠이 깊어지기를 기다려 장천익은 신갑로 주변을 탐색했다. 금괴를 숨길만 한 장소를 찾기 위해서였다. 신갑로가 상해 번화가에서 떨어진 곳이라고는 하나 여전히 상해의 도심이다. 그 많은 주택과 즐비한 가게들과 건물들을 하룻밤에 모두 수색한다는 건 불가능 한 일이다. 더구나 신갑로는 다른 거리보다도 범위가 훨씬 넓었다.

장천익은 난감했다. 이틀 밤을 찾았지만, 반도 뒤지지를 못했다. 상황이 여의치 않음에 왕요삼이 적걸에서 사정을 얘기했다.

"시간을 두고 천천히 찾아야 할 것 같습니다. 서두르다 오히려 일을 그르칠까 염려스럽습니다."

요시다도 이때다 싶어 거들고 나섰다.

"맞습니다. 괜히 소문이라도 나면 파리떼 달려들 듯 여기저기서 달려들 겁니다. 조용히 찾느니만 못합니다. 저도 제도회에 돌아가 말씀을 드리겠습니다."

적걸은 어쩔 수 없다는 듯 그렇게 하자며 입맛을 다셨다.

그의 말이 끝나기 무섭게 요시다는 다짐이라도 받듯 말을 이어 붙였다.

"약속하신 금괴는 꼭 나누어 주셔야 합니다. 그래야 우리 제도회도 황백방에 협조를 할 수 있습니다."

적걸이 빙그레 웃고는 걱정하지 말라며 약속은 지키겠노라고 다짐을 주었다.

"그럼, 저도 가서 신갑로로 가겠습니다. 오늘 자정에 합류하겠습니다."

적걸이 그러라며 손을 내저었다. 요시다가 정중히 허리를 굽혀 보이고는 자리를 일어섰다. 위빈이 그를 밖으로 안내했다.

밖에는 황포차가 한대 서 있었다. 인력거꾼은 벌써 사흘째 마굴의 입구에서 그를 기다리고 있었다. 황백방 패거리들이 욕지거리를 퍼부어대며 꺼지라고 했지만, 그는 물러서지 않았다. 주먹을 흔들어 보이기도 하고 침을 뱉으며 위협까지 했지만, 소용이 없었다. 사내는 손님이 기다리라고 했다며 끝까지 버텼다.

　요시다가 위빈의 안내를 받아 나오자 황포차가 부리나케 달려갔다.

　"자정에 봅시다!"

　위빈이 작별 인사를 건네자 요시다가 허리를 굽혀 보이고는 황포차에 올랐다.

　"동백노회로로 가자!"

　인력거꾼이 굽실거리고는 황포차를 끌었다. 요시다가 손을 흔들어 작별 인사를 대신했다.

　해가 뉘엿뉘엿 지고 있었다. 검은 기와가 붉은빛을 머금기 시작했다. 지척의 황포강은 황금빛으로 일렁이고 있었다. 요시다는 그 빛을 바라보며 금괴를 떠올렸다. 입이 실실 쪼개졌다. 마치 넋이 나간 듯했다. 일본말로 뭐라 지껄여대기도 했다.

　"돼지대가리 같은 놈들. 멍청한 놈들!"

　낄낄거리며 실성한 사람처럼 혼자 웃고 떠들었다.

　"오사카 상선부두라."

　통쾌하다는 듯 그는 호탕하게 웃기까지 했다.

　인력거꾼의 입가로 미소가 가늘게 얹혔다.

　"금괴는 이 요시다의 것이다!"

　그 말을 끝으로 그는 입을 다물었다. 황포차는 강변을 따라 올라갔다.

　해가 지는 황포강은 장관이었다. 지는 해의 찬란한 빛과 눈을 뜨는 인공의 빛이 조화를 이뤘다. 황금빛 물결과 노란 가스등과 현란한 네온사인이 아름다운 도시였다. 택시가 경적을 울리며 바쁘게 곁을 스처 지나갔다. 시끄럽다며 쏜살같이 내빼는 택시를 향해 요시다가 육두문자를 날렸다. 인력거꾼이 그 상스러운 말에 헐떡거리는 소리로 박자를 맞췄다.

"수두마자 같은 놈."

황포차는 부지런히 달렸고, 요시다는 투덜거렸다. 인력거꾼이 그 투덜거리는 사이로 어제 일을 떠올렸다. 서장로 경마장 입구에서 있었던 일이다.

"황백방 앞에 황포차를 대기시키고 있으시오. 그를 태우고 가다 보면 뭔가 단서가 나올지도 모르니까."

황백방 위빈의 말이었다. 사내가 고개를 끄덕였다.

"그가 황포차를 부르지 않으면 어떻게 하오?"

그가 걱정하지 말라며 자신이 먼저 불러 태울 것이라고 했다.

"입구에서 얼쩡거리면 우리 조직원들이 몰아내려 할 것이오. 그럼 요시다가 기다리라고 했다고 하시오. 내가 그들에게 말할 수는 없으니."

사내가 알겠다며 주변을 둘러봤다. 경마장 인근은 인산인해였다. 위빈이 걸음을 옮기자 그가 나란히 걸었다.

양장점과 양복점은 환전을 위한 도박꾼들로 북새통이었다.

"미스타 초이, 한 게임 하겠소?"

그가 묻자 사내가 손사래를 쳤다. 아니라며 조국을 찾으러 온 사람이 도박이라니, 말도 안 된다며 그는 거부의 의사를 분명히 했다. 사내는 대한구국대의 최철이었다.

둘은 서장로를 따라 내려가다 복주로로 꺾어 들었다. 늦은 이팝나무 꽃이 흐드러지게 피어있었다. 담장의 넝쿨 장미도 붉은 꽃을 막 피워내기 시작했다.

서장로에 비해 거리는 한산한 편이었다. 사람들의 표정도 여유가 있어 보였다.

"지난번에도 말했지만, 이번 일은 신의로 하는 것이오. 금괴는 확실하게 나누어야 하오."

차가운 말투였다. 압박하는 말이기도 했다.

"대한구국대를 믿으시오. 우리는 쓸데없는 말은 하지 않소."

위빈이 만족한 듯 그 말을 받았다.

"당신들을 못 믿어서가 아니요. 다시 한번 약속을 확인했을 뿐이오. 불쾌해하지는 마소."

그가 알고 있다며 위동지의 협조에 고맙다는 말을 덧붙였다. 말은 진심을 담고 있었다.

치파오 차림의 아가씨들이 재잘거리며 거리를 지나갔다. 이팝나무 꽃만큼이나 아리따운 처자들이었다.

최설이 그녀들을 돌아보며 조국의 처자들을 떠올렸다. 불행한 조국, 가난한 조국, 그는 꽃을 올려다보며 혼잣말처럼 중얼거렸다.

"우리 조국에서는 이 나무를 이팝나무라고 부른다오."

이팝이 뭐냐고 묻자 그가 쌀밥이라고 대답했다.

"쌀밥?"

위빈이 의아한 눈으로 그를 돌아봤다.

"이 꽃이 필 때쯤이면, 가난한 우리 동포들은 먹을 것이 없게 되지요. 수확한 곡식은 겨우내 먹어 떨어지고, 보리 이삭은 아직 패지 않았고."

말을 끊었다가는 다시 이었다.

"저 꽃이 마치 쌀밥 같지 않소?"

그제야 위빈이 이해하겠다는 표정으로 꽃을 올려다봤다.

꽃은 하얀 쌀밥을 닮아 있었다. 조국의 아픈 현실에 최설의 한숨이 깊었다. 위빈이 침묵으로 그 아픔을 달랬다.

"미스타 초이, 다시 봅시다!"

위빈이 손을 내밀자 최설이 그 손을 맞잡았다.

흐드러진 이팝나무 꽃그늘 아래 두 사내가 발길을 돌렸다. 위빈은 산서로를 향해 거슬러 올라갔고, 최설은 황포로를 향해 계속 나아갔다.

최설은 마굴 입구에서 황포차와 함께 요시다를 기다렸다. 위빈의 말처럼 황백방 패거리들이 온갖 욕설과 함께 내쫓으려 했다. 더러운 놈이라는 둥, 냄새나는 놈이라는 둥, 돼지대가리 같은 놈이라는 둥, 황백방 패거리들은 모욕적인 언사로 자존심을 상하게 했다. 그는 버텼고 견뎌냈다. 요시다를 태우기 위해서였다. 아니, 금괴를 얻기 위해서, 아니 그도 아닌, 조국을 되찾기 위해서였다.

위빈의 말대로 요시다라는 이름을 입에 올리지 않을 수 없었다. 그가 기다리라고 했다는 거짓말을 했던 것이다. 위험한 일이었지만 어쩔 수가 없었다. 위빈이 해결해 줄 것이라는 기대만 했고, 그 기대는 역시 유효했다. 황백방 패거리들이 그제야 좀 잠잠해졌던 것이다. 그리고 위빈이 그를 데리고 나와 황포차를 불렀다.

"헤이"

요시다가 최설을 불렀다. 혼잣말로 떠든 것을 두고 뒤늦게 염려한 때문이다. 일본말로 지껄이기는 했지만, 그가 혹시 알아듣지는 않았나 하는 염려에서였다. 그의 목소리는 왠지 불안해 보였다.

"부르셨습니까?"

그가 중국말로 묻자 요시다가 일본말로 말을 건넸다. 그는 알아들을 수 없다는 듯 계속해서 무슨 말이냐는 말만 반복했다.

"일본말을 모르는가?"

최설의 대답은 계속 모르쇠였다. 그제야 안심한 듯 요시다의 입에서 한숨이 새어 나왔다.

최설은 어디 불편한 곳이라도 있느냐며 미안한 목소리로 물었다. 요시다가 아니라며 중국말로 짧게 대답했다.

또다시 침묵이 이어졌고 최설의 입가로는 미소가 배어 나왔다. 황포차는 어느새 가든브릿지를 건너고 있었다. 백노회로가 눈앞에 있었다.

대한구국대와 인력거패가 손을 잡았다. 함께 금괴를 찾기로 했던 것이다. 조건은 일대일로 나누는 것이었다.

대한구국대는 국내진공작전을 위한 자금이 필요했고, 장준효도 인력거패의 조직 강화와 생계를 위해 절대적으로 필요한 상황이었다. 전차를 비롯해 버스와 택시의 증가로 황포차의 수요가 급격하게 감소하고 있었다. 전차는 가격이 쌌고 버스는 편리했으며 택시는 빨랐다. 황포차는 이들과 경쟁 상대가 되지 못했다. 도시의 낭만을 즐기려는 유람객과 자본의 여유를 즐기고자 하는 몇몇 도시민들만이 황포차를 불렀다. 위기였다.

상해 도시민의 발과도 같은 역할을 하던 많은 인력거꾼이 생계의 위협에 놓이게 되었다. 일부는 황포차를 버리고 다른 직업을 찾아 떠나기도 했다. 전차 검표원이 되거나 택시 운전수, 버스 안내원 등을 지원했던 것이다.

가뜩이나 어려운 살림에 돈벌이까지 시원찮아지자 노골적으로 불만을 표출하는 패거리도 생겨나게 되었다. 인력거패를 책임지고 있는 장준효로서는 대책을 내놓아야 했다. 마침 금괴에 대한 소문이 나돌았고, 대한구국대가 손을 내밀어 왔다. 잡지 않을 수 없었다.

대한구국대는 황백방의 위빈과도 모종의 약속을 한 상황이었다. 금괴에 대한 분할과 협조였다. 그러나 그만으로는 부족했다. 인력거패를 끌어들이지 않을 수가 없었다.

대한구국대와 인력거패 장준효는 오사카 상선 부두로 달려갔다.

창고 문과 부두 주변으로 사내들이 서성이고 있었다. 드넓은 부두 어디에 금괴가 숨겨져 있는지는 알 수 없었다. 더구나 부두는 내항 부두와 외항 부두로 나뉘어 있었다.

장준효가 강빈과 등문강을 불렀다.

"놈들을 이쪽으로 유인해라!"

두 사람이 창고 뒤쪽에서 부두로 나섰다. 대한구국대와 나머지 인력거패는 창고 담장 뒤로 몸을 숨겼다.

강빈의 째진 목소리가 텅 빈 부두를 울리며 흩어졌다.

"도와주시오!"

소리는 급박했다. 이어 등문강의 욕설이 어둠을 거칠게 찢었다.

"어떤 시러벨 놈이 남의 일에 끼어들겠다는 게야."

주먹이 살집에 부딪는 소리가 울렸다. 강빈의 고통에 찬 신음이 또다시 깊은 밤의 부두를 흔들어 깨웠다.

"웬 놈이 예서 행패질이야."

창고 문 앞에서 서성이고 있던 사내를 비롯해 멀찍이 서 있던 사내들까지 등문강에게로 다가왔다.

"죽고 싶어 환장했나? 여기가 어디라고."

사내들의 발걸음에 속도가 붙었다. 모두 다섯이었다.

앞선 사내가 주먹을 휘두르며 등문강에게로 달려들었다. 순간, 등문강의 몸이 번개같이 움직였다. 팔괘보(八卦步)였다. 물이 흐르듯 발걸음은 사내를 감싸고돌았다. 사내가 당황한 듯 몸이 흔들렸다. 이어 헛바람 켜는 소리와 함께 보기 좋게 바닥으로 널브러졌다. 연자초수(燕子抄水)라는 초식이었다. 뒤따르던 사내들이 그제야 긴장한 몸짓으로 주춤거렸다.

이번에는 강빈이 바람같이 달려들었다. 그의 몸놀림은 마치 용이 초리를 휘두르듯 빠르고 힘찼다. 발이 허공을 짚고 떠오르며 주먹이 어둠을 갈랐다. 사내들의 입에서 연이어 신음이 터져 나왔다. 금강파풍(金剛破風)이라는 한 초식이었다.

등문강의 팔괘장(八卦掌)과 강빈의 금강권(金剛拳)은 사내들에게는 적수가 되지 못했다. 숫자는 그야말로 숫자에 불과한 것이었다.

장준효와 인력거패가 쏜살같이 달려 나갔다.

진규혼은 잽싸게 창고 문으로 달려가 쇠사슬을 끊고는 열어젖혔다.

인력거패는 사내들을 창고 안 구석으로 몰아넣었다. 그야말로 순식간에 일어난 일이었다.

최설은 혀를 내둘렀다. 거리에서 황포차나 끌던 저들에게 저런 능력이 있었다니, 그저 놀라울 따름이었다. 거리의 빈민으로, 가난한 노동자로, 대수롭지 않게 여기던 저들이다. 그러나 그들은 보이지 않는 절대 고수였다. 어둠의 세력이란 말이 결코 헛된 말이 아니었다. 역시 대륙은 크고도 넓었다.

대한구국대도 그들을 따라 창고 안으로 들어갔다.

안에는 열도로 실어낼 물건들로 가득했다. 곡식은 물론 면화와 생필품, 기계 부품까지 그야말로 산더미처럼 쟁여져 있었다. 곡식을 제외한 물품들은 나무상자로 하나하나 포장되어 있었다. 표찰만으로는 그 속을 알 수가 없었다. 뜯어 봐야 알 수 있었다. 난감한 일이었다.

"시간이 없다. 서둘러라!"

장준효의 재촉에 인력거패가 달려들어 나무상자를 부쉈다. 대한구국대도 구경만 하고 있을 수는 없었다.

강빈은 창고 문을 닫고는 밖을 살폈다. 혹여 있을지 모를 불상사에 대비하기 위해서다.

장준효와 진규혼이 사내들에게로 다가가서는 겁박을 했다.

"살고 싶으면 순순히 말해라!"

손에는 모제르가 쥐어져 있었다.

사내들이 질겁하며 살려달라고 눈을 부릅떴다. 입에 재갈이 물려 있어 말은 하지 못했다. 진규혼이 달랬다.

"금괴가 어디 있는지만 말해라. 그러면 살려준다!"

금괴라는 말에 사내들은 뜨악한 표정으로 서로를 쳐다봤다. 무슨 말이냐는 듯한 표정과 눈빛들이었다.

진규흔이 앞선 사내의 재갈을 풀었다. 풀었지만, 원하는 대답을 들을 수는 없었다.

"저희는 정말 모릅니다. 얼마 전에 고용된 거라서. 우리가 왜 이런 일을 당해야 하는지도 알 수가 없습니다. 당신들은 도대체 누굽니까?"

되묻는 말에 진규흔은 허탈했고 장준효는 난감하다는 표정으로 고개를 내저었다. 그가 다시 사내의 입을 틀어막았다.

"빨리 찾아봅시다!"

이놈들에게서 알아내기는 글렀다는 말을 툽상스럽게 내뱉은 장준효가 걸음을 재촉했다.

대한구국대와 인력거패는 넓은 창고 안을 샅샅이 뒤졌다. 나무 상자를 뜯어내고 물건을 확인하고, 창고 안은 이내 아수라장이 되었다.

시간은 하릴없이 흘러만 갔다. 깊은 밤을 지나 어느새 푸른 새벽이 다가오고 있었다. 황포강 위로 그믐달이 잔잔하게 흔들리고 있었다.

"그만합시다!"

창고 문틈으로 희뿌옇게 동이 트고 있었다.

"제기랄."

장준효가 인력거패를 불렀다.

대한구국대와 인력거패는 아무런 소득 없이 창고를 빠져나갔다. 거리에는 택시가 어슴푸레한 동백노회로를 내달리고 있었다.

대한구국대와 인력거패가 외항 부두를 뒤지고 있던 그 시간, 반대편 내항 부두에 있는 일본식 선술집 오사카 이자카야에는 제도회가 들이쳤다. 이들 역시 금괴를 찾기 위해서였다.

요시다의 명령에 제도회 패거리들은 내실에까지 신발을 신고 들어가 난장판을 만들었다. 가구가 넘어지고 물건이 부서졌다.

"금괴는 어디 있나?"

다짜고짜 묻는 말에 선술집 주인은 넋이 나갔다.

"금괴라니요?"

알고 왔다며 요시다가 윽박지르자 선술집 주인 야마다는 울상이 된 표정으로 안절부절못했다. 아닌 밤중에 홍두깨라는 듯, 그는 난감해했다.

선술집을 샅샅이 뒤졌으나 금괴는 찾을 수가 없었다.

허탈한 요시다가 동이 트르는 동쪽 하늘을 올려다보며 한숨을 길게 내뱉었다. 금괴는 어디 있을까를 그는 골똘히 생각했다. 그때, 건너편 카페가 스치듯 시야 안으로 들어섰다. 베니스라는 간판이 어슴푸레 흔들리고 있었다.

"저기!"

요시다가 손을 뻗어 가리키며 짧게 내뱉었다. 제도회 패거리들이 일제히 카페 베니스를 주목했다. 누군가 움직이고 있었다. 불 꺼진 카페 안에서 움직이고 있는 사내들이었다.

"저기가 아닐까요?"

"확인해 보자!"

패거리들이 분패로 변장을 했다.

"오물 있으면 내놓으시오!"

쓰기토와 오노다가 추썩거리며 먼저 나섰다. 쓰기토가 카페 문을 두드리고 오노다가 곁에서 박자를 맞췄다.

"늦으면 그냥 갑니다."

안에서 즉각 거칠고도 날카로운 반응이 나왔다.

"웬 놈의 똥장군들이 새벽부터 설쳐대고 지랄이야! 더러운 손모가지 잘라버리기 전에 썩 꺼지지 못해!"

쓰기토가 슬며시 문을 열자, 어스레한 카페 안이 눈에 들어왔다.

사내 셋이 홀을 지키고 있었다. 삼 대 삼이었다.

"들어가자! 의자에 앉아있는 놈을 맡아."

테츠야가 사내를 턱짓으로 가리키자, 쓰기토가 고개를 끄덕였다.

"오노다, 너는 저놈."

창가에서 서성이며 노려보고 있는 사내였다. 오노다가 알겠다는 듯 눈을 찡긋했다. 문 앞으로 다가서고 있는 사내는 테츠야가 맡기로 했다.

앉아있던 사내가 자리에서 일어섰다. 창가의 사내도 문 쪽으로 다가왔다.

문 앞으로 다가선 사내가 꺼지지 못하겠느냐며 주먹을 먼저 휘둘렀다. 순간, 테츠야의 몸이 카페 안으로 끌려들어 가듯이 빨려 들어갔다. 쓰기토와 오노다도 바람같이 카페 안으로 뛰어들었다.

짙은 신음이 앞선 사내의 입에서 흘러나왔다. 테츠야의 손에서는 피가 주르륵 흘러내렸다. 어느새 칼을 빼 들어 사내의 가슴을 찔렀던 것이다.

의자에서 일어선 사내가 품속에서 무라타를 꺼내 들려 했지만, 때는 이미 늦어 있었다. 쓰기토의 주먹이 먼저였다. 사내의 입에서 당황한 소리가 새어 나왔고, 주먹이 살집에 부딪는 소리가 들렸다.

오노다도 창가의 사내를 제압했다. 업어치기로 사내를 바닥에 내동댕이쳤던 것이다. 카페 안은 순식간에 아수라장이 되고 말았다.

뒤이어 제도회 패거리들이 들이닥쳤다.

"묶어라!"

패거리가 사내들에게로 우르르 달려들었다. 칼을 맞은 사내는 널브러졌고, 나머지 사내들은 분하다는 듯 식식거렸다.

"찾아라!"

요시다의 명령에 제도회 패거리들이 다시 일사불란하게 움직였다. 불이 켜지고 카페 안은 사내들의 발소리로 어지러웠다.

"금괴는 어디 있나?"

사내가 제도회 놈들이라며 욕설을 퍼부었다. 자신들을 알아보자 요시다가 육전대냐고 물었다. 그가 그렇다며 이를 갈았다.

"없는데요!"

테츠야가 허탈한 음성으로 내뱉었다. 쓰기토도 같은 말을 했다.

"또 잘못짚었단 말인가?"

요시다가 의자에 털썩 주저앉았다. 사내가 비릿한 웃음을 흘려냈다. 백날 찾아보라며 비아냥거리기까지 했다.

테츠야가 사내의 가슴을 걷어찼다. 그가 신음을 흘리며 뒤로 나가떨어졌다.

"머저리 같은 놈, 그러니 수두마자 같은 놈들에게도 연전연패지."

육전대에 대한 비난이자 모욕의 소리였다. 사내의 얼굴이 보기 흉하게 일그러졌다. 요시다는 실망한 눈빛으로 의자에서 몸을 일으켜 세웠다. 그때, 유키야마가 뭔가를 유심히 들여다봤다. 표정에는 놀란 빛으로 가득했다.

"뭘 그리 쳐다보는 게야."

요시다가 불렀으나 대답이 없었다. 입을 벌린 채, 도기 인형에서 눈을 떼지 못했다.

테츠야가 다시 부르자 그제야 고개를 돌렸다. 요시다가 마뜩찮은 표정으로 그를 쳐다봤다.

"금괴가 아닙니다!"

금괴가 아니라는 말에 시선이 일제히 그에게로 향해졌다.

"금괴가 아니라니, 무슨 말인가?"

오노다가 묻자 그가 창가에 진열된 도기 인형들을 가리켰다.

"금괴가 아니라, 이 보물입니다."

보물이란 말에 요시다가 그에게로 다가갔다.

"보십시오! 이것들을 본국으로 가져가기 위해."

그가 말을 마치기도 전에 이게 뭐냐며 요시다가 물었다. 그가 흥분한 얼굴로 창가에 늘어선 도기 인형들을 설명했다.

"금괴보다 훨씬 값어치 있는 보물입니다. 요대 도기 인형입니다. 엄청난 가치가 있는 보물이지요. 이런 보물은 저도 처음 봅니다."

제도회 패거리들이 그제야 놀란 눈으로 도기 인형을 훑어봤다.

밧줄에 묶인 육전대 병사들도 놀란 눈으로 귀를 기울였다. 자신들은 그게 뭔지도 모른 채 지키고 있었던 것이다. 하라다의 명령으로 카페에 대기하던 중이었다.

하라다는 야나가와에게 허허실실을 말했다. 숨기지 말고 노출 시켜 눈을 속이자는 것이었다. 그래서 보물을 서양 인형처럼 카페에 전시했다. 드러냄으로써 사람들의 관심에서 멀어지게 하고자 했던 것이다. 작전은 주효했다. 사람들은 도기 인형을 근래에 제작된 것으로 보았다.

문화재 도굴의 일인자인 오구라, 그의 제자인 유키야마의 눈은 속이지를 못했다. 그가 단번에 요대 도기 인형을 알아봤던 것이다. 그는 제도회 회장 시라이의 요청으로 열도에서 파견된 인물이다. 대륙의 보물들을 열도로 실어 나르는데, 유용하게 쓰이기 위해서다. 이미 그를 통해 수많은 대륙의 보물들이 바다를 건너갔다. 그런데 오늘 또다시 요대 도기 인형이 그의 눈에 띄었던 것이다. 야나가와 사령관이 먼저 손에 넣었고 본국으로 가져가려 했지만, 그는 이미 암살되었다. 보물은 다시 그의 눈에 들었고, 제도회 시라이의 손으로 넘어가게 되었다.

유키야마는 넋이 나간 표정으로 요대 도기 인형들을 하나씩 살폈다. 흰색 바탕에 녹색과 황색, 갈색으로 채색된 도기 인형은 말 그대로 환상적이었다. 얼핏 보기에는 도기 인형이 아니라 살아있는 사람이 수행을 하고 있는 듯한 모습이었다. 파르라니 깎은 머리하며 가늘게 찢은 눈에서는 깨달음을 얻기 위한 수도승의 집념과 염원이 그대로 잘 표현되어 있었다. 흙으로 빚어 만든 도기 인형이라는 것이 도저히 믿기지 않았다. 눈빛은 득도의 문을 두드리는 나한의 그것이었다. 지그시 바라보는 눈길이 진지하고도 장엄했다. 깨달음을 향한 집념이 그저 성스러울 뿐이었다.

"자세히 좀 말해 보게!"

쓰기토가 묻자 유키야마가 다시 뒤를 돌아봤다. 요시다가 재촉하는 눈빛으로 그를 쳐다보고 있었다.

"노회재라는 도굴꾼이 있습니다. 그자가 이 보물을 손에 넣었다는 얘기는 저도 들었습니다만, 여기서 보게 될 줄은 꿈에도 생각지를 못했습니다."

유키야마의 설명은 계속되었다. 노회재는 일명 골동품 사냥꾼이라 불리는 자였다. 대륙인으로, 대륙의 수많은 골동품을 도굴하거나 훔치거나 빼앗거나 헐값에 사들여 외국 골동 상인들에게 팔아치웠다. 그가 거래한 사람 중에 육전대 사령관 야나가와도 있었다는 것이 오늘 증명되었다.

요대 십육 나한상은 역주의 어느 시골 사당에 모셔져 있던 것이다. 사당은 세월과 함께 퇴락하고 무너졌으며, 그 안에 봉안되었던 십육 나한상이 노회재의 눈에 띄었다.

"이럴 수가."

노회재의 눈이 빛을 발했다. 먼지에 뒤덮인 도기 인형들은 너무나도 비현실적이었다. 마치 살아있는 사람과 똑같았다. 도기 인형이라는 것이 도저히 믿기질 않았다.

그는 가슴이 뛰었다. 수많은 골동품을 대했지만, 이것처럼 가슴을 뛰게 한 적은 없었다. 눈을 크게 뜨고는 하나씩 세세히 살폈다. 보면 볼수록 기가 막힌 걸작이었다.

"이거면 한밑천 잡을 수 있겠는걸."

흥분한 그는 비 맞은 중처럼 혼잣말로 중얼거렸다. 그리고는 생각에 잠겼다. 낡은 사당이라고는 하나 함부로 가져갈 수는 없다. 마을 사람들이 수호신으로 여기며 모시는 것들이기 때문이다. 한참을 생각한 그는 무릎을 쳤다.

"그래, 그러면 되겠군."

노회재는 밖으로 나섰다. 그제야 낡은 사당이 눈에 들어왔다. 뜰 앞에는 세월의 흐름을 가늠케 하는 소나무가 용틀임하듯이 서 있었고, 주변에는 돌무더기가 쌓여 있었다. 돌담으로 쌓였던 돌인 듯했다. 사당 벽마저 일부 허물어져 휑하니 안이 들여다보일 정도였다. 좋은 핑계거리가 될 수 있었다.

노회재는 발길을 서둘렀다. 마을 촌장을 만나보기 위해서였다. 구불거리는 밭길을 돌아서 촌장을 묻자 순박한 시골 사람들이 친절히 안내해 줬다.

촌장은 보기보다 어수룩했다.

"그리만 해준다면 고마운 일이지요. 고맙고, 말고요."

노회재는 속으로 쾌재를 불렀다. 일은 생각보다 훨씬 수월하게 진행될 수 있을 것 같았다. 그리고 실제로 그렇게 되었다.

다음날부터 노회재는 사람들을 불러 사당 수리하는 일을 시작했다. 남은 담을 드러내고 벽을 허물었다. 도기 인형들을 내놓고는 먼지를 닦았다. 노회재는 손이 다 떨렸다. 침침한 사당 안에서 보는 것과는 또 달랐다. 도기 인형들은 너무나도 훌륭했다. 마치 살아있는 사람이 수행하는 듯한 모습이었다.

먼지를 닦아내자 생생한 모습들이 빛을 발했다. 나한상의 푸른 눈빛이 살아났다.

'중생이여!'

나한상은 이런 소리로 노회재를 쳐다봤다. 그가 고개를 흔들었다. 감탄의 고갯짓이었다.

'이제, 천년의 잠에서 깨어나는군!'

주름진 나한상의 얼굴에 미소가 감돌았다. 하얀 살빛에 자색 기운이 감돌았다. 파르스름하니 깎은 머리가 햇살에 반짝였다.

"감탄의 말밖에 쏟아낼 수가 없군."

노회재는 연신 탄성을 터뜨렸다. 세상에 이런 보물은 보다보다 처음이다. 인부들도 두 손을 모았다. 누가 시키지도 않았는데 절로 합장을 올렸다.

"정말 살아있는 노승이로군요."

초로의 사내는 경건한 말로 경배를 올렸다. 노회재는 고개를 끄덕였다.

"좋은 일을 하십니다."

사람들은 노회재를 칭찬했다. 마을 사람들을 위해 사당을 고쳐 주는 일은 복을 받는 일이라며 하나같이 존경하는 눈빛으로 그를 쳐다봤다.

노회재는 마을 사람들을 촌장 집으로 초대해 잔치를 벌였다. 사람들은 그를 우러러봤다. 먹고 마시며 떠들썩하니 하루를 보냈다.

잔치는 이틀 후에 또다시 열렸다. 이제 마을 사람들은 노회재를 은인으로 봤다. 무슨 말이든 믿고 따랐다. 그가 시키는 일은 뭐든지 했다.

사당 수리는 순조롭게 진행이 되었다. 지붕이 새로 덮이고 벽이 다시 세워졌다. 돌담도 보기 좋게 쌓였다.

사당 수리가 마쳐지는 저녁이었다. 노회재는 촌장을 찾았다. 촌장은 반갑게 그를 맞았다.

"제가 내일 급한 일이 있어서 오늘 떠나야 할 것 같습니다."

떠난다는 말에 촌장은 고맙다는 말에 서운함을 더해서 표했다.

"내일 아침에 날이 밝으면 나한상들을 봉안시키십시오."

"함께 했으면 더 좋았을 텐데."

촌장은 진심으로 노회재의 부재를 아쉬워했다. 자신도 그렇다며 노회재는 촌장을 더욱 안심시켰다.

어둠이 내려앉고 마을에 불빛이 사라지자 노회재는 새로 만든 나한상들을 마차에 실어 왔다. 인근 도공에게 맞췄던 나한상들이다. 그는 새로 만든 나한상들을 내려놓고는, 사당의 나한상들을 마차에 실었다. 싣고는 어둠 속으로 소리 없이 사라져갔다.

마차에 실린 나한상들이 푸른 섬광을 빛냈다. 자색 기운과 청색 기운이 마차를 휘감았다. 노회재는 보물을 얻었다는 생각에 그만 온몸이 짜릿했다. 떨리기까지 했다.

그때, 가리가 존자의 눈빛이 빛났다. 인게타 존자의 이마가 찌푸려졌다. 소빈다 존자의 입술이 씰룩거렸다. 나한상들이 하나둘씩 깨어나기 시작했다. 덜컹거리는 마차의 흔들림에 천년의 잠에서 깨어났다.

노회재는 아는지 모르는지 콧노래까지 부르며 마차를 몰았다. 어둠 속으로 역주의 밤하늘이 빛나고 있었다. 하늘 위로 붉은 구름이 흩어졌다. 제석천의 형상이 땅을 굽어봤다. 흔들리는 마차에 서기가 서리며 나한상들이 흔들렸다. 가늘게 눈을 떴다. 살갗에 혈색이 돌았다.

도기 나한상은 결국 육전대 사령관 야나가와의 손으로 들어갔고, 오늘 새벽 제도회가 차지하게 되었다.

유키야마의 눈이 다시 나한상에게로 향해졌다. 이번에는 중년 나한상에게로 눈길이 가 머물렀다. 고개를 돌려 바라보는 시선은 자연스러웠고, 지그시 바라보는 눈빛은 살아있었다. 검은 머리와 큰 귀는 대륙인의 특징을 잘 살려내고 있었으며, 생동감 넘치는 살구색 피부는 살아있는 사람의 것 그대로였다. 어깨에서부터 길게 늘어뜨린 주름진 가사와 흰 바탕에 푸른색과 주황색, 갈색의 삼채(三彩)로 표현된 채색은 나한상의 정수를 잘 표현해내고 있었다.

유키야마는 나한상의 생생함에서 눈길을 떼지 못한 채, 전율했다.

요시다는 정신이 번쩍 들었다. 해가 뜨기 전에 옮겨야 했다.

"서둘러라, 이것들을 우편선 부두로 옮긴다!"

요시다는 북양자로의 일본 우편선 부두를 입에 올렸다. 그곳에는 제도회 전용의 창고가 있었다. 임시로 옮겨두었다가 열도로 실어낼 작정이었다.

제도회 패거리들은 다시 일사불란하게 움직였다. 나무상자에 도기 나한상을 넣고 마차를 이용해 배에 옮겨 실었다.

"이 자들은 어떻게 할까요?"

테츠야가 묻자 요시다가 잔인하게 대답했다. 없애라는 것이다. 흔적을 남겨둬서는 안 된다는 것이다.

육전대 병사들이 기겁하며 눈을 크게 떴다. 살려달라고 애원을 하고 몸부림도 쳤다. 그러나 테츠야는 눈 하나 깜짝하지 않고 이들을 잔인하게 살해했다. 삶과 죽음의 길은 멀리 있지 않았다. 그리 길지도 않았다. 그야말로 눈 깜짝할 사이였다. 카페의 불이 꺼졌다.

제도회 패거리들은 부두로 나가 배에 올랐다. 먼동이 트고 있었다. 기선이 부두를 빠져나가자 물살이 하얗게 부챗살처럼 흩어졌다.

보물

12

배가 떠나자마자 사이드카

오토바이와 트럭이 내항 부두로 들어섰다. 대한구국대와 상해 트로이카였다.

"저 배가 수상한데."

진규혼이 소리치자 옆에 타고 있던 최설이 큰 소리로 받았다.

"놈들인 것 같네! 이 시간에 부두를 빠져나가는 게 아무래도."

트럭에서 상해프리덤 대원이 내렸다.

"늦었다!"

"배를 잡아, 놈들이야!"

섭정강이 부두로 달려갔다. 제도회 패거리를 태운 소환호는 황포강 중심으로 나아가고 있었다. 뒤쫓을 배는 없었다. 난감했다. 발만 동동 굴렀다.

진규혼의 사이드카 오토바이가 달려와서는 그의 곁에 섰다.

"배가 없네. 좋은 방법이 없겠나?"

섭정강이 묻자 진규혼이 대답했다.

"육로로 쫓아가는 수밖에. 외탄 쪽으로 가자고!"

섭정강이 '제기랄'이라며 이를 갈았다.

진규혼이 오토바이를 돌렸다. 굉음을 울리며 오토바이는 다시 새벽 공기를 갈랐다. 섭정강도 트럭에 올라탔다. 트럭은 다급히 핸들을 틀어 오토바이의 뒤를 쫓았다. 이들은 동백노회로를 따라 달렸다. 새파란 어둠이 새벽을 열어젖히고 있었다. 거리에는 택시와 버스가 달리고 있었다. 부지런한 황포차도 가끔 눈에 띄었다.

"다행이네. 놈들을 찾았으니."

최설이 바람 소리를 뚫고 말을 건네자 진규혼이 핸들을 틀며 그 말을 받았다.

"금괴를 손에 넣기 전까지는 소용없는 일일세."

오토바이는 백노회로 사거리를 돌아나갔다. 그나마 다행이지 않느냐며 최설이 고개를 돌렸다.

건물에 가려 황포강이 보이질 않았다. 소환호도 사라지고 없었다.

"저쪽으로 돌아야겠군!"

황포강이 보이는 도로를 따라 쫓아야겠다며 진규혼은 부두 쪽 골목을 보고 달렸다. 트럭은 큰길을 따라 백노회로로 접어들고 있었다.

오토바이는 좁은 골목을 헤집고 외탄 쪽으로 내쳐 달렸다. 드넓은 황포강이 탁 트이며 소환호가 다시 시야 안으로 들어왔다. 시원한 초여름 바람이 상쾌하게 밀려들었다. 거리의 가로수도 푸르게, 푸르게 손을 흔들어대고 있었다.

소환호는 황포강 제7구역으로 들어섰다. 제7구역은 미영사관 관할이다. 모든 배들이 미국영사관의 감독을 받아야 했으며 지시에 따라야 했다. 따르지 않을 시에는 강력한 제재가 가해졌다.

요시다가 긴장했다. 어둠이 걷히고 강물이 금빛으로 일렁였다. 아침 해가 뜨고 있었다.

옅은 안개 사이로 반갑지 않은 미군 함정이 모습을 드러냈다. 블루마린호였다.

"제기랄!"

요시다가 거칠게 육두문자를 날렸다. 다 된 밥에 코 빠뜨리겠다며 테츠야도 바짝 긴장했다. 건너편으로 일본 우편선 부두가 손에 잡힐 듯이 보였다. 부두에는 기선들이 시동을 거는지 검은 연기가 여기저기에서 피어오르고 있었다.

"그냥 달릴까요?"

유키야마가 안 된다며 저들이 보물을 알아보지는 못할 것이라며 그냥 도기 인형이라고 얼렁뚱땅 넘기면 된다고 했다. 남경로의 카페에 전시할 주문 제작 인형이라고 둘러대면 된다고 요시다도 맞장구를 쳤다. 블루마린호가 그냥 지나칠 수도 있으니 너무 긴장하지 말라는 말로 그는 패거리들을 다독이기까지 했다. 그러나 요시다의 바람과는 달리 블루마린호는 소환호를 정지시키고 말았다.

"재수 옴 붙었군!"

테츠야가 바닥에 침을 뱉었다.

소환호가 황포강 한가운데 멈춰 섰고, 그 앞으로 중무장한 블루마린호가 가로막아 섰다. 곧 사다리가 내려지고 함정에서 미군이 내려왔다. 노랑머리에 버터 냄새 느끼하게 풍기는 백인 네 명과 기관총으로 중무장한 새까만 흑인 셋이었다.

"고분고분 말을 들어라!"

요시다는 패거리에게 일렀다. 만에 하나라도 있을 불상사를 방지하고자 함이었다. 일을 그르칠 수도 있다. 저항했다가는 모두 살아남지 못할 것이다.

함장인 글래스 소령이 소환호의 책임자를 불렀다. 제도회 패거리들은 알아듣지를 못해 무슨 말이냐며 서로 얼굴만을 쳐다봤다. 그가 다시 서툰 중국말로 물었다.

"어디 배인가?"

그제야 오노다가 자신들은 일본인이라고 대답을 했다. 그가 다시 영어를 할 줄 아는 사람이 없느냐고 묻자 오노다가 고개를 가로저었다.

글래스 소령이 흑인 병사에게 뭐라 지껄이자 그가 각진 경례를 올려붙이고는 사다리를 타고 올라갔다. 잠시 후, 그는 금발의 청년을 데리고 왔는데 그에게서 군인다운 면모는 보이질 않았다. 그는 글래스 소령과 뭐라 주고받더니 유창한 일본어로 말을 건네 왔다.

"어디로 가는 배인가?"

요시다가 나섰다.

"일본 우편선 부두로 가는 중이오."

글래스가 또 뭐라 중얼거렸다.

"아편이나 무기, 또는 밀수품이 있는지 검사를 해야겠다. 한쪽으로 모두 물러서라!"

우려했던 일이 현실이 되고 있었다. 그래도 마지막 남은 희망은 이들이 도기 인형을 알아보지 못하는 것이다. 그러기만을 간절히 빌었다.

흑인 병사들이 기관총으로 위협을 했고, 제도회 패거리들은 선미로 끌려갔다.

백인 병사들이 갑판이며 선실이며 뒤지기 시작했다.

아편이나 무기는 나오지 않았다. 나무상자에 담긴 도기 인형 열여섯 개가 전부였다.

글래스 소령이 물었다.

"이건 뭔가?"

켈리 중위가 알 수 없다는 표정으로 고개를 갸웃했다.

"인형인데. 어디에 쓰이는 건지는."

글래스 소령이 입맛을 다셨다. 들어내라며 그가 백인 병사들을 불렀다.

"조심하시오. 깨지면 안 되오!"

요시다가 소리치자 글래스의 눈빛이 야릇하게 변했다. 뭔가 특별한 것임이 틀림없다는 것을 알아챈 표정이었다.

요시다의 얼굴이 일그러졌고 테츠야의 낯빛은 잔뜩 흐려졌다. 백인 병사들이 우악스럽게 도기 인형을 들어냈다.

"이게 뭐야?"

글래스 소령이 중얼거리며 도기 인형을 손으로 쓸었다. 윤기 나는 나한상이 예사롭지 않았다.

"남경로의 커피하우스에 전시할 물건입니다. 주문 제작한 겁니다."

요시다의 외침은 다급하고도 절박했다. 통역병 레스터가 글래스 소령에게 말을 건넸다. 그가 눈살을 찌푸렸다.

요시다는 속이 바짝 타들어 갔다. 글래스가 말했다.

"가서 필립스 소위를 데려오게!"

명령에 켈리 중위가 사다리를 타고 올라갔다.

요시다는 불안했다. 분위기가 심상치를 않았다.

나한상은 차례로 나무상자 밖으로 불려 나왔다. 글래스가 하나씩 찬찬히 살펴봤다. 새로 만든 것이 아니었다. 오래된 도기 인형이었다.

기선들이 물살을 가르며 곁을 지나갔다. 갈매기들도 날개를 활짝 폈다. 해가 떠올랐다. 황포강은 일상을 되찾아가고 있었다. 켈리가 필립스를 데리고 왔다.

"이것 좀 보게! 예사로운 게 아닌 것 같은데."

그가 말을 건네기도 전에 필립스의 눈이 휘둥그레졌다.

"세상에, 이런 게 있었다니?"

그는 한눈에 나한상을 알아봤다. 안목이 보통이 아니었다.

요시다의 가슴이 뛰었다. 제도회 패거리들이 동요했다. 흑인 병사들의 총구가 바짝 들려졌다. 손가락은 방아쇠에 걸려 있었다.

"뭔가?"

글래스 소령이 묻자 필립스가 떨리는 목소리로 대답했다.

"대단한 물건입니다. 보물입니다."

보물이라는 말에 글래스의 입가에 미소가 어렸다.

"자세히 살펴보고 보고해라!"

명령에 필립스가 나한상을 다시 살폈다. 조심스레 하나씩 돌아가며 꼼꼼히 살폈다. 살피던 중 나한상 바닥에서 문자를 읽어냈다.

'요(遼) 대동1년(大同1年)'

그가 입을 벌린 채, 다물지를 못했다.

"왜 그러나?"

글래스가 바짝 긴장된 표정으로 물었다.

"요나라의 보물입니다. 대동1년이니 태종 10년에 만들어진, 그러니까 거란의 태종이 요나라를 건국하고 나서 조성한 나한상입니다."

글래스의 얼굴에 회심의 미소가 배어났다. 긴장했던 얼굴이 환하게 퍼졌다.

"요나라고, 건국이고 간에 그런 건 상관없다. 보물이란 말이지?"

얼굴은 탐욕으로 얼룩졌다. 오직 보물이란 것에만 관심이 있었다. 그가 흘리듯 다시 물었다.

"가치는?"

가치라는 말에 그가 주저했다. 다시 묻자 그제야 대답했다.

"상상을 초월하는 액수입니다. 보십시오! 마치 살아있는 듯한 이 표정과 자세를요."

글래스는 속으로 쾌재를 불렀다. 호박이 넝쿨째 굴러들어왔기 때문이다. 파란 눈이 섬광을 쏘았다. 탐욕의 빛이었다.

"저들은 어떻게 할까요?"

켈리 중위가 묻자 그가 잠시 갈등의 빛을 보였다. 살릴 것이냐 아니면 죽일 것이냐를 두고 저울질했던 것이다.

켈리는 연민이 가득한 눈빛으로 패거리들을 힐끗 쳐다봤다. 하나같이 초조한 표정이었다. 삶과 죽음의 경계에 서서도 그들은 탐욕으로만 안달이 나 있었다. 한 치 앞도 내다보지 못하는 어리석은 인간들이었다.

"수장시킨다!"

돌아선 그는 아무렇지 않게 내뱉었다.

필립스는 여전히 나한상에 빠져 있었다.

그는 펜실베니아 대학 동양학과 졸업생으로 학과에서 가장 우수한 성적으로 졸업을 했다. 동양학에 대한 권위자였던 지도교수 제임스의 권유로 졸업과 동시 입대를 했다. 동양으로 가기 위해서다. 입대는 동양으로 가기 위한 가장 손쉬운 방법이었다. 비용도 들지 않을뿐더러 가장 빠르게 갈 수 있는 지름길이었다.

그런 필립스를 유용하게 쓴 사람은 글래스였다. 동양의 문화재에 대한 탐욕으로 가득했던 그는 필립스를 자신의 함정으로 데려왔고, 그를 통해 대륙의 문화재를 거둬들였다. 동양의 역사와 문화에 대한 정보가 필요했던 미국정부에게 있어서도 그는 주요한 인재였다.

그는 황홀한 눈빛으로 나한상을 어루만졌다. 세월이 묻어나는 얼굴에서 뿜어져 나오는 근엄한 표정은 살아있는 노인의 모습 그대로였다. 가부좌를 튼 자세에서 자연스레 옷깃을 잡은 손이 극사실주의 기법으로 잘 표현되어 있었다. 동양의 맛과 멋이 물씬 풍기는 장엄한 모습이었다.

"이것들을 모두 함정으로 옮긴다!"

글래스 소령의 명령에 켈리가 각진 대답을 하고는 함정을 향해 뭐라 소리를 질렀다. 위에서 대답이 들려왔고 곧 병사들이 내려왔다.

제도회 패거리가 술렁였다. 요시다가 무슨 일이냐며 거듭 물었지만, 대답은 들을 수가 없었다. 불안함은 곧 불길함으로 이어졌다. 그들이 나한상에 손을 댔다.

"안 돼! 그건 우리 거야. 손대지 마!"

요시다가 흥분해서는 뛰쳐나가려 하자 흑인 병사가 그를 개머리판으로 후려쳤다. 일본도로 단련된 그도 만만치 않았다. 가볍게 피하고는 흑인 병사들 사이로 몸을 날렸다. 순간, 총소리가 울려 퍼졌고 그는 바닥으로 나뒹굴었다. 허벅지에서 붉은 피가 배어났다. 피는 순식간에 바지를 검붉게 물들였다.

제도회 패거리들은 놀란 눈으로, 몸을 바짝 사렸다. 아무렇지 않게, 정말 아무렇지도 않게, 그들은 방아쇠를 당겼다.

요시다가 연신 신음을 흘려냈다. 그러나 누구 하나 달려들지는 못했다. 두려움에 떠는 표정, 공포에 절은 얼굴, 제도회 패거리들은 얼어붙은 듯 옴짝달싹하지 못했다.

미군 병사들은 실실 웃어가며 뭐라 지껄였다. 사악한 천마의 모습이었고, 악귀의 모양이었다.

"움직이면 쏜다!"

켈리 중위가 위협을 했고 함정에서 긴 줄이 내려왔다. 줄 끝에는 그물이 매달려 있었다. 미군 병사들이 나한상을 그물에 얹어 묶은 후, 함정 위로 끌어 올렸다.

글래스 소령이 함정으로 올라가자 켈리 중위는 레스터 일병을 데리고 제도회 패거리에게로 갔다. 그가 레스터 일병에게 말을 건네게 했고, 그는 유창한 일본어로 말을 받아 건넸다.

"저 인형들은 조사할 게 있어서 우리가 잠시 맡아 가지고 있겠다."

테츠야가 좋지 않은 결과를 불러올 것이라며 협박의 말을 던졌다. 켈리 중위가 소리 없이 눈으로만 웃었다. 돌려달라는 말에는 잠시면 된다는 말을 다시 한번 던졌다.

소환호의 뱃전에서는 또 다른 병사들이 뭔가를 하고 있었다. 제도회 패거리들은 그들이 뭘 하는지도 관심이 없었다. 그들의 관심은 오로지 나한상뿐이었다.

켈리 중위가 병사들에게 철수를 명령했다.

"서둘러라!"

그들이 올라가고 난 뒤, 함정은 소환호에서 멀어져갔다.

테츠야가 요시다를 부축했다. 그는 피를 너무 많이 흘렸다. 정신이 혼미해진 모양이다. 불러도 대답이 없었다.

"빨리 서둘러라, 부두로 들어가자!"

소환호는 황포강을 다시 가로질렀다. 눈앞으로 우편선 부두가 빤히 바라다보였다. 갈매기가 날갯짓했다. 순간, 천지를 진동케 하는 폭발음이 울렸다. 소환호 뱃머리 쪽이었다. 연기와 먼지가 동시에 피어올랐다.

"이럴 수가."

진규흔이 오토바이에서 내렸다. 최설이 그의 곁으로 바짝 다가섰다.

"금괴가."

상해프리덤 대원도 달려왔다. 서준이 먼저 말했다.

"미군이오! 저 미제 놈들이 우리의 금괴를 탈취했소."

섭정강이 이를 갈았다.

"잔인한 놈들! 통째로 수장시켜 버리다니."

허비가 분하다는 듯 주먹을 말아 쥐었다.

서준이 부두에 쪼그리고 앉았다. 허탈함으로 그는 어쩔 줄을 몰라 했다.

"죽일 놈의 제국주의. 이제 일제를 미제가 대신하는가?"

허비가 그의 곁에 주저앉으며 탄식을 쏟아냈다. 깊고도 푸른 탄식이었다.

글래스 소령은 필립스를 함장실로 불렀다. 그가 음흉하게 웃자 필립스가 그런 웃음으로 맞받았다.

"역시, 필립스 자네는 다르군!"

그는 대륙의 문화재와 미술품을 빼내 가기 위해 자원이란 이름으로 파견되어졌다.

탐험이란 미명 하에 유물을 도굴하고 약탈하고 헐값에 사들였다. 유물약탈에 혈안이 되어 있었던 것이다.

"이제 시작일 뿐입니다."

필립스는 의기양양했다. 상해로 건너와 수많은 유물을 손에 넣었지만, 이번만큼 대단한 유물은 없었다. 그처럼 혹독하게 동양학을 공부한 보람이 있었다. 일본을 오가며 동양의 역사와 문화를 섭렵한 그는 대륙으로 건너와 최고의 문화재 약탈꾼이 되어 있었다.

"총장님이 좋아하시겠군!"

글래스가 흐뭇한 미소로 필립스를 쳐다봤다.

"총장님뿐입니까? 이제 미합중국의 자산입니다."

그의 말에 글래스 소령이 고개를 끄덕였다.

"역시 자네는 훌륭한 학자일세."

함정이 일본 우편선 부두 앞을 지나고 있었다. 미국영사관의 성조기가 바람에 펄럭였다. 함정은 그쪽으로 방향을 틀었다. 황포강의 거친 물살이 뱃전으로 부딪쳐왔다. 불운한 나한들은 아무렇게나 바닥에 널브러져 있었다.

핏빛 한혈마가 바람같이 달렸다. 눈보라가 몰아치고 있는 들판이었다. 눈보라는 용의 비늘처럼 허공에 흩날리며 땅으로 떨어져 내렸다. 붉은 대지가 하얗게 뒤덮여 가고 있었다.

"저 언덕 너머에 있을 것이네."

한혈마를 모는 사내가 소리친 것이다. 바람 소리에 말소리가 간간이 묻혔다. 말은 붉은 땀을 흘리고 있었다.

"죽일 놈들!"

다른 사내가 이를 갈았다. 적로마를 탄 사내였다. 고리눈을 부릅뜨고 있었다. 세상을 태울 듯한 눈빛이었다.

말을 달리는 사내들은 모두 여덟, 하나같이 대륙의 명마를 타고 있었다. 붉은 땀을 흘린다는 한혈마로부터 발굽이 노랗고 번개같이 빠르다는 황비전, 그림자가 보이지 않을 정도로 빠르게 달린다는 절영, 손견이 탔다는 화종마에 섬려까지, 이름만 들어도 고개를 내두를 명마들이었다.

머리를 질끈 동여맨 사내가 섬려에 채찍을 가했다. 말은 번개같이 땅을 박차고 나갔다. 화종마가 뒤쫓았고, 절영이 그 뒤를 이었다. 이들의 앞에는 담비 가죽을 두른 사내가 등에 칼을 멘 채, 한혈마를 몰고 있었다. 사내의 거머쥔 말고삐에 힘이 들어갔다. 검은 수염은 흰 눈이 묻어 희읍스름했다.

말들은 대지를 울리며 언덕을 밟았다. 아스라한 언덕이 검은 하늘에 맞닿아 있었다. 갈수록 눈발은 굵어졌다.

"이랴!"

앞선 사내가 말고삐를 더욱 챘다. 흰 입김을 쏟아내며 한혈마는 붉은 땀을 흘렸다. 사내의 발이 말의 배를 거듭 찼다. 말은 바람같이 가볍게 언덕에 올라섰다.

멀리 지평선이 보였다. 가는 길이 구불구불 이어지고 있었다. 대지는 차갑고 황량했다.

"저기!"

앞선 사내가 소리쳤다. 사내들의 시선이 아스라한 길 위로 향해졌다. 마차가 달려가고 있었다. 주변에는 말들이 호위하고 있었다. 무사들이었다.

"잡았다."

가자는 말과 함께 사내들이 언덕을 내려갔다. 말들은 천하의 명마다웠다. 그 먼 거리를 달려왔음에도 지친 기색이 없었다. 게다가 바람같이 빨랐다.

사내들은 황성에서부터 달려온 것이다. 왜의 사신 야나가와가 대요의 공주 야율이은을 납치했다. 크게 노한 야율덕광은 연운16주의 대표이자 금군호위대인 연운호위대로 하여금 사신 야나가와를 잡아

오게 했다. 어떻게든 잡아 오라며 이들에게 천하의 명마까지 내줬다. 벌써 사흘째 달리고 있었다. 대정부를 지나 래주로 향하고 있었다.

 대요의 땅은 넓었다. 모래사막에서부터 습지까지, 황토에서부터 흑토까지, 험준한 산맥부터 드넓은 바다까지, 온갖 형태의 영토를 갖추고 있었다. 래주로 가는 땅은 습지였다. 큰 강을 따라 습지는 넓게 펼쳐져 있었다. 키를 넘는 갈대와 발목을 잡는 갯벌이 바쁜 길을 잡아챘다. 길은 험했다.

 야나가와가 뒤를 돌아봤다. 먼지를 날리며 한 무리의 사내들이 언덕을 내려서고 있었다.

 "잘들 온다."

 혼잣말로 중얼거린 야나가와는 무사 하야토에게 명했다.

 "준비해라!"

 짧은 대답과 함께 하야토가 마차에 올랐다. 그리고는 뭔가 부지런히 손을 놀렸다. 그가 마차에 올라서 뭔가를 하는 사이, 야나가와는 바다를 건너기 전의 일을 떠올렸다. 천황 유코덴노를 만나던 때였다.

 "명심해라. 너의 손에 나의 명운이 달렸다."

 야나가와는 바짝 엎드렸다. 눈앞에는 천황의 검이 놓여있었다. 천황을 대신하는 신물이다. 검을 내려 모든 권리를 부여하겠다는 천황의 뜻이다. 그만큼 중요한 일이었다.

 "공주를 납치해라. 그녀를 통해 천하를 지배할 자식을 얻는다는 하늘의 계시를 받았다."

 말은 준엄하고도 깊게 가라앉았다. 야나가와는 더욱 바짝 조아렸다. 분부를 받들어 거행하겠다는 몸짓이다.

야나가와는 사신의 직책으로 바다를 건넜다. 명분은 무도한 고려를 치자는 것과 무역에 관한 일이었다. 하지만 야나가와의 눈은 야율덕광의 금지옥엽, 야율이은을 찾는 데에만 있었다. 그녀를 찾아 납치할 기회만 엿봤다. 그리고 마침내 그 기회가 왔다. 피로연이었다. 황제 야율덕광은 왜의 제안에 흡족해했고, 사신 일행을 위한 피로연을 열었다. 그 자리에서 야나가와는 야율이은을 은밀히 납치하는 데 성공했다. 미혼약을 썼던 것이다.

야나가와는 부사 후지모리와 열도 최고의 무사 타다요시로 하여금 공주 야율이은을 래주로 데려가게 했다. 거기서 바다를 건너면 된다. 자신은 대정부에서 추격자를 따돌리기로 했다. 무사 하야토 그리고 카즈마와 함께.

눈발을 채며 말들이 달려왔다. 야나가와는 긴장했다. 칼자루에 힘을 줬다.

"다 됐습니다."

하야토가 마차에서 내려왔다. 야나가와의 입가에 미소가 맴돌았다.

"물러서라!"

명령에 하야토를 비롯해 카즈마 그리고 나머지 일행들이 마차에서 떨어졌다. 허리춤에 찬, 칼들이 햇살에 반짝였다. 갈대가 바람에 크게 흔들렸다. 서걱거리는 소리가 귓전을 울렸다. 대지를 울리는 말발굽 소리가 요란하게 다가섰다.

"서라!"

앞선 한혈마에 탄 사내가 소리쳤다. 금군 호위대 삭무다.

사내들이 바람같이 뛰어내렸다. 말들이 길게 울부짖었다.

"감히 공주님을 납치하려 들다니, 겁 없는 놈들!"

삭무가 청홍검을 빼어들었다. 신무가 화극을 비껴들었다. 햇살에 검기가 빛을 발했다. 나머지 무사들도 창과 검, 도와 극을 들고는 다가섰다.

야나가와가 비릿한 웃음을 머금었다. 하야토가 잔인한 미소를 베어 물었다. 호위대가 마차 곁으로 나란히 섰다.

"폐하를 능멸한 죄가 어떤 것인지를 오늘 똑똑히 보게 될 것이다."

삭무가 청홍검을 들어 야나가와를 가리켰다. 그가 껄껄 웃었다.

"마지막 웃음이 되리라!"

신무가 화극을 비껴들고는 달려 나가려는 순간,

"엎드려!"

하야토의 외침과 함께 야나가와를 비롯한 왜국사신 일행이 동시에 바닥으로 엎어졌다. 그와 동시, 마차에서 거대한 폭발이 일었다. 하늘이 무너져 내리고 땅이 가라앉는 폭발음이 천지를 집어삼켰다. 지옥의 불꽃이 땅 위로 솟구치고 거대한 바람이 주변을 쓸어갔다. 마차 곁에 서 있던 금군 호위대는 그만 갈가리 찢기고 말았다. 살갗이 튀고 머리가 땅바닥으로 굴렀다. 허무한 죽음이었다.

야나가와가 벌떡 일어나서는 큰소리로 웃어젖혔다. 하야토와 카즈마도 통쾌하다는 듯이 웃어댔다.

"이제 됐습니다."

"어리석은 놈들!"

가자는 말과 함께 야나가와는 말머리를 돌렸다. 매캐한 화약 냄새가 습지를 휩쌌다. 바람이 검은 하늘을 몰아갔다. 흰 눈이 대지를 하얕게 뒤덮었다.

야나가와 일행은 래주를 향해 말을 달렸다. 후지모리가 공주를 모시고 있을 것이다. 타다요시가 공주를 호위하고 있을 것이다. 야나가와의 입가로 흡족한 웃음이 머금어졌다.

황제 야율덕광은 분노했다. 감히 대요의 금지옥엽을 납치하려 했다니. 괘씸함을 넘어 죽일 놈들이었다.

"청미법사의 혜안이 아니었던들, 큰일 날 뻔했사옵니다. 폐하."

동중서문하평장사 야율지란은 조아린 채, 조심스레 아뢰었다. 황제 야율덕광의 눈빛이 형형했다.

"폐하의 복이옵니다."

어사대장 야율환선은 그런 말로 황제 야율덕광의 흥분된 마음을 가라앉히려 했다.

"생각만 해도 끔찍하다. 갈가리 찢어 죽일 놈들."

고개를 뒤흔들기까지 했다.

"자꾸 생각하시면 옥체가 상하시옵니다. 평정을 유지하소서."

흰 수염을 길게 드리운 법사가 허리를 굽혔다. 그제야 황제 야율덕광이 그를 향해 고개를 돌렸다.

"법사의 선견지명이 우리 공주를 살렸소."

고맙다는 말을 전하기까지 했다. 황제가 누군가를 향해 고맙다고 말하기는 이번이 처음이다. 법사가 허리를 더욱 바짝 굽혔다. 입으로는 폐하의 은혜로움을 거듭 내뱉었다.

"다행 중 다행이옵니다. 아직은 보는 눈이 살아있어 공주님을 구했으니, 이 모두 다 폐하의 홍복이옵니다."

그랬다. 야나가와가 납치한 공주는 가짜였다.

청미법사는 왜(倭) 사신들이 의심쩍었다. 하는 행동 눈빛 하나가 의심스러웠다. 그래서 동중서문하평장사 야율지란과 첨지정사 소치할과 함께 상의해 가짜 공주를 피로연에 내세웠던 것이다. 어리석은 야나가와는 가짜 공주를 진짜로 믿었고, 그녀를 납치했다. 아니, 공주 납치에만 급급해 진짜와 가짜를 구분하는 안목을 잃었던 것이다.

"폐하께 아뢸 말씀이 있사옵니다."

청미법사가 나서자 황제 야율덕광이 고개를 끄덕였다. 말해 보라며 손을 들기까지 했다.

"억울하게 죽은 호위대를 살려야 하옵니다."

호위대를 살린다는 말에 그가 고개를 갸웃했다. 죽은 사람을 살려낸다니, 무슨 엉뚱한 말인가도 했다.

"저들을 추모하기 위해 도기 인형으로 빚어 영원한 삶을 불어넣어 줄까 하옵니다."

청미법사의 말에 금군장관인 전전도점검 소달람도 나섰다.

"폐하를 위해 목숨을 던진 충신들이옵니다. 허하소서."

황제 야율덕광은 흔쾌히 수락했다.

"좋은 생각이다. 저들을 위해 최고의 예우를 갖추라."

황제 야율덕광은 공주를 위해 희생한 연운16주의 대표 무사, 금군호위대를 도기 인형으로 빚게 했다.

청미법사는 최고의 도기 장인인 왕정으로 하여금 나한상을 조성하게 했다. 그 16나한상 중에는 금군호위대 삭무를 비롯해 신무, 용호,

신책, 신위, 환무, 위무, 탁무가 있었다. 연운 16주를 대표해 황제의 근위대인 금군 호위대로 선발되었던 무사들이다. 최고의 무사이자 충신들이었다.

왕정은 무려 이년 여에 걸쳐 도기 인형을 빚어냈다. 청미법사는 흡족했다. 황제 야율덕광도 놀란 눈으로 나한상들을 바라봤다. 볼수록 신기했다.

"살아있는 아라한들이오!"

황제 야율덕광은 나한상 하나하나를 쓰다듬으며 감탄의 말을 연신 쏟아냈다. 청미법사가 조아렸고 왕정은 땅바닥에 엎드렸다. 황송하다는 말이 연신 쏟아졌다.

"사람이 만든 조상(彫像)들이 아니오. 이건 하늘이 빚은 것이오."

황제의 연이은 칭찬에 왕정은 몸을 떨었다. 청미법사가 말했다.

"나한상들을 역주에 모시십시오."

역주냐며 황제가 물었다. 그가 그렇다며 그곳이 대요(大遼)의 홍성을 지킬만한 곳이라고 했다. 그러면서 이렇게 말했다.

"먼 훗날 누군가 이들을 움직일 것이옵니다. 그러면 이들은 깨어나서 이들의 치욕을 만회하겠지요. 이들에게는 그럴만한 충분한 이유가 있고, 또 그래야만 하지 않겠사옵니까, 폐하?"

황제 야율덕광은 청미법사가 무슨 말을 하는지 몰랐다. 하지만 고개를 끄덕여줬다. 공감하는 표정도 지어 보였다. 청미법사의 말이 또다시 이어졌다.

"허상이 실상이 되는 때, 그 때에는 허상이 실상을 비추어내니 허상이 실상을 지배할 것이옵니다. 허상 즉 실상, 실상 즉 허상. 이 또한 현실이 될 것이옵니다. 거울이 현실을 비추어 나타내나 그것이 현실이 아니듯 말이옵니다."

 황제 야율덕광은 여전히 모르쇠다. 고개를 갸웃하기도 했다. 그러나 묻지는 않았다. 묻지 않아도 그가 무슨 말을 하는지 알아들었기 때문이다. 대요를 위한 말일 것이다. 황제를 위한 말일 것이다.

 청미법사의 말대로 나한상은 역주에 모셔졌고, 먼 훗날 문화재 사냥꾼인 노회재에 의해 움직여졌다. 그리고 그들은 깨어났다. 깨어나서 항일 지사로 환생해 처절한 복수를 했다. 일본군 육전대 사령관으로 환생한 야나가와를 척살했던 것이다.

 나한상들의 수행은 먼바다를 건넌 이후, 거친 땅에서도 계속되었다. 낯선 땅 미국에서 펜실베니아 대학을 비롯해 뉴욕의 메트로폴리탄 미술관과 넬슨 앳킨스 미술관 등지에 전시된 채, 지금도 수행 중이다. 적국의 땅에서 유리 안에 갇힌 채, 제국주의의 횡포와 억압, 자본주의의 약육강식의 질서 속에서도 아라한의 수행은 끊임없이 계속되고 있다.

 끝.

참고 문헌

김광재 〈근현대 상해한인사 연구〉 경인문화사 2018
류후이우 편 신의식 역 〈상해현대사〉 경인문화사 2018
리어우판 저 장동천 등역 〈상하이 모던〉 고려대학교출판부 2007
박소현 〈중국 근대의 풍경〉 그린비 2008
배경한 〈20세기초 상해인의 생활과 근대성〉 지식산업사 2006
손과지 〈상해 한인 사회사〉 한울아카데미 2012
아카마 기후 저, 서호철 역 〈대지를 보라〉 아모르문디 2016
이림찬 저, 장인용 역 〈중국미술사〉 다빈치 2017
이병인 〈근대 상해의 민간단체와 국가〉 창비 2006
이성법 〈불보살의 본적〉 나녹 2019
이윤수 〈불보살 명호 이야기〉 민족사 1998
최부득 〈샹하이의 아침〉 미술문화 2003

참고 사이트

네이버백과사전 http://terms.naver.com
두산백과사전 http://www.doopedia.co.kr
위키백과 http://ko.wikipedia.org/wiki
한국역사정보통합시스템 http://www.koreanhistory.or.kr

기억의 이야기들로
우리를 돌아봅니다

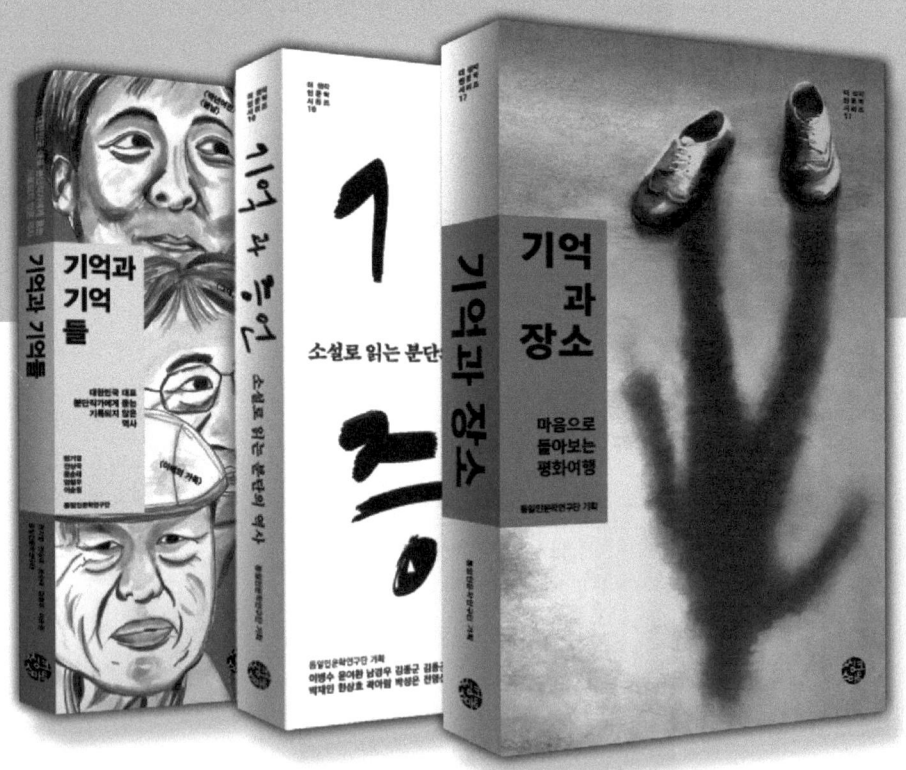

건국대학교통일인문학연구단 × 씽크스마트 공동기획